文學與人生

——文學心靈的生命地圖——

宋邦珍　林秀蓉
張百蓉　簡光明　編著

三民書局

國家圖書館出版品預行編目資料

文學與人生：文學心靈的生命地圖／宋邦珍,林秀蓉,張百蓉,簡光明編著.——初版十四刷.——臺北市：三民，2023
面；　公分

ISBN 978-957-14-4333-1（平裝）
1.國文—讀本

836　　　　94012801

文學與人生——文學心靈的生命地圖

編著者	宋邦珍　林秀蓉　張百蓉　簡光明
發行人	劉振強
出版者	三民書局股份有限公司
地址	臺北市復興北路 386 號 (復北門市) 臺北市重慶南路一段 61 號 (重南門市)
電話	(02)25006600
網址	三民網路書店 https://www.sanmin.com.tw
出版日期	初版一刷 2005 年 8 月 初版十四刷 2023 年 8 月
書籍編號	S821020
ISBN	978-957-14-4333-1

三民書局

編輯凡例

一、本書為大學校院通識教育課程的教材。

二、執編本書老師皆在大學校院任教，並開授「文學與人生」課程。「文學中的友情」、「文學與性別」由宋邦珍老師主編；「文學中的愛情」、「文學中的生死」由張百蓉老師主編；「文學中的親情」、「文學與政治」由林秀蓉老師主編；「文學與婚姻」由簡光明老師主編。

三、本書在單元規劃上，以生命的課題為主軸，依序為親情、友情、愛情、婚姻、性別、政治、生死等面向。

四、各單元選文兼收古典文學、現代文學，以呈現古今人物的生活樣貌。在文學體裁上，包括小說、散文、詩歌，以提供不同文類的審美特質。

五、各單元選文順序依作者出生年代排列。

六、「導論」由簡光明老師撰寫，詳盡說明文學與人生的關聯、「文學與人生」課程開設的理念與目標，以及本書的特色。

七、體例上，每單元皆由主編者撰寫「導言」、「注釋」、「作者簡介」、「選文評析」、「問題與討論」

及「延伸閱讀」。「導言」觀照各人生議題反映在文學作品中的不同面向，以導引並契合選文探討的核心；「注釋」主要詮解古典文學作品；「作者簡介」呈現作家生平概略與整體創作風格；「選文評析」深入淺出地評析文本，以掌握文學與人生結合的精義；「問題與討論」設計賞析、習作或思辨性的問題；「延伸閱讀」條列與人生議題相關的著作、或選文重要評論篇目，以方便讀者進一步閱讀與研究。

文學與人生

——文學心靈的生命地圖

目次

導論　簡光明

文學中的親情

導言／林秀蓉　3
北堂侍膳圖記／朱　琦　7
兒子的大玩偶／黃春明　11
白色的歌／敻　虹　39
母親的羽衣／張曉風　45

文學中的友情

導言／宋邦珍　57
送杜少府之任蜀州／王　勃　59
贈衛八處士／杜　甫　61
寄黃幾復／黃庭堅　65
友情像初春的冰／尹雪曼　67

歲末寄友人／商　禽　75
舞臺／林　野　79

文學中的愛情

導言／張百蓉　87
將仲子／詩經・鄭風　89
葛生／詩經・唐風　93
杜十娘怒沉百寶箱／馮夢龍　97
花橋榮記／白先勇　127

文學與婚姻

導言／簡光明　149
韓憑夫婦／干　寶　151
坎坷記愁／沈　復　155
油蔴菜籽／廖輝英　163

文學與性別

導言／宋邦珍　193
上山采蘼蕪／古　詩　197
霍小玉傳／蔣　防　199
卜算子／李之儀　211
秋刀魚／馮　青　213
自己的天空／袁瓊瓊　217

文學與政治

導言／林秀蓉　241
東門行／漢樂府　245
新婚別／杜　甫　249
寄鞋／洛　夫　253
一個乾淨的地方／黃　凡　259
筍農林金樹／林雙不　283

文學中的生死

導言／張百蓉　297
驅車上東門／古詩十九首之十三　301
形影神詩三首並序／陶淵明　305
紫葡萄的死／蓉　子　311
眼底鏡／陳克華　315

導論

簡光明

一、前言

「文學與人生」是目前常見的通識課程科目名稱，在臺灣有十幾所大學校院開設此一課程，而大部分學校在規劃通識課程時，往往將知識通俗化之後，隨便摘取該領域知識加以生活化，就冠上「○○與人生」的名稱，常見的有「文學與人生」、「哲學與人生」、「化學與人生」、「宗教與人生」……。在課程概論中，仍然是以小說、散文、詩歌與戲劇的選文為主體，我們很難看到嚴謹的架構，基本內容與「文學欣賞」沒有兩樣。在許多通識教育研討會的場合，可以聽到學者專家對於通識課程的批判，認為「文學與人生」這一類課程是營養學分，不符合通識教育理念，其受到批評是可以理解的。

三〇年代的文學評論家吳宓就曾經在清華大學開了「文學與人生」課程，前幾年大陸把吳宓教授苦心經營十餘年的講義印出來，用中、英、法、拉丁等多種文字寫成，內容包括古今中外的典籍，洋洋灑灑，令人嘆為觀止。吳宓的課程相當符合通識教育的精神，但是內容龐雜而艱深，要把課程搬到今天的大學校院的通識課程，既不可能，也不必要。

開設「文學與人生」課程的大學校院不在少數，但是能將不同文學與人生不同階段結合的卻不多。其實，若能好好規劃經營課程，「文學與人生」會是一門適合大學校院博雅涵養課程的科目。

二、文學的意涵及其特點

文學是語言的構組，因此，語言構組的特殊處就成為區分一篇文字是否為文學作品的標準。龔鵬程《文學散步》說：「從語言的性質上看，文學作品的語言，比起日常用語或科學性的用法，似乎大不相同。科學報告的語言，是透過語言去指涉某事某物某理由，語言本身是透明的，除指出意義之外，別無作用。除了認知意義之外，也力戒情緒的干擾。文學性語言，恰好相反，它可能有所指涉，但也可能毫無指涉，只表現一種情緒感受、只為音調文字之美感而存在。例如：『山在虛無縹緲間』，有山、山在，又怎能虛無縹緲呢？虛無又如何能蘊含有呢？所以，在科學性用法中此語不能存在；在文學裡，這虛無縹緲卻正是縱容讀者想像的大好空間。」因此，語言使用是否為文學語言是判定作品是否為文學的參考標準之一。

此外，文學的要素是想像與虛構，雖是想像與虛構，卻又必須表達真實情感，因此文學所謂「真」是情感的真實，與歷史所謂「真」強調事件是否真實發生，在本質上是不一樣的。司馬遷的《史記》雖為歷史鉅著，卻也被視為偉大的文學作品，主要在於運用想像以彌補史料的不足，並賦予真實的情感。許多寓言與神話都是很好的文學題材，而歷史條文的記載卻常常不被視為文學作品，原因即在於此。

三、文學與人生的關聯

朱光潛說：「文學是一種與人生最密切相關的藝術。」亞里斯多德則說：「人的描寫居於文學的首要地位；而人生，勢必成為文學表現的主要對象，或文學表現的核心問題。」可見文學與人生關係的密切，文學創作以人生當作題材，做進一步的加工，所以文學雖本於人生，卻不等於真實人生。

王安憶在《小說家的13堂課》中用「心靈世界」與「現實世界」來區隔文學與人生，我們生活的現實世界提供材料給心靈世界，文學用語言文字將現實世界的材料建構成為精神空間，建築精神宮殿。正如朱壽桐教授在《文學與人生》中的觀點：「文學創作當然需要人生經驗作為基礎、作為資源、作為素材，但人生經驗也不過僅僅就是文學的基礎、資源、素材而已，要經過各種各樣的情感發酵、思想提煉甚至生命體悟、潛意識過濾等等處理過程，才可能成為文學表現的對象與內容。」明乎此，就不要再把現實世界等同於心靈世界。

有些不了解文學與人生的關係的讀者，常將現實人物等同小說人物，看到未婚的女作家描寫外遇情節，便會認為是女作家成為第三者；看到宗教散文生動感人，便把作家視為心靈導師，一旦發現心靈導師有凡人的慾念或不合禮儀的行為，就要焚燒作家的作品；看到政治小說，便在現實生活中，找政治人物來對號入座，成為小說的主角，凡此種種，都是對文學與人生的關係欠缺深刻的了解所造成的現象。

四、文學閱讀與人生體驗

文學有什麼功能呢？龍應台在《百年思索》中說：「如果說，文學有一百種所謂『功能』而我必須選擇一種最重要的，我的答案是：德文有一個很精確的說法，macht sichtbar，意思是說『使看不見的東西被看見』。魯迅〈祝福〉裡的祥林嫂，是一個嘮嘮叨叨近乎瘋狂的女人，她的孩子給狼叼走了。如果你我是生活在魯迅所描寫的那個村子裡的人，祥林嫂不過是個讓我們視而不見或者繞道而行的瘋子，但是透過作家的眼光，我們和村子裡的人生就有了藝術的距離，在〈祝福〉裡頭，你不僅看見貧窮粗鄙，你同時看見貧窮粗鄙下面『人』作為一種原型最值得尊敬的痛苦。文學，使你『看見』。」相當切中文學的核心功能，因為看見，才能對人生的不同樣貌有多一層的省思，有較深刻的了解。

文學作品對於生活困境有深刻的理解，並嘗試思考解決的方法。以《梁山伯與祝英台》劇本而言，祝英台可以說是劇中人物的核心，一切劇情幾乎完全圍繞著她；甚至可以說，整部電影就是祝英台突破困境的人物傳記。祝英台聰敏慧黠，遇到困境，會運用方法解決：困境一是在面對「求學受阻」時，一般女子就放棄求學，祝英台「眼看學子求師去，面對詩書暗自傷」，而能運用智慧突破困境，父母想當然爾不會答應，於是先是不吃飯，然後成功地女扮男裝，偽裝郎中，指出病源：「小姐的病是心病，這心病嘛——還得心藥醫」，開出藥方是：讓她去杭城讀書，病就會好。終於說服父母。讀書，當然要女扮男裝，如何不被識破就成為第二個困境，於是在「草亭結義」時，銀心一時口快，叫她：「小姐——」，祝英台急智回答：「小姐明明在家，妳提她幹嘛！」當祝英台受了風寒而發燒，梁山伯要照顧祝英台，與她睡同一間房抵足而眠，以便祝英台夜裡要茶要水，可以隨時照顧。祝英台說：「男女授受不親，何況是同榻而眠呢？」不經意地透露其女子的身分，梁山伯回答說：「你怎麼把愚兄比起女人來啦！」祝英台又展現她的機智說：「梁兄既不是女人，怎敢勞動梁兄侍候茶水呢？」又化解了危機。在求學期間，祝員外多次去信催英台返家，祝英台當然都編藉口回覆，三年之後，祝員外以夫人病得很厲害，讓英台難以拒絕，可是一旦離開梁山伯，恐怕難有再見之日，這是第三個困境。祝英台分兩個方式處理，一是跟師母實話實說，請她當媒人，師母答應成全好姻緣；二是在十八相送時，暗示梁山伯。人性是複雜的，人生則是充滿變動的，想到解決困境的方法，有時未必能奏效，人生的淒美（或悲慘）往往從此發生，祝英台就是最好的例子。

廖輝英〈我的文學〉說：「文學事實相等於人學，它是離不開人的。或許它粗看像在複製人生，其實它有更大也更艱鉅的任務——它其實是在替人生找出路。文學家充其量也只是左衝右突在尋找人生這樣那樣的樣貌和出口而已。我們不能和上天和解的傷口、我們無法追索的遺憾、我們失落的夢想與愛，在文學國度裡，或有可能尋訪。」文學作品既然在替人生找出路，那麼，我們也可以透過閱讀文學作品，探討人生出路的問題。文學作品中，人物面對現實的困境時，能思考解決困境的方法，對於讀者而言，可以增加人生的閱歷，也有助於面對自己的人生。

五、「文學與人生」課程設計

「文學與人生」課程旨在探討人生與文學的關係。在作品的選材上，以人生面對的課題為分類，挑選其中較為重要的七項：親情、友情、愛情、婚姻、性別、政治與生死，引導學生深刻的省察人生所面對的課題。古典文學、現代文學與臺灣文學都涵蓋其中，使學生能了解古今人物生活的情感；在文體方面，兼收小說（筆記小說、傳奇、文言短篇小說、現代小說）、散文（古典散文與現代散文）、詩歌（《詩經》、漢樂府、魏晉詩歌、唐宋詩詞與現代詩），使學生了解不同文類的審美特色，具備感性與理性兼具的鑑賞內涵；在人生階段上，童年、青少年、青年、中年、老年的問題都儘量涉及，使學生對人生有更寬廣的視野。

在能力指標方面，主要在培養五種能力：一是閱讀能力：能獨立閱讀，且經常閱讀，以培養文化素養。二是思辨能力：能針對文學作品以口頭或書面提出問題。三是表達能力：對練習與問題的答題能有細密的思考，簡明表達。四是賞析能力：能對文學的主題、結構、意象、風格等進行賞析。五是規劃能力：透過人生議題探究討論，思考人生的意義，規劃生活方向。

六、結　語

「文學與人生」教材的編撰是為了契合大學通識課程教學的需要，因此內容乃針對大專學生撰寫，深淺宜適中，避免曲高和寡或庸俗膚淺。在編撰體例上，包括：導言（單元主題綜論）、選文（含文本、作者簡介與選文評析）、延伸閱讀（含創作與研究），提供學生閱讀文本，同時介紹賞析的方法，並附參考資料出處，以利學生進一步閱讀探討。選文以切中主題、學生可以接受程度為主要選取標準，並以符合每單元四小時的授課時間為原則，希望編出依據教育理念、適合學生程度、符合教學計畫的教材，從而在文學教學中，啟發學生思考，讓他們有足夠的能力及想像力，可以應付未來的人生。

七、延伸閱讀

◆朱壽桐，《文學與人生》，臺北：揚智出版社，二〇〇四年。
◆吳宓，《文學與人生》，北京：清華大學出版社，一九九三年。
◆傅孝先，《文學與人生》，臺北：書林出版社，一九九五年。

◆彭鏡禧編，《文學與人生》，臺北：洪建全基金會，二〇〇〇年。
◆龔鵬程，《文學散步》，臺北：漢光出版社，一九八五年。
◆王安憶，《小說家的13堂課》，臺北：印刻出版公司，二〇〇二年。
◆王安憶，《我讀我看》，臺北：一方出版公司，二〇〇二年。
◆廖玉蕙，《繁花盛景》，臺北：正中書局，二〇〇三年。
◆龍應台，《百年思索》，臺北：時報出版社，一九九九年。

文學中的親情

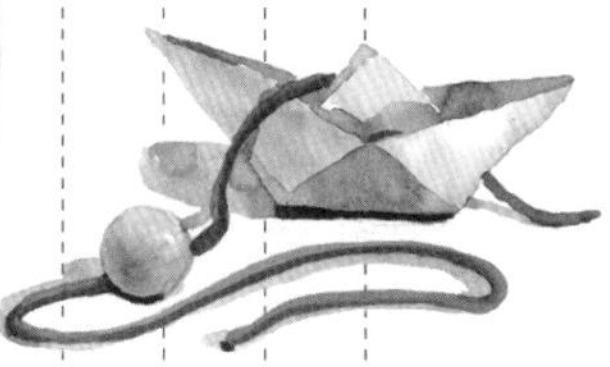

導言

林秀蓉

《呂氏春秋》說：「父母之於子也，子之於父母也，一體而二分，同氣而異息，……雖異處而相通，隱志相及，痛疾相救，憂思相感，生則相歡，死則相哀，此之謂骨肉之親。」父母之愛是千古傳誦的感情，文學中的親情書寫，透過對父母親的形象刻劃，描繪骨肉至親精神相感、情感相繫的歷程；從父母教養兒女的茹苦含辛、「望子成龍，望女成鳳」的期待，到子女「子欲養而親不待」的傷感、「養兒方知父母恩」的體悟，不只勾勒人生親情的圖像，闡發親情的本質與可貴，也建構了家庭倫理秩序的意義與價值。

親子之情是世間最純潔的感情，它比愛情更無私，它比友情更美好。席慕蓉〈愛是一切的泉源〉曾說：「愛是一切的泉源。沒有愛，就沒有力量，沒有生命，沒有美，沒有孩子，沒有父母，沒有社會，沒有世界。」父母之愛，是子女成長的基本條件，家庭制度的基石。他們有如守望天使，為孩子遮風蔽雨，用無盡的愛來澆灌兒女的心靈，更用殷切的期待來督責、鞭策兒女，使他們日日成長、茁壯。謳歌父母無盡的劬勞、無私的慈愛，古有《詩經・蓼莪》，今有夐虹〈白色的歌〉，為人子女在感念親情似海之餘，更當思量如何報答父母髮上的冰霜。

上帝因不能分在各處照顧每一個人，所以祂派了母親來。在每一位子女的心目中，母親是我們心頭恆久感到溫暖與光明的記憶。母子臍帶相連，打自十月懷胎開始，母親即忘卻自我，慈悲呵護，林今開的〈母難日〉，描述子女的生命是由母親的痛苦與鮮血鑄就而成。傅天琳以〈揹帶〉為詩題，透過三個蝴蝶結的意象表達，母子親情水乳交融的畫面躍然紙上。子女童年世界中唯一的依戀便是母親，夐虹的〈媽媽〉，特意從童年特殊的視角和想像力出發，把母愛具象為「滿滿的一盆洗澡水」，最為傳神。顏崑陽的〈藥罏．母親〉，由慈母罏邊熬藥的溫馨背影，娓娓道出被細膩照顧、關愛的成長歷程，形象鮮明。久病床前有慈母，養育久病兒女的母親，承擔的壓力與挑戰，必更多於正常小孩的母親。十二歲就得了類風溼關節炎的杏林子，在〈母親的臉〉、〈亦母亦友〉二文，用全然的愛和犧牲塑造母親的形象，她讓生病的女兒活得健康快樂。慈母永遠以大地之母的雙臂，守護在兒女身旁，毫不怨尤，展露出中國婦女特有的柔韌堅強。

母親永遠是子女的心靈後盾，遊子鄉愁萌芽的初端。唐朝孟郊的〈遊子吟〉：「慈母手中線，遊子身上衣。臨行密密縫，意恐遲遲歸。誰言寸草心，報得三春暉。」這首詩成功的表現出母親對孩子的慈愛之情，也自詩人的肺腑之中流露出孺慕之情，成為歌頌母愛的代表作。清朝朱琦的〈北堂侍膳圖記〉，作者在異鄉見侍親圖畫而憶念遠在故鄉的母親，悲感不勝，也是遊子思親之情的動人佳作。顧肇森的〈似水流年〉，敘述離鄉背井的遊子，回來短暫地承歡膝下時，驀然發現母親的年華在倚門望兒歸中老去。道盡這一代社會和家庭結構中，兒女的無奈與愧疚，和故鄉母親緜緜無絕期的等待。

父親在傳統家庭中所扮演的角色往往是一家之主，必須養家活口，維持家庭生計於不墜。加上「嚴父慈母」的觀念，使得父親通常被描繪成不善表達父愛，令子女敬畏的形象。簡媜的〈漁父〉，父親對女兒的溫情深埋於冰山底下，父女恩緣雖僅短短十三年，作者終將父親亡故的深刻悲痛化為生命的永恆最愛。全文將傳統父親不露聲色的感情表達，描摹得極其真切生動。文學作品中亦可見風趣、親切又民主的父親形象。余光中的〈我的四個假想敵〉，作者以開明幽默的父親角色，敘述與女兒男友間錯綜微妙的情意糾結，將「吾家有女初長成」的內在喜悅與敏感不安，描繪得淋漓盡致。朱天文的〈攜手同行〉，女兒與父親關係和諧，亦父亦友，令人稱羨。二文語調詼諧愉悅，內容輕鬆可喜。

父母在教育兒女的過程中，常有「望子成龍，望女成鳳」的殷切期待，他們耳提面命的揭示家訓教誨，並身體力行的樹立品格風範。北宋歐陽修的〈瀧岡阡表〉，歐母撫孤守節、勤勞節儉，苦心教導兒子；天倫之情，至為溫馨感人。司馬光的〈訓儉示康〉，闡明儉為德基，侈為惡源的道理，以垂訓誡。明朝歸有光的〈先妣事略〉，懷念母親持家辛勞及教子讀書的苦心，而有「養兒方知父母恩」的感嘆。清朝蔣士銓的〈鳴機夜課圖記〉，描繪母親相夫教子、賢慧刻苦的德範，並代夫督子習誦。現今，胡適的〈我的母親〉、〈母親的教誨〉，林海音的〈爸爸的花兒落了〉，皆有父母教導待人接物及激勵奮發向上的話語，表達天下父母的拳拳之心，對子女品德修養及日後成就，有著極大的影響。

近年來臺灣開始邁入高齡化社會，愈來愈多的父母生活在疏離和孤獨中，如何善盡孝道，值得為人子女者深思。除了讓父母衣食無虞，最重要的是多陪伴父母，給予愛與關懷。王文華在〈我的生日禮物〉中，敘述得知父親罹患腫瘤之後，學會了「搞清楚人生的優先順序」，體悟到「失去了可以分享成功的對象，再大的成功都只是隔靴搔癢。」當父母生命的風華幻滅後，太多的人都有「子欲養而親不待」的深沉感喟與無盡懷思。作者以痛徹心扉的經驗，提醒為人子女者在生活節奏緊湊之餘，不忘多與父母團聚。

養兒方知父母恩。在初為人父人母的手忙腳亂中，不得不含笑忍耐每一天的睡眠不足，不得不放棄往日從容悠閒的生活步調。養育自己兒女，更能體會父母生養教育的恩情。黃春明的〈兒子的大玩偶〉、張曉風的〈母親的羽衣〉、陳幸蕙的〈第一個母親節〉和〈最好的磨刀石〉，抒發初為父母的無比歡愉，及養兒育女的辛勞，深刻了悟「誰言寸草心，報得三春暉」的奧義。

臺灣進入工商的物質繁榮時代，人們的需求滿足也一再陷溺在物質層次；相反的，精神的、道德的、乃至文化的需求反而日趨淡薄。家庭的結構、倫理的價值面臨了前所未有的挑戰，家顯得沒有以往牢靠，倫理秩序再也不像過去的嚴謹。希望透過文學中的親情摹寫，映現真愛的質地、人性的光華，更堅實的建構那恆久不滅的親情倫理秩序。

北堂侍膳圖記

朱琦

姚湘波先生，以所繪北堂侍膳❶圖示余，圖廣四尺，縱一尺，修竹古木，翳然❷庭宇。素衣練裙❸。怡然坐於堂上者，為其母沈太夫人，面白晰微髭而侍側者，即湘波先生；稍左，肩隨而立，為其弟湘舟；其右面微俯，嶷然❹而秀出者，為其季弟湘漁。

余曰：天下之至樂，無有逾此者矣！人孰不有此樂，然往往當其境者，視為固然，無足異也。猶記琦少時，侍先大夫❺飯，有饋❻蒸豚者，琦方自塾歸，先大夫謂琦曰：「汝今日書熟乎？以啖❼汝！」回顧吾弟，牽衣立母旁。先大母❽年八十，扶杖相視而笑，以為人生骨肉歡然聚處恆如是。及長，更歷憂患，顛頓狼狽❾，奔走道途，忽忽已二十年，今獨吾母張太宜人在耳。余又以宦遊京師，太宜人道遠不果來，弟及諸姪南北乖隔，每於中夜徬徨卻顧，不獨兒時意象邈難再得，即曩昔家居骨肉聚處之樂，亦惝然如夢，不可追憶。覽是圖，不能不慨然而歎也。

先生以某年官翰林，改銓部❿，奉贈公諱歸江南⓫。今年春，復供職來京。太夫人憚於遠涉，不獲迎侍。先生所處之境，其有與余同者耶。

嗟夫！世之遠遊而不克顧養者多矣！今先生獨睠睠⓬於此，且為之圖以示不忘。余既重先生之誠，且誌余感，而又以為世之遠遊而忘其親者戒也。迺為之記。

注釋

❶北堂侍膳　意謂侍奉母親進餐。北堂，指母親。《詩經．衛風．伯兮》：「焉得諼草，言樹之背。」句中之「背」，北堂也。

❷翳然　意指修竹古木茂盛成蔭貌。翳，原為用羽毛製成的車蓋，因此有遮蔽覆蓋的意思。

❸練裙　絲製的裙子。

❹嶷然　特立貌。嶷，音ㄋㄧˋ。

❺先大夫　父親稱大夫；已死稱先大夫。

❻饋　贈送。

❼啖　食也。音ㄉㄢˋ。

❽大母　祖母。

❾狼狽　比喻情勢窘迫，進退兩難或身心疲乏。

❿銓部　吏部專管銓選之官署。

⓫奉贈公諱歸江南　遭父喪回江南故鄉。

⓬睠睠　反顧貌。《詩經．小雅．小明》：「念彼共人，睠睠懷顧。」睠，音ㄐㄩㄢˋ，同「眷」。

作者簡介

朱琦（西元一八〇三～一八六一年），生於清仁宗嘉慶八年，卒於清文宗咸豐十一年，享年五十九歲。字濂甫，號伯韓，廣西桂林人。道光十五年中進士，曾任編修、御史等官。在政壇上，直聲偉抱，風采懍然，與陳慶鏞、蘇廷魁號稱「諫垣三直」。太平天國之亂，任道員死守杭州。在文壇上，古文效法呂璜，與梅曾亮、邵懿辰並駕齊驅；詩格渾雄，自成一格。著有《怡志堂詩》八卷，文六卷。

選文評析

本文乃遊子思親之作。姚湘波畫兄弟侍親用膳圖像，朱琦覽圖興感，憶念年少時一家歡喜團聚的情景，今昔對照，感慨深沉，因而作記。文字樸實敦厚，感情真誠懇切，足以引人共鳴。

首段，以文字代畫筆，勾勒出姚君三兄弟侍親用膳的溫馨畫面，洋溢家庭倫理親情之樂。

第二段，一開始作者即以「天下之至樂，無有逾此者矣！人孰不有此樂，然往往當其境者，視為固然，無足異也。」點明了人生可惜可貴、可愛可重者，莫如一家團聚共享天倫之樂；然而為人子女者往往身在福中不知福，常視為當然而不善加珍惜。接著追憶少小時和祖父母歡然相守的景況，歷歷在目。隨著生命的成長，歷經人事的憂患與顛蹶，如今全家相失相散，充分流露昔日家居團聚邈難再得的慨嘆。

第三段，點明作文主意。追記友人「所處之境，其有與余同者耶」，二人因宦遊京師，而母親因路途遙遠不能來，思親情切，友人故而繪圖表孝思，引發作者為文寄託感慨。

末段，承接第三段，道出作記的動機與目的。除了稱頌友人不忘其親，感慨骨肉聚處惝然如夢，並以此文「為世之遠遊而忘其親者戒」，對世人頗有警示作用。

（林秀蓉）

兒子的大玩偶

黃春明

在外國有一種活兒，他們把它叫做"Sandwich-man"。小鎮上，有一天突然也出現了這種活兒。但是在此地卻找不到一個專有的名詞，也沒有人知道這活兒應該叫什麼。經過一段時日，不知道哪一個人先叫起的，叫這活兒做「廣告的」。等到有人發覺這活兒已經有了名字的時候，小鎮裡大大小小的都管它叫「廣告的」了。甚至於，連手抱的小孩，一聽到母親的哄騙說：「看哪！廣告的來了！」馬上就停止吵鬧，而舉頭東張西望。

一團火球在頭頂上滾動著緊隨每一個人，逼得教人不住發汗。一身從頭到腳都很怪異的、仿十九世紀歐洲軍官模樣打扮的坤樹，實在難熬這種熱天。除了他的打扮令人注意之外，在這種大熱天，那樣厚厚的穿著也是特別引人的；反正這活兒就是要吸引人注意。

臉上的粉墨，教汗水給沖得像一尊逐漸熔化的蠟像。塞在鼻孔的小鬍子，吸滿了汗水，逼得他不得不張著嘴巴呼吸。頭頂上圓筒高帽的羽毛，倒是顯得涼快地飄顫著。他何嘗不想走進走廊避避熱，但是舉在肩上的電影廣告牌，教他走進不得。新近，身前身後又多掛了兩張廣告牌；前面的是百草茶，後面的是蛔蟲藥。這樣子他走路的姿態就得像木偶般地受拘束了。累倒是累多了，能多要到幾個錢，總比不累的好。他一直安慰著自己。

從幹這活兒開始的那一天，他就後悔得急著想另找一樣活兒幹。對這種活兒他愈想愈覺得可笑，如果別人不笑話他，他自己也要笑的；這種精神上的自虐，時時縈繞在腦際，尤其在他覺得受累的時候倒逞強得很。想另換一樣活兒吧。單單這般地想，也有一年多了。

近前光晃晃的柏油路面，熱得實在看不到什麼了。稍遠一點的地方的景象，都給蒙在一層黃膽色的空氣的背後，他再也不敢穿望那一層帶有顏色的空氣看遠處。萬一真的如腦子裡那樣晃動著倒下去，那不是都完了嗎？他用意志去和眼前的那一層將置他於死地的色彩掙扎著：他媽的！這簡直就不是人幹的。但是這該怪誰？

「老闆，你的電影院是新開的，不妨試試看。試一個月如果沒有效果，不用給錢算了。海報的廣告總不會比我把上演的消息帶到每一個人的面前好吧？」

「那麼你說的服裝呢？」

（與其說我的話打動了他，倒不如說是我那副可憐相令人同情吧。）

「只要你答應，別的都包在我身上。」

（為這件活兒他媽的！我把生平最興奮的情緒都付給了它。）

「你總算找到工作了。」

（他媽的，阿珠還為這活兒喜極而泣呢。）

「阿珠，小孩子不要打掉了。」

（為這事情哭泣倒是很應該的。阿珠不能不算是一個很堅強的女人吧。我第一次看到她那麼軟弱而號啕的大哭起來。我知道她太高興了。）

想到這裡，坤樹禁不住也掉下淚來。一方面他沒有多餘的手擦拭，一方面他這樣想：管他媽的蛋！誰知道我是流汗或是流淚。經這麼一想，淚似乎受到慫恿，而不斷的滾出來。在這大熱天底下，他的臉肌還可以感到兩行熱熱的淚水簌簌地滑落。不抑制淚水湧出的感受，竟然是這般痛快；他還是頭一次發覺的哪。

「坤樹！你看你！你這像什麼鬼樣子！人不像人，鬼不像鬼，你！你怎麼會變成這個模樣來呢?!」

（幹這活兒的第二天晚上；阿珠說他白天就來了好幾趟了。那時正在卸裝，他一進門就嚷了起來。）

「大伯仔……」

（早就不該叫他大伯仔了。大伯仔。屁大伯仔哩！）

「你這樣的打扮誰是你的大伯仔！」

「大伯仔聽我說……」

「還有什麼可說的！難道沒有別的活兒幹啦？我就不相信，敢做牛還怕沒有犁拖？我話給你說在前面，你要現世給我滾到別地方去！不要在這裡汙穢人家的地頭。你不聽話到時候不要說這個大伯仔反臉不認人！」

「我一直到處找工作……」

「怎麼？到處找就找到這沒出息的鳥活幹了?!」

「實在沒有辦法，向你借米也借不到……」

「怎麼？那是我應該的？我應該的？我，我也沒有多餘的米，我的米都是零星買的，怎麼？這和你的鳥活何干？你少廢話！你！」

（廢話？誰廢話？真氣人。大伯仔，大伯仔又怎麼樣？娘哩！）

「那你就不要管！不要管不要管不要管——」

（呵呵，逼得我差點發瘋。）

「畜生，好好，你這個畜生！你竟敢忤逆我，你敢忤逆我。從今以後我不是你坤樹的大伯！切斷！」

「切斷就切斷，我有你這樣的大伯仔反而會餓死。」

（應得好，怎麼去想出這樣的話來？他離開時還暴跳地罵了一大堆話。隔日，真不想去幹活兒了。倒不是怕得罪大伯仔，就不知道為什麼灰心得提不起精神來。要不是看到阿珠的眼淚，使我想到我答應她說：「阿珠，小孩子不要打掉了。」的話；還有那兩帖原先準備打胎用的柴頭仔也都扔掉了；我真不會再有勇氣走出門。）

想，是坤樹唯一能打發時間的辦法，不然，從天亮到夜晚，小鎮裡所有的大街小巷，那得走上幾十趟，每天同樣的繞圈子，如此的時間，真是漫長得怕人。寂寞與孤獨自然而然地叫他去做腦子裡的活動；對於未來他很少去想像，縱使有的話，也是幾天以後的現實問題，除此之外，大半都是過去的回憶，以及以現在的想法去批判。

頭頂上的一團火球緊跟著他離開柏油路，稍前面一點的那一層黃膽色的空氣並沒有消失，他懨懨地感到被裹在裡面令他著急。而這種被迫的焦灼的情緒，有一點類似每天天亮時給他的感覺；躺在床上，看到曙光從壁縫漏進來，整個屋裡四周的昏暗與寂靜，還有那家裡特有的潮溼的氣味。他的情緒驟然地即從寧靜中躍出恐懼，雖然是一種習慣的現象，但是，每天都像一個新的事件發生。真的，每月的收入並不好，不過和其他工作比起來，還算是不差的啦。工作的枯燥和可笑，激人欲狂。可是現在家裡沒有這些錢，起碼的生活就馬上成問題。怎麼樣？最後，他說服了自己，不安的還帶著某種的慚愧爬了起來，坐在阿珠的小梳妝臺前，從抽屜裡拿出粉塊，望著鏡子，塗抹他的臉，望著鏡子，淒然的留半邊臉苦笑。白茫茫的波濤在腦子裡翻騰。

他想他身體裡面一定一滴水都沒有了，向來就沒有這般的渴過。育英國校旁的那條花街，妓女們穿著睡衣，拖著木屐圍在零食攤吃零食，有的坐在門口施粉，有的就茫然的倚在門邊，也有埋首在連環圖畫裡面，看那樣子倒是很逍遙。其中夾在花街的幾戶人家，緊緊地閉著門戶，不然即是用欄柵橫在門口，並且這些人家的門邊的牆壁上，很醒眼的用紅漆大大的寫著「平家」兩個字。

「呀！廣告的來了！」圍在零食攤裡的一個妓女叫了出來。其餘的人紛紛轉過臉來，看著坤樹頭頂上的那一塊廣告牌子。

他機械的走近零食攤。

「喂！樂宮演什麼啊？」有一位妓女等廣告的走過他們的身邊時問。

他機械的走過去。

「他發了什麼神經病，這個人向來都不講話的。」有人對著向坤樹問話的那個妓女這樣地笑她。

「他是不是啞巴？」妓女們談著。

「誰知道他？」

「也沒看他笑過，那副臉永遠都是那麼死死的。」

他才離開她們沒有幾步，她們的話他都聽在心裡。

「喂！廣告的，來呀！我等你。」有一個妓女的吆喝向他追過來，在笑聲中有人說：「如果他真的來了不把你嚇死才怪。」

他走遠了，還聽到那一個妓女又一句挑撥的吆喝。在巷尾，他笑了。

要的，要是我有了錢我一定要。我要找仙樂那一家剛才倚在門旁發呆的那一個，他這樣想著。

走過這條花街，倒一時令他忘了許多勞累。

看看人家的鐘，也快三點十五分了。他得趕到火車站和那一班從北來的旅客沖個照面；這都是和老闆事先訂的約，例如在工廠下班，中學放學等等都得去和人潮沖個照面。

時間也控制得很好，不必放快腳步，也不必故意繞近，當他走出東明里轉向站前路，那一班下車的旅客正好紛紛地從柵口走出來，靠著馬路的左邊迎前走去；這是他幹這活的原則，陽光仍然熱得可以烤番薯，下車的旅客匆忙的穿過空地，一下子就鑽進貨運公司這邊的走廊。除了少數幾個外來的旅客，再也沒有人對他感到興趣，要不是那幾張生疏而好奇的面孔，對他有所鼓勵的話，他真不知怎麼辦才好；他是有把握的，隨便捉一個人，他都可以辨認是外地的或是鎮上的，甚至於可以說出那個人大部分在什麼時間，什麼地方出現。

無論怎麼，單靠幾張生疏的面孔，這個飯碗是保不住，老闆遲早也會發現。他為了目前反應，心都頹了。

（我得另做打算吧。）

此刻，他心裡極端的矛盾著。

「看哪！看哪！」

（開始那一段日子，路上人群的那種驚奇，真像見了鬼似的。）

「他是誰呀？」

「哪兒來的？」

「咱們鎮裡的人嗎？」

「不是吧！」

「唷！是樂宮戲院的廣告。」

「到底是哪裡的人呢？」

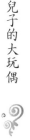

（真莫名其妙，注意我幹什麼？怎麼不多看看廣告牌？那一陣子，人們對我的興趣真大，我是他們的謎。他媽的，現在他們知道我是坤樹仔，謎底一揭穿就不理了。這干我什麼？廣告不是經常在變換嗎？那些冷酷和好奇的眼睛，還亮著哪！）

反正幹這種活，引起人注意和被奚落，對坤樹同樣是一件苦惱。

他在車站打了一回轉，被游離般的走回站前路。心裡和體外的那種無法調合的冷熱，向他挑戰。坤樹的反抗只止於內心裡面咒詛而已。五六公尺外的那一層黃膽色的空氣又隱約的顯現，他口渴得喉嚨就要裂開，這時候，家，強有力的吸引著他回去。

（不會為昨晚的事情，今天就不為我泡茶吧？唉！中午沒回去吃飯就太不應該了，上午也應該回去喝茶。阿珠一定更深一層的誤會。他媽的該死！）

「你到底生什麼氣，氣到我身上來。小聲一點怎麼樣，阿龍在睡覺。」

（我不應該遷怒於她。都是吝嗇鬼不好，建議他給我換一套服裝他不幹，他說：「那是你自己的事！」我的事？真是他媽的狗屎！這件消防衣改的，已經引不起別人的興趣了，同時也不是這種大熱天能穿的啊！）

「我就這麼大聲！」

（嘖！太過分了。但是一肚子氣怎麼辦？我又累得很，阿珠真笨，怎麼不替我想想，還向我頂嘴。）

「你真的要逼人嗎？」

「逼人就逼人！」

（該死，阿珠，我是無心的。）

「真的？」

「不要說了！」嘶著喉嚨叫：「住嘴！我！我打人啦啊！」當時把拳頭握得很緊，然後猛力的往桌子搥擊。

（總算生效了，她住嘴了，我真怕她逞強。我想我會無法壓制地打阿珠。但是我絕對是無心的。把阿龍嚇醒過來真不應該。阿珠那樣緊緊地抱著阿龍哭的樣子，真教人可憐。我的喉嚨受不了，我看今天喝不到茶了吧？活該！不，我真渴著哪。）

坤樹一路想著昨晚的事情，不覺中已經到了家門口，一股悸動把他引回到現實。門是掩著，他先用腳去碰它，板門輕輕的開了。他放下廣告牌子，把帽子抱在一邊走了進去。飯桌上罩著竹筐，大茶壺擱在旁邊，嘴上還套著那個綠色的大塑膠杯子。她泡了！一陣溫暖流過坤樹的心頭，覺得寬舒了起來。他倒滿了一大杯茶，駛直喉嚨灌。這是阿珠從今年夏天開始，每天為他準備的薑母茶，裡頭還下了赤糖，等坤樹每次路過家門進來喝的。阿珠曾聽別人說，薑母茶對勞累的人很有裨益。他渴得倒滿了第二杯，同時心裡的驚疑也滿了起來。平時回來喝茶水不見阿珠倒不怎麼，但為了昨晚無理的發了一陣子牛脾氣的聯想，使他焦灼而不安。他放下茶，打開桌罩和鍋蓋，發覺菜飯都沒動，床上不見阿龍睡覺，阿珠替人洗的衣服疊得好好的。哪裡去了？

阿珠從坤樹不吃早飯就出門後，心也跟著懸得高高的放不下來，本來想叫他吃飯的，但是她猶豫了一下，坤樹已經過了馬路了。他們一句話都沒說。阿珠揹著阿龍和平時一樣地去替人家洗衣服。她不安得真不知怎做才好，用力在水裡搓著衣服，身體的擺動，使阿龍沒有辦法將握在手裡的肥皂盒，放在口裡滿足他的吸吮。小孩把肥皂盒丟開，氣得放聲哭了。阿珠還是用力的搓衣服。小孩愈哭愈大聲，她似乎沒聽見；過去她沒讓阿龍這般可憐的哭著而不理。

「阿珠，」就在水龍頭上頭的廁所窗口，女主人喊她。

她仍然埋首搓衣服。

「阿珠。」這位一向和氣的女主人，不能不更大聲地叫她。

阿珠驚慌的停手，站起來想聽清楚女主人的話時，同時也意識到阿龍的哭鬧，她一邊用溼溼的手溫和的拍著阿龍的屁股，一邊側頭望著女主人。

「小孩子在你的背上哭得死去活來，你都不知道嗎？」雖然帶有點責備，但是口氣還是十分溫和。

「這小孩子。」她實在也沒什麼話可說。「給了他肥皂盒他還哭！」她放斜左邊的肩膀，回過頭向小孩：「你的盒子呢？」她很快的發現掉在地上的肥皂盒，馬上俯身拾過來在水盆裡一沾，然後甩了一下，又往後拿給阿龍了。她蹲下來，拿起衣服還沒搓的時候，女主人又說話了。

「你手上拿著的這一件紗是新買的，洗的時候輕一點搓。」

她實在記不起來她是怎麼搓衣服，不過她覺得女主人的話是多餘的。

好不容易把洗好的衣服晾起來，她匆匆忙忙地揹著阿龍往街上跑。她穿過市場，她沿著鬧區的街道奔走，兩隻焦灼的眼，一直搜尋到盡頭，她什麼都沒發現。她腦子裡忙亂的判斷著可能尋找到他的路。最後終於在往鎮公所的民權路上，遠遠的看到坤樹高高地舉在頭頂上的廣告牌，她高興的再往前跑了一段，坤樹的整個背影都收入她的眼裡了。她斜放左肩，讓阿龍的頭和她的臉相貼在一起說：

「阿龍，你看！爸爸在那裡。」她指著坤樹的手和她講話的聲音一樣，不能公然的而帶有某種自卑的畏縮。他們距離得很遠，阿龍什麼都不知道。她站在路旁目送著坤樹的背影消失在叉路口，這時，內心的憂慮剝了其中最外的一層。她不能明白坤樹這個時候在想些什麼，他不吃飯就表示有什麼。不過，看他還是和平常一樣的舉著廣告牌走；唯有這一點教她安心。但是這和其他令她不安的情形糅雜在一起，變得比原先的恐懼更難負荷的複雜，充塞在整個腦際裡。見了坤樹的前後，阿珠只是變換了不同的情緒，心裡仍然是焦灼的。她想她該回去替第二家人家洗衣服去了。

當她又替人洗完衣服回到家裡，馬上就去打開壺蓋。茶還是整壺滿滿的，稀飯也沒動，這證明坤樹還是沒回來過。他一定有什麼的，她想。本來想把睡著了的阿龍放下來，現在她不能夠。她匆忙的把門一掩，又跑到外頭去了。

頭頂上的火球正開始猛烈的燒著，大部分路上的行人，都已紛紛的躲進走廊。所以阿珠要找坤樹容易得多了。她站在路上，往兩端看看，很快的就可以知道他不在這一條路上。這次阿珠在中正北路的鋸木廠附近看到他了，他正向媽祖廟那邊走去。她距離坤樹有七八個房子那麼遠，偷偷地跟在後頭，還小心的提防他可能回過頭來。在背後始終看不出坤樹有什麼異樣，有幾次，阿珠借著走廊的柱子遮避，她趕到前面距離坤樹背後兩三間房的地方觀察他。仍然看不出有什麼異樣的地方。但是，不吃飯、不喝茶的事，卻令阿珠大大的不安。她一直不能相信她所觀察的結果，而深信一定有什麼，她擔憂著什麼事將在他們之間發生。這時阿珠突然想看看坤樹的正面。她想，也許在坤樹的臉上可以看到什麼。她跟到十字路口的地方，看坤樹並沒有拐彎而直走。於是她半跑的穿過幾段路，就躲在媽祖廟附近的攤位背後，等坤樹從前面走過來。她急促忐忑的心，跟著坤樹的逼近，逐漸的高亢起來。面臨著自己適才的意願的頃刻，她竟不顧旁人對她的驚奇，她很快的蹲到攤位底下，然後連接著側過頭，看從她旁邊閃過的坤樹。在這剎那間，她只看到不堪燠熱的坤樹的側臉，那汗水的流跡，使她也意識到自己的額頭亦不斷地發汗。阿龍也流了一身汗。

那包紮著一個核心的多層的憂慮，雖然經她這麼跟蹤而剝去了一些，而接近裡層的核心，卻敏感的只稍一觸及即感到痛楚。阿珠又把自己不能確知什麼的期待，放在中午飯的時候。她把最後的一家衣服也洗了。接著準備好中午飯，一邊給阿龍餵奶一邊等著坤樹。但是過了些時，還不見坤樹的影子踏進門，這使得她又激起極大的不安。

她揹著阿龍在公園的路上找到坤樹。有幾次，她真想鼓起勇氣，跟上前懇求他回家吃飯。但是她稍微一走近坤樹，突然就感到所有的勇氣又消失了。於是，她只好保持一段距離，默默地且傷心的跟著坤樹。這條路走過那一條路，這條巷子轉到另一條巷子，沿途她還責備自己，說昨晚根本就不該頂嘴，害得他今天這麼辛苦，兩頓飯沒吃，茶水也沒喝，在這樣的大熱天，不斷的走路……。她流著淚，走幾步路，總得牽揹巾頭擦拭一下。

最後看到坤樹轉向往家裡走的路，她高興得有點緊張。她從另一條巷口的地方，在那裡可以看到坤樹怎麼走進屋子裡，看他有沒有吃飯。坤樹走過來了。終於在門口停下來了。阿珠看到他走進屋子裡的時候，流出了更多眼淚，她只好用雙手掩面，而將頭頂在巷口的牆上，支柱著放鬆她的心緒。坤樹在屋裡的一舉一動，她都看在眼裡了。她也猜測到坤樹的心裡，正焦急地找她，這種想法，使她覺得多少還是幸福的。

當坤樹在屋裡納悶而急不可待的想踏出外面，阿珠揹著阿龍低著頭閃了進來。阿珠在對面竊視到坤樹喝了茶，一股喜悅地跨過來的時間，正好是坤樹納悶的整段。看到妻子回來了，另一邊看到丈夫喝了茶了，兩個人的心頭像同時一下子放了重擔。阿珠還是低著頭，忙著把桌罩掀掉，接著替坤樹添飯。坤樹把前後的廣告牌子卸下來放在一邊，將胸口的釦子解開，坐下來拿起碗筷默默地吃了，阿珠也添了飯，坐在坤樹的對面用飯。他們一直沉默著，整個屋子裡面，只能聽到類似豬圈裡餵豬時的嚼嚼的聲音。坤樹站起來添飯，阿珠趕快地抬起頭看看他的背後，又很快的低下頭扒飯。等阿珠站起來，坤樹迅速的看了看她的背後，在她轉身過來之前，亦將視線移到別的地方。坤樹終於耐不住這種沉默：

「阿龍睡了？」他知道阿龍在母親背後睡著了。

「睡了。」她還是低著頭。

又是一段沉默。

坤樹看著阿珠，但是以為阿珠這一動將抬頭時，他馬上又把視線移開。他又說話了：

「今天早上紅瓦厝的打鐵店著火了你知道不知道？」

「知道。」

這樣的回答，坤樹的話又被阻塞了。又停了一會。

「上午米粉間那裡的路上死了兩個小孩。」

「唷！」她猛一抬頭，看到坤樹也正從飯碗裡將要抬頭時，很快的又把頭低了下去，「怎麼死的？」她內心是急切想知道這問題的，但語調上已經沒有開始的驚嘆那麼來得激動。

「一輛運米的牛車，滑下來幾包米，把吊在車尾的小孩壓死了。」

坤樹從幹了這活以後，幾乎變成了阿珠專屬的地方新聞記者，將他每天在小鎮裡所發現的事情，一五一十地告訴她，有時也有號外的消息，例如有一次，坤樹在公園路看到一排長龍從天主教堂的側門排到路上，他很快的專程的趕回家，告訴阿珠說天主教堂又在賑濟麵粉了。等他晚上回來，兩大口的麵粉和一廳奶粉好好的擺在桌上。

雖然某種尷尬影響了他們談話的投機，但總算和和氣氣的溝通了。坤樹把胸釦扣好，打點了一下道具，不耐沉默地又說：

「阿龍睡了？」

（廢話，剛才不是說了！）

「睡著了。」她說。

但是，坤樹為了前句話，窘得沒聽到阿珠的回答。他有點匆忙的走出門外，連頭也不回的走了。這時阿珠才站在門口，搖晃著背後的阿龍，一邊輕拍小孩的屁股目送著丈夫消失。這一段和解的時間約有半個小時的光景，然而他們之間的目光卻沒有真正的接觸過。

農會的米倉，不但牆築得很高，同時長得給人感到怪異。這裡的空氣因巨牆的關係，有一團氣流在這裡旋轉，牆的巨影蓋住了另一邊的矮房，坤樹正向這邊走過來。他的精神好多了，眼前直穿到盡頭，再也看不到那一層黃膽色的阻隔，那麻木不覺的臂膀，重新恢復了舉在頭頂上的廣告牌子的重量感。他估量天色的時分和晚上的時間，埋怨此刻不是晚上，他實在想睡覺的事。他有這種經驗，只要這麼經過，他和阿珠之間的尷尬即可全消。其實為了消融夫妻之間的尷尬算是附帶的，不知怎麼，夫妻之間有了尷尬，而到了某一種程度的時候，性慾就勃發起來。這麼白亮的時光，真受坤樹咒詛，倉庫的四周，麻雀吱吱喳喳地叫個不停，他想到自己的童年，那時這一排矮房子還是一片空地，他常常和幾個小朋友跑到這裡打麻雀；當時他練得一手好彈弓。電線上的幾隻麻雀有的正偏著頭望他，他略微側著頭望上去，仍舊不變腳步地走著，側仰的頭和眼球的角度，跟著他每一步的步伐在變，突然後面有人跑過來的腳步聲，使他驚嚇得回轉過頭。這和他以前提防看倉庫的那位老頭子一樣。他為他這動作感到好笑。那位老頭，早在他在這裡來打麻雀的時候就死掉了，屍體還是他們在倉庫邊的井旁發現的。想啊想地，電線上的麻雀已落在他的後頭了。

一群在路旁玩土的小孩，放棄他們的遊戲，嘻嘻哈哈地向他這邊跑來，他們和他保持警戒的距離跟著他走，有的在他的前面，面向著他倒退著走。在阿龍還沒有出生以前，街童的纏繞曾經引起他的氣惱。但是現在不然了，對小孩他還會向他們做做鬼臉，這不但小孩子高興，無意中他也得到了莫大的愉快。每次逗著阿龍笑的時候，都可以得到這種感覺。

「阿龍，阿龍——」

「你管你自己走吧，誰要你撒嬌。」

「阿龍——再見，再見……」

他們幾乎每天都是這樣的在門口分手。阿龍看到坤樹走了他總是要哭鬧一場，有時從母親的懷抱中，將身體往後仰翻過去，想挽留去工作的父親。這時，坤樹往往由阿珠再說一句：「孩子是你的，你回來他還在。」之類的話，他才死心走開。

（這孩子這樣喜歡我。）

坤樹十分高興。這分活兒使他有了阿龍，有了阿龍教他忍耐這活兒的艱苦。

「鬼咧！你以為阿龍真正喜歡你嗎？這孩子以為真的有你現在的這樣一個人哪！」

（那時我差一點聽錯阿珠這句話。）

「你早上出門，不是他睡覺，就是我揹出去洗衣服。醒著的時候，大半的時間你都打扮好這般模樣，晚上你回來他又睡了。」

（不至於吧，但這孩子越來越怕生了。）

「他喜歡你這般打扮做鬼臉，那還用說，你是他的大玩偶。」

(呵呵，我是阿龍的大玩偶，大玩偶?!)

那位在坤樹前面倒退著走的小街童，指著他嚷：

「哈哈，你們快來看，廣告的笑了，廣告的眼睛和嘴巴說這樣這樣地歪著哪！」

幾個在後頭的都跑到前面來看他。

(我是大玩偶，我是大玩偶。)

他笑著。影子長長地投在前面，有了頭頂上的牌子，看起來不像人的影子。街童踩著他的影子玩，遠遠的背後有一位小孩子的母親在喊，小孩子即時停下來，以惋惜的眼睛目送他，而也以羨慕的眼睛注視其他沒有母親出來阻止的朋友。坤樹心裡暗地裡讚賞阿珠的聰明，他一再地回味著她的比喻：「大玩偶，大玩偶。」

「龍年生的，叫阿龍不是很好嗎？」

(阿珠如果讀了書一定是不錯的。但是讀了書也就不會是坤樹的妻子了。)

「許阿龍。」

「是不是這個龍？」

(戶籍課的人也真是，明知道我不太熟悉字才請他替我填表，他還這麼大聲的問。)

「鼠牛虎兔龍的龍。」

「六月生的，怎麼不早來報出生？」

「今天才取到名字。」

「超出三個月未報出生要罰十五元。」

「連要報出生我們都不知道咧。」

「不知道？那你們怎麼知道生小孩？」

（真不該這樣挖苦我，那麼大聲引得整個公所裡面的人都望著我笑。）

中學生放學了，至少他們比一般人好奇，他們讀著廣告牌的片名，有的拿電影當著話題，甚至於有人對他說：「有什麼用？教官又不讓我們看！」他不能明白他的意思，但是他很愉快，看到每一個中學生的書包，脹得鼓鼓的，心裡由衷的敬佩。

（我們有三代人沒讀過書了。阿龍總不至於吧！就怕他不長進。聽說註冊需要很多錢哪！他們真是幸運的一群！）

兩排高大的桉樹的路樹，有一邊的影子斑花的映在路面，從那一端工業地區走出來的人，他們沒有中學生那麼興奮，滿臉帶著疲倦的神色，默默地犁著空氣，即使有人談笑也只是那麼小聲和輕淡。找這活幹以前，坤樹亦曾到紙廠、鋸木廠、肥料廠去應徵過，他很羨慕這群人的工作，每天規律的在這個時候，通過這涼爽的高桉路回家休息。除此之外，他們還有禮拜天哪。他始終不明白為什麼被拒絕。他檢討過。他是無論如何也想不通的。

「你家裡幾個人？」

「我和我的妻子，父母早就去世了。我的……」

「好了好了，我知道。」

（真莫名其妙！他知道什麼？我還沒說完咧。他媽的！好容易排了半天隊輪到我就問這幾句話？有些人連問都沒有，他只是點點頭笑一笑，那個應徵的人隨即顯得那麼得意。）

黃昏了。

坤樹向將墜入海裡的太陽瞟了一眼，自然而然不經心的快樂起來。等他回到樂宮戲院的門口，經理正在外面看著櫥窗。他轉過臉來說：

「你回來的正好，我找你。」

對坤樹來說，這是很不尋常的。他愣了一下，不安的說：

「什麼事？」

「有事和你商量。」

他腦子裡一時忙亂的推測著經理的話和此時那冷淡的表情。他小心的將廣告牌子靠在櫥窗的空牆，把前後兩塊廣告也卸下來，抱著高帽的手有點發顫。他真想多拖延一點時間，但能拖延的動作都做了，是他該說話了。他憂慮重重的轉過身來，那溼了後又乾的頭髮，牢牢地貼在頭皮，額頭和顴骨兩邊的白粉，早已被汗水沖淤在眉毛和向內凹入的兩頰的上沿，露出來的皮膚粗糙得像患了病。最後，他無意的把小鬍子也摘下來，眼巴巴的站在那裡，那模樣就像不能說話的怪異的人形。

經理問他說：

「你覺得這樣的廣告還有效果嗎？」

「我，我……。」他急得說不出話來。

（終於料到了。完了！）

「是不是應該換個方式？」

「我想是的。」坤樹毫無意義的說。

（他媽的完了也好！這樣的工作有什麼出息。）

「你會不會踏三輪車？」

「三輪車？」他很失望。

（糟糕！）

坤樹又說：「我，我不大會。」

「沒什麼困難，騎一兩趟就熟了。」

「是。」

「我們的宣傳想改用三輪車。你除了踏三輪車以外，晚上還是照樣幫忙到散場。薪水照舊。」

「好！」

（嗨！好緊張呀！我以為完了。）

「明天早上和我到車行把車子騎回來。」

「這個不要了？」他指著靠牆的那張廣告牌，那意思是說不用再這樣打扮了？

經理裝著沒聽到他的話走進去……。

（傻瓜！還用問。）

他覺得很好笑。然而到底有什麼好笑？他不能確知。他張大著嘴巴沒出聲的笑著。回家的途中，他隨便的將道具扛在肩上，反而引起路人驚訝的注視，還有那頂高帽挾在他的腋下的樣子，也是小鎮裡的人所沒見過的。

「看吧！這是你們最後的一次。」他禁不住內心的愉快，真像飛起來的感覺。

是很可笑的一種活兒哪！他想：記得小時候，不知道哪裡來的巡迴電影。對了，是教會的，就在教會的門口，和阿星他們爬到相思樹上看的。其中就有這樣打扮著廣告的人的鏡頭；一群小孩子纏繞著他。那印象給我們小孩太深刻了，日後我們還打扮成類似的模樣做遊戲，想不到長大了卻成了事實。太可笑了。

「他媽的！那麼短短的鏡頭，竟他媽的這樣，他媽的可笑。」坤樹沿途想著，且喃喃自言自語地說個不完。

往事一幕一幕地又重現在腦際。

「阿珠，如果再找不到工作，肚子裡的小孩就不能留了。這些柴頭藥據說一個月的孕期還有效。不用怕，所有的都化成血水流出來而已。」

（好險哪！）

「阿珠，小孩子不要打掉了。」

（那麼說，那時候沒趕上看那場露天的電影，有沒有阿龍還是一個問題哪！幸虧我爬上相思樹看。）

奇怪的是，他對這本來想拋也拋不掉的活，每天受他咒詛不停，現在他倒有些敬愛起來。不過敬愛還是歸於敬愛，他內心的新的喜悅總比其他的情緒強烈得多。

「坤樹，你回來了！」站在路上遠遠望到丈夫回來的阿珠，出乎尋常的興奮地叫了起來。

坤樹驚訝極了。他想不透阿珠怎麼知道了？如果不是這麼回事，阿珠這般親熱的表現，坤樹認為太突然而過於大膽了；在平時他遇到這種情形，一定會窘上半天。

當坤樹走近來，他覺得還不適於說話的距離時，阿珠搶先的說：

「我就知道你走運了。」她好像恨不得把所有的話都說出來。坤樹卻真正的嚇了一跳。她接著說：「你會不會踏三輪車？其實不會也沒關係，騎一兩趟就會熟的。金池想把三輪車頂讓給你咧。詳細的情形……」

他聽到此地才明白過來。他想索性就和她開個玩笑吧，於是他說：

「我都知道了。」

「剛看你回來的樣子，我猜想你也知道了。你覺得怎麼樣？我想不會錯吧！」

「不錯是不錯，但是——」他差一點也抑不住那令他快樂的消息，欲言又作罷了。

阿珠不安的逼著問：

「有什麼問題嗎？」

「如果經理不高興我們這樣做的話，我想就不該接受金池的好意了。」

「為什麼？」

「你想想，當時我們要是沒有這件差事，那真是不堪想像，說不定阿龍就不會有。現在我們一有其他工作，一下子就把這工作丟了，這未免太過分吧！」這完全是他臨時想出來的話。但經他說了出來之後，馬上覺察到話的嚴肅與重要性，他突然變得很正經，與其說阿珠了解他的話，倒不如說是被他此刻的態度懾住了。她顯然是失望的，但至少有一點義理支持她，她沉默的跟著坤樹走進屋子裡，在一團困惑的思緒中，清楚的意識到對坤樹有一種新的尊敬。可能提到和阿龍有關係的緣故吧，她很容易的接受了這種說法。

晚飯，他們和平常一樣的吃著，所不同的是坤樹常常很神祕的望著阿珠不說話，除了有一點奇怪之外，阿珠倒是很安心，她在對方的眼神中，隱約的看到善良的笑意。在意識裡，阿珠覺得她好像把坤樹踏三輪車以後的生活計畫都說了出來，而不顧慮有欠恩情於對方的利益，似乎自責得很厲害。坤樹有意要把真正好的消息，留在散場回來時告訴她。他放下飯碗，走過去看看熟睡的阿龍。

「這孩子一天到晚就是睡。」

「能睡總是好的囉。不然，我什麼事情都不能做，註生娘娘算是很幫我們忙，給我們這麼乖的孩子。」

他去到戲院工作了。

他後悔沒及時將事情告訴阿珠。因此他覺得還有三個小時才散場的時間是長不可耐的，也許在別人看來這是一件平凡的小事情。但是，對坤樹來說，無論如何是裝不了的，像什麼東西一直溢出來令他焦急。

（在洗澡的時候，差點說出來。說了出來不就好了嗎？）

「你怎麼把帽子弄扁了呢？」那時阿珠問。

（阿珠一向是很聰明的，她是嗅出一點味道來了。）

「噢！是嗎？」

「要不要我替你弄平？」

「不用了。」

（她的眼睛想望穿帽子，看看有什麼祕密。）

「好，把它弄平吧。」

「你怎麼這樣不小心，把帽子弄得這麼糟糕。」

（乾脆說了算了。嘖！真是。）

這樣錯綜的去想過去的事情，已經變成了坤樹的習慣。縱使他用心提防再不這樣去想也是枉然的了。

他失神的坐在工作室，思索著過去生活的片段，即使是當時感到痛苦與苦惱的事情，現在浮現在腦際裡亦能撲得他的笑意。

「坤樹。」

他出神的沒有動。
「坤樹。」比前一句大聲地。
他受驚的轉過身，露出尷尬的笑容望著經理。
「快散場了，去把太平門打開，然後到寄車間幫忙。」
一天總算真正的過去了。他不像過去那樣覺得疲倦。回到家，阿珠抱著阿龍在外面走動。
「怎麼還沒睡？」
「屋子裡太熱了，阿龍睡不著。」
「來，阿龍——爸爸抱。」
阿珠把小孩子遞給他，跟著走進屋子裡。但是阿龍竟突然的哭起來，儘管坤樹怎麼搖，怎麼逗他都沒有用，阿龍愈哭愈大聲。
「傻孩子，爸爸抱有什麼不好？你不喜歡爸爸了嗎？乖乖，不哭不哭。」
阿龍不但哭得大聲，還掙扎著將身子往後倒翻過去，像早上坤樹打扮好要出門之前，在阿珠的懷抱中想掙脫到坤樹這邊來的情形一樣。
「不乖不乖，爸爸抱還哭什麼。你不喜歡爸爸了？傻孩子，是爸爸啊！是爸爸啊！」坤樹一再提醒阿龍似的：「是爸爸啊，爸爸抱阿龍，看！」他扮鬼臉，他「嗚魯嗚魯」地怪叫，但是一點用處都沒有。阿龍哭得很可憐。
「來啦，我抱。」

坤樹把小孩子還給阿珠，心突然沉下來。他走到阿珠的小梳妝臺，坐下來，躊躇的打開抽屜，取出粉塊，深深的望著鏡子，慢慢的把臉塗抹起來。

「你瘋了！現在你打臉幹什麼？」阿珠真的被坤樹的這種舉動嚇壞了。

沉默了片刻。

「我，」因為抑制著什麼的原因，坤樹的話有點顫然地：「我，我，我……」

——《兒子的大玩偶》

作者簡介

黃春明（西元一九三九年～），宜蘭羅東人。畢業於屏東師範學院。六〇年代左右開始寫作，除了以小說表達他對社會的關懷，也進行散文、新詩、劇本、童話的創作。小說作品從早期被稱為「鄉土小說家」的關懷鄉土，再到關懷城市小人物生活的批判嘲諷，繼而二十世紀末探索高齡化社會的老人問題。這一路的寫作歷程，唯一不變的是「以文字說故事」的才能，呂正惠先生稱他為「鄉土說書人」。著有小說《兒子的大玩偶》、《莎喲娜拉・再見》、《我愛瑪莉》、《放生》，散文《等待一朵花的名字》，童話《小麻雀・稻草人》、《小駝背》、《我是貓也》等多種。

選文評析

黃春明小說多取材於他親見親聞的生活環境，〈兒子的大玩偶〉便是以他的故鄉宜蘭羅東鎮為背景，發表於一九六八年二月《文學季刊》第六期。內容描述小鎮人物坤樹為了家計，扮成小丑充當活廣告的辛酸與矛盾，成功地塑造其為人夫為人父的形象。

坤樹飽嚐生活的貧困艱難，那種只求活下去的卑微委屈以及勤苦奮鬥，甚至人倫親情的表現，充分表現其可貴的情操。坤樹與阿珠這對貧賤夫妻在逼人咄咄的現實生活中，同甘苦共患難，由阿珠備茶水菜飯、記掛擔心對方等生活細節，自然表露「貧賤不能移」的情義與恩愛，細膩而傳神。至於，坤樹對兒子阿龍的父愛，從篇名「兒子的大玩偶」即顯露無遺。為了養育兒子阿龍，他戴上小丑面具，擔任「廣告人」，堅忍頭頂上火球的煎熬、密不透風的妝扮，以及大街小巷裡孩子、妓女、大伯和外鄉人的嘲弄，於是「小丑面具」成為兒子心目中真正的「父親臉孔」。最後一幕，坤樹為了擁抱兒子，深夜重拾粉餅對鏡上妝，不只傳達了父親對兒子的疼愛，同時也深沉地吶喊出小市民在逆境中的心聲。就父親角色而言，從頭到尾不著一「愛」字，然這一分深濃的血緣親情，誠令人動容。

坤樹處在現實生活的夾縫中，一直和自我尊嚴激烈作戰，「小丑面具」之前，強顏歡笑散播喜樂；之後，煎熬矛盾不斷起伏。尤其當他急欲卸下面具，返回原本面目時，卻被兒子視同陌生人；小說藉「小丑面具」道盡了卑微小人物面對現實生活的無奈與掙扎，洋溢著悲憫的情懷。其次，全篇透過大量內心獨白（括弧中的文字敘述），穿越坤樹的過去、現在與未來，進入其心靈世界，呈現精神與肉體的雙重磨難，亦是本文寫作的一大特色。

（林秀蓉）

隨堂心得

白色的歌

夐虹

爸爸的頭髮變成白的
變成我心裡一首
白白的歌，悲傷的調子唱的

但是爸爸不以為然
他說白頭髮蠻漂亮的
歲月算什麼
逆境算什麼

媽媽的血壓很高
睡眠不好
我的憐憫從

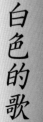

她的嬰孩時期開始
我想媽媽從前
也是一個可愛的嬰孩
她的爸爸媽媽
多麼疼她
如何能知道
他們的寶貝，日後
受那麼多苦難
雙手的皮膚龜裂
指甲也不好看
臉上也不好看

有時候我就怪爸爸
為什麼不知道痛惜她
但是如果爸爸有幾天不在家
她便那麼擔心害怕
一點也不是我想像

她會仇恨他的
那樣

因為我是他們的孩子
就那麼不懂得道理地
牽掛
你就是對我說一百遍
人總要變老變醜
我的心底仍為他們唱
一首緜緜的悲歌
像古老的先民
從四野唱
慢慢唱出一首首民謠
那樣

——《夐虹詩集》

作者簡介

敻虹（西元一九四〇年～），本名胡梅子，臺灣臺東人。東海大學哲學研究所博士，曾任教於東海大學、佛光山叢林學院、美國西來大學。高中時代即開始寫詩，參加藍星詩社。詩作在六〇年代，以愛情為主題，語調婉約柔和；七〇年代後拓寬題材，包括鄉土、親情、環保等；其後鑽研佛學，詩風得見禪悟與哲思。著有《金蛹》、《敻虹詩集》、《紅珊瑚》、《愛結》、《向寧靜的心河出航》等。

選文評析

親情詩中，敻虹大多寫給母親，如〈有詩給媽媽〉、〈寫給母親〉、〈思母一二〉、〈媽媽〉等，而這首〈白色的歌〉，則同時寫給父母，主旨在謳歌父母無盡的劬勞、無私的慈愛，以及子女的真摯感念，情深意切，語調天然。

詩分五段。一、二段寫父親白髮蒼蒼的形貌，子女悲傷難抑，父親卻覺漂亮。子女終究是父親最大的財富，歲月的無情與逆境的打擊染白了髮絲，何足掛齒。父女對比的心情，充分流露父親養育子女的無怨無悔。

三、四段換另一個角度寫母親變醜的形象，以及藉母親的柔婉寬容，襯托她對父親的愛。從前那位「可愛的嬰孩」，父母心疼的寶貝，如今歷經生活中無數的苦難，變得「血壓很高／睡眠不好」「雙手的皮膚龜裂／指甲也不好看／臉上也不好看」，正如張曉風〈母親的羽衣〉文中的比喻，母親就像是：「平凡不起眼的一塊砧板」。透過今昔對比，憐憫疼惜母親的茹苦含辛。

五段抒發子女對父母永無止息的牽掛與感恩。父母一生全心全意扮演命定的角色，源源不斷的愛意涓滴不遺地流到了子女身上。儘管父母親「變老」、「變醜」，子女將千古傳唱這首象徵聖潔而崇高的〈白色的歌〉，以感念這分如昊天罔極的恩德。

余光中在《紅珊瑚》的序文〈穿過一叢珊瑚礁——我看敻虹的詩〉說：「〈白色的歌〉娓娓道來，卻能維持語言的表面張力，所以淡而不散，平易之中另有一股內斂力。」全詩直用白描，卻溫婉淡永，誠然是一首訴說孺慕之情的佳作。

（林秀蓉）

隨堂心得

母親的羽衣

張曉風

講完了牛郎織女的故事，細看兒子已經垂睫睡去，女兒卻猶自瞪著壞壞的眼睛。

忽然，她一把抱緊我的脖子，把我贅得發疼：

「媽媽，你說，你是不是仙女變的？」

我一時愣住，只胡亂應道：

「你說呢？」

「你說，你說，你一定要說。」她固執地扳住我不放。「你到底是不是仙女變的？」

我是不是仙女變的？——哪一個母親不是仙女變的？

像故事中的小織女，每一個女孩都曾住在星河之畔，她們織虹紡霓，藏雲捉月，她們幾曾煩心掛慮？她們是天神最偏憐的小女兒，她們終日臨水自照，驚訝於自己美麗的羽衣和美麗的肌膚，她們久久凝注著自己的青春，被那分光華弄得癡然如醉。

而有一天，她的羽衣不見了，她換上了人間的粗布——她已經決定做一個母親。有人說她的羽衣被鎖在箱子裡，她再也不能飛翔了，人們還說，是她丈夫鎖上的，鑰匙藏在極祕密的地方。

可是，所有的母親都明白那仙女根本就知道箱子在那裡，她也知道藏鑰匙的所在。在某個無人的時候，她甚至會惆悵地開啟箱子，用憂傷的目光撫摸那些柔軟的羽毛。她知道，只要羽衣一著身，她就會重新回到雲端，可是她把柔軟白亮的羽毛拍了又拍，仍然無聲無息地關上箱子，藏好鑰匙。

是她自己鎖住那身昔日的羽衣的。

她不能飛了，因為她已不忍飛去。

而狡黠的小女兒總是偷窺到那藏在母親眼中的祕密。

許多年前，那時我自己還是一個小女孩，我總是驚奇地窺伺著母親。

她在口琴背上刻了小小的兩個字──「靜鷗」，那裡面有什麼故事嗎？那不是母親的名字，卻是母親名字的諧音，她也曾夢想過自己是一隻靜棲的海鷗嗎？她不怎麼會吹口琴，我甚至想不起她吹過什麼好聽的歌，但那名字對我而言是母親神祕的羽衣。她輕輕寫那兩個字的時候，她可以立刻變了一個人，她在那名字裡是另外一個我所不認識的有翅的什麼。

母親曬箱子的時候是她另外一種異常的時刻，母親似乎有好些東西，完全不是拿來用的，只為放在箱底，按時年年在三伏天取出來曝曬。

記憶中母親曬箱子的時候就是我與奮欲狂的時候。

母親曬些什麼？我已不記得，記得的是樟木箱又深又沉，像一個渾沌黝黑初生的宇宙，另外還記得的是陽光下竹竿上富麗奪人的顏色，以及怪異卻又嚴肅的樟腦味，以及我在母親喝禁聲中東摸摸西探探的快樂。

我唯一真正記得的一件東西是幅漂亮的湘繡被面，雪白的緞子上，繡著兔子和翠綠的小白菜，和紅豔欲滴的小楊花蘿蔔，全幅上還繡了許多別的令人驚訝讚嘆的東西，母親一面整理，一面會忽然回過頭來說：「別碰，別碰，等你結婚就送給你。」

我小的時候好想結婚，當然也有點害怕，不知為什麼，彷彿所有的好東西都是等結了婚就自然是我的了，我覺得一下子有那麼多好東西也是怪可怕的事。

那幅湘繡後來好像不知怎麼就消失了，我也沒有細問。對我而言，那麼美麗得不近真實的東西，一旦消失，是一件合理得不能再合理的事。譬如初春的桃花，深秋的楓紅，在我看來都是美麗得違了規的東西，是茫茫大化一時的錯誤，才胡亂把那麼多的美推到一種東西上去，桃花理該一夜消失的，不然豈不教世人都瘋了？

湘繡的消失對我而言簡直就是復歸大化了。

但不能忘記的是母親打開箱子時那分欣悅自足的表情，她慢慢地看著那幅湘繡，那時我覺得她忽然不屬於周遭的世界，那時候她會忘記晚飯，忘記我紮辮子的紅絨繩。她的姿勢細想起來，實在是仙女依戀地輕撫著羽衣的姿勢。那裡有一個前世的記憶，她又快樂又悲傷地將之一一拾起，但是她也知道，她再也不會去拾起往昔了——唯其不會重拾，所以回顧的一剎那更特別的深情凝重。

除了曬箱子，母親最愛回顧的是早逝的外公對她的寵愛。有時她胃痛，臥在床上，要我把頭枕在她的胃上，她慢慢地說起外公。外公似乎很捨得花錢（當然也因為有錢），總是帶她上街去吃點心，她總是告訴我當年的肴肉和湯包怎麼好吃，甚至煎得兩面黃的炒麵和女生宿舍裡早晨訂的冰糖豆漿（母親總是強調「冰糖」豆漿，因為那是比「砂糖」豆漿為高貴的），都是超乎我想像力之外的美味，我每聽她說那些事的時候，都驚訝萬分——我無論如何不能把那些事和母親聯想在一起。我從有記憶起，母親就是一個吃剩菜的角色，紅燒肉和新炒的蔬菜簡直就是理所當然地放在父親面前的，她自己的面前永遠是一盤雜拼的剩菜和一碗「擦鍋飯」（擦鍋飯就是把剩飯在炒完菜的剩鍋中一炒，把鍋中的菜汁都擦乾淨了的那種飯），我簡直想不出她不吃剩菜的時候是什麼樣子。

而母親口裡的外公、上海、南京、湯包、肴肉全是仙境裡的東西，母親每講起那些事，總有無限的溫柔，她既不感傷，也不怨嘆，只是那樣平靜地說著。她並不要把那個世界拉回來，我一直都知道這一點，我很安心，我知道下一頓飯她仍然會坐在老地方，吃那盤我們大家都不愛吃的剩菜，而到夜晚，她會照例一個門一個窗地去檢點去上閂。她一直都負責把自己牢鎖在這個家裡。

哪一個母親不曾是穿著羽衣的仙女呢？只是她藏好了那件衣服，然後用最黯淡的一件粗布把自己掩藏了，我們有時以為她一直就是那樣的。

而此刻，那剛聽完故事的小女兒鬼鬼地在窺伺著什麼？她那麼小，她何由得知？她是看多了卡通，聽多了故事吧？她也發現了什麼嗎？是在我的集郵本偶然被兒子翻出來的那一剎那嗎？是在我揀出石濤畫冊或漢碑並一頁頁細味的那一刻嗎？是在我猛然回首聽他們彈一闋熟悉的鋼琴練習曲的時候嗎？抑是在我帶他們走過年年的春光，不自主地駐足在杜鵑花旁或流蘇樹下的一瞬間嗎？

或是在我動容地托住父親的勳章或童年珍藏的北平畫片的時候，或是在我翻揀夾在大字典裡的乾葉之際，或是在我輕聲的教他們背一首唐詩的時候……是有什麼語言自我眼中流出呢？是有什麼音樂自我腕底瀉過嗎？為什麼那小女孩會問道：

「媽媽，你是不是仙女變的呀？」

我不是一個和千萬母親一樣安分的母親嗎？我不是把屬於女孩的羽衣收摺得極為祕密嗎？我在什麼時候洩漏了自己呢？

在我的書桌底下放著一個被人棄置的木質砧板，我一直想把它掛起來當一幅畫，那真該是一幅莊嚴的畫，那樣承受過萬萬千千生活的刀痕和鑿印的，但不知為什麼，我一直也沒有把它掛出來……

天下的母親不都是那樣平凡不起眼的一塊砧板嗎？不都是那樣柔順地接納了無數尖銳的割傷卻默無一語的砧板嗎？

而那小女孩，是憑什麼神祕的直覺，竟然會問我：

「媽媽，你到底是不是仙女變的？」

我掰開她的小手，救出我被吊得痠麻的脖子，我想對她說：

「是的，媽媽曾經是一個仙女，在她做小女孩的時候，但現在，她不是了，你才是，你才是一個小小的仙女！」

但我凝注著她晶亮的眼睛，只簡單地說一句：

「不是，媽媽不是仙女，你趕快睡覺。」

「真的？」

「真的！」她聽話地閉上了眼睛，旋又不放心的睜開：

「如果你是仙女，也要教我仙法哦！」

我笑而不答，替她把被子掖好，她興奮地轉動著眼珠，不知在想什麼。

然後，她睡著了。

故事中的仙女既然找回了羽衣，大約也回到雲間去睡了。

風睡了，鳥睡了，連夜也睡了。

我守在兩張小床之間，久久凝視著他們的睡容。

——《步下紅毯之後》

作者簡介

張曉風（西元一九四一年～），筆名曉風、可叵、桑科，江蘇銅山人。東吳大學中文系畢業，曾任教東吳大學、香港浸會學院、陽明大學。作品有散文、小說、戲劇、兒童文學等，其中對散文情有獨鍾，也最有成就，是七〇年代頗負盛名的女性散文作家。散文題材從小我拓展至大我，廣闊如人生；無論關懷社會、月旦政治，或描人繪景、抒情說理，文筆能秀雅也能雄健，具散文精密度與藝術性。著有《愁鄉石》、《地毯的那一端》、《步下紅毯之後》、《從你美麗的流域》、《星星都已經到齊了》、《這杯咖啡的溫度剛好》、《歲月在，我在》等。

選文評析

本文選自張曉風《步下紅毯之後》。以〈母親的羽衣〉立題，具古典詩意，新穎別致。「羽衣」，以鳥羽為衣，取其神仙飛翔之意。傳說中，美麗仙女穿著羽衣下凡，羽衣被有心男子藏匿，不得飛回上天，從此嫁入凡間，為人母親。本文「羽衣」象徵普天下每一位母親曾經擁有的少女青春。

文章一開始，由作者女兒天真無邪的疑問：「媽媽是不是仙女變的？」來揭開序幕。接著，作者自問又反問的道出：「我是不是仙女變的？哪一個母親不是仙女變的？」來進入文章核心。誠然，天下母親誰不是經歷了少女時代「織虹紡霓、藏雲捉月」的快樂歲月；誰不是曾被父母疼惜的掌上明珠。然而，一旦為人妻、為人母，就如仙女下凡，甘心深鎖那件昔日的羽衣，不忍離去，在人間最黯淡的粗衣掩藏下料理家務、相夫教子。第一大段深情地刻劃天下母親捨棄美麗的羽衣，為子女無私的付出。

接著作者由母親的身分，轉而以女兒的身分，追述童年時窺伺母親對自己青春的癡情眷懷。文中敘述母親撫摸那刻有「靜鷗」二字的口琴，以及美麗的湘繡被面等舊物，有如「仙女依戀地輕撫著羽衣」，神情忘我、欣悅自足。然而往昔的光華只能重溫，不能重拾，回憶的心境自是一則深情快樂，一則悲傷凝重。當年倍受外公寵愛的小仙女，如今成了「吃剩菜、擦鍋飯」的母親。作者以自己母親的今昔為例，兩相對比體現出母親的神聖使命。

結尾作者又回到母親的身分，透過諸多質疑，揣想到底是什麼蛛絲馬跡使女兒窺伺了自己心靈的祕密，表達出對青春時光無限的凝注眷戀。作者也曾臨水自照，驚訝於自己的美麗羽衣，如今，一如自己的母親掛心守護孩子。文中把天下母親比喻是：「平凡不起眼的一塊砧板」，她們靜默柔順地接納了無數尖銳的刀痕和鑿印，累積了不盡的勞累辛酸，生動描繪出母親崇高悲壯的形象。

全文首尾呼應，結構完整；今昔對比，出入自在。作者透過自己、她的母親，和她的女兒三代之間，敘述天下母親的生命歷程，都是從小女孩到母親，從夢幻到現實，由此表彰母親犧牲奉獻的偉大精神，是歌詠母親頗有新意之作。

（林秀蓉）

問題與討論

一、〈北堂侍膳圖記〉說：「天下之至樂，無有逾此者矣！人孰不有此樂，然往往當其境者，視為固然，無足異也。」文中所謂「天下之至樂」指的是什麼？你認同作者的看法嗎？

二、在〈兒子的大玩偶〉中，坤樹已改踩三輪車宣傳電影，然小說結尾他為什麼又重拾粉餅對鏡上妝，請問其中的用意及心境為何？

三、請分析〈母親的羽衣〉一文中「羽衣」的象徵意涵？

四、〈母親的羽衣〉說：「在我的書桌底下放著一個被人棄置的木質砧板，我一直想把它掛起來當一幅畫，那真該是一幅莊嚴的畫，那樣承受過萬萬千千生活的刀痕和鑿印的，但不知為什麼，我一直也沒有把它掛出來……」請問作者為何一直沒有把這一幅莊嚴的畫掛出來？

五、試仿〈白色的歌〉創作親情詩一首。

六、以親情為主題，就你最喜愛的相關文學作品或電影，撰寫心得報告一篇。

延伸閱讀

◆張曉風編《親親》，臺北：爾雅出版社，一九八〇年四月。

◆鐘麗慧編《我的父親》，臺北：大地出版社，一九八六年四月。

◆鐘麗慧編《我的母親》，臺北：大地出版社，一九八六年十月。

◆《我的父親母親》，臺北：立緒出版社，二〇〇四年。

◆姚一葦〈論黃春明的〈兒子的大玩偶〉〉，《現代文學》，一九七二年十一月。

◆許傑勝《唐代親情詩研究》，文化大學中國文學研究所碩士論文，一九九六年六月。

◆馮永敏〈形象各異　性格有別——談散文中父親形象〉，《中國語文》，一九九七年二月。

隨堂心得

文學中的友情

導言

宋邦珍

人生的情感之中以友情為普遍的情感之一。親情是與生俱有的，不需去經營就能得到，而且彌久永恆，尤其母愛更是大家歌頌的。但是反觀友情卻需要後天的經營才能獲得，不經過雙方的培養，是可能消失殆盡的。春秋時代最有名的友情故事就是季札的延陵掛劍，季札與徐君情誼深厚，徐君過世後，季札不忘對他的承諾，把他的寶劍掛在徐君的墓前。孔子的學生子路道出自己的志向：「願車馬衣裘與朋友共，敝之而無憾。」表現出子路是重視友情的一個典範。中國古典文學中描寫友情的作品甚多，情感真摯動人，發揮友情的光明面向。古人行旅、遊宦而與親人、朋友離別，產生一些寄贈的好文章，表現對朋友、親人的情感，尤以送給朋友著稱，如李白〈贈汪倫〉：「李白乘舟將欲行，忽聞岸上踏歌聲。桃花潭水深千尺，不及汪倫送我情。」又如王維〈渭城曲〉：「渭城朝雨浥清塵，客舍青青柳色新。勸君更盡一杯酒，西出陽關無故人。」寫出遠出陽關依依不捨之情。這首詩是以直接抒發的方式，深情厚誼，溢於言表，展現作者對朋友深刻的情感。又如黃庭堅〈寄黃幾復〉：「我居北海君南海，寄雁傳書謝不能。桃李春風一杯酒，江湖夜雨十年燈。持家但有四立壁，治病不蘄三折肱。想得讀書頭已白，隔溪猿哭瘴煙藤。」更把分離很久卻不能見面的思念朋友之情，深刻的描繪出來。

友情的感人是因為雙方的情感交流，情意深厚，絕不是利益優先，貴在雙方的相知，而經過距離、時間的相隔，更顯其珍貴。如果因為道不同不相為謀，也顯其中揮手說再見的智慧所在。如嵇康〈與山巨源絕交書〉就是對自己理念的堅持，所以不惜與投靠司馬氏的山濤提出絕交的宣言。

現代文學以友情為主題與古典文學相較比例雖不高，而且情感的特質都是以懷想、回憶為主，情感卻都能歷久彌新，呈現多年深厚又溫潤的友情。現代詩如此，散文也是如此。尤以散文更是以書寫個人的經驗、感受為主，更能扮演溫馨情感的轉達者的角色。以下所選的尹雪曼作品，倒是著重於青少年是最渴望朋友之情，卻也容易在其中受到傷害，〈友情像初春的冰〉就是告訴青年朋友如何在受挫的朋友關係得到另一番友情的體悟。

文學呈現人生的各種面向，古典文學呈現古人的友情觀，現代文學呈現現代人的友情觀，而如此對比來看，是否意味現代人對於友情的態度異於古人，描寫友情的題材非現代人青睞的焦點。或是現代人的情感比重並不是以友情為最重？值得玩味。以下的選文有古典作品供我們品味再三，也有現代作品，直透現代人的友情觀。

送杜少府之任蜀州

王勃

城闕輔三秦❶，風煙望五津❷。
與君離別意，同是宦遊人。
海內存知己，天涯若比鄰。
無為在岐路，兒女共霑巾。

注釋

❶三秦　項羽滅秦，分關內地為三，號曰「三秦」。相當於今陝西一帶。

❷五津　五個渡口。蜀大江自湔堰下至犍為有五津。

作者簡介

王勃（西元六五〇～六七五年），字子安，絳州龍門人（今山西稷山）。六歲能文章，十二歲以神童被舉薦給朝廷。十五歲對策高第，授朝散郎。其父親獲罪貶為交趾令，後與父親去交趾（今越南北部）途中渡海溺水，驚悸致病而過世，享年二十六歲。

選文評析

古人因為在外宦遊做官的人甚多，使得離別成為一普遍的主題，與朋友離別更是一個大主題，到底要用何種方式去面對，就因人而異。唐代是一個強盛的朝代，所顯現的時代意義有別於其他朝代。表現在詩歌的風格亦迥異於其他朝代。

王勃這首詩是一首五律，首聯寫出秦地之風光，顯現出一片廣大的景色，接著道出主旨，同是宦遊之人，現在又面臨離別之情。第三聯進一步道出二人的情意是那麼有深義，絕不因距離的遙遠而有所減損。最後更進一步說出勉勵的話，不要如小兒女般的哭泣。這首詩是以寫景帶入，層層的進入情感之昇華境界，帶引出一個積極又溫暖的人際關係。

王勃把朋友與朋友之間的一種積極向上的情感表達出來，人生難免有所遺憾，天下無不散的筵席，卻如蘇軾所說「但願人長久，千里共嬋娟」的兩地而處，情意相通。不同的是，蘇軾所著重的是兄弟情意的交流與相通，王勃是著重朋友情感的保留與開擴。這首詩的友情是積極而動人，把小情小愛擴大至大情大愛，景象極為開擴，也表現出初唐的開闊景象，更呈顯時代與文學作品風格的關係密切。

（宋邦珍）

贈衛八處士❶

杜甫

人生不相見，動如參與商❷。
今夕復何夕？共此燈燭光。
少壯能幾時？鬢髮各已蒼。
訪舊半為鬼，驚呼熱中腸。
焉知二十載，重上君子堂。
昔別君未婚，兒女忽成行。
怡然敬父執，問我來何方。
問答未及已，驅兒羅酒漿。
夜雨翦春韭，新炊間黃粱。
主稱會面難，一舉累十觴。
十觴亦不醉，感子故意長。
明日隔山岳，世事兩茫茫。

注釋

❶處士　隱居的人。

❷參與商　參、商，兩星名。參在西，商在東，彼出此沒，永遠無法相見。

作者簡介

杜甫（西元七一二～七七〇年），字子美，河南鞏縣人，晉杜預十三世孫。小時聰慧過人，用功讀書，二十歲遊歷江浙一帶。二十四歲未考中進士，在齊魯間流浪八九年，結交李白、高適等人。中年經歷現實生活之壓力以及天寶之亂，使其作品趨向反映時代的動盪，並具有悲天憫人的情懷，故人稱「詩聖」，其作品具有「詩史」的價值。作品有三吏（〈新安吏〉、〈潼關吏〉、〈石壕吏〉）、三別（〈新婚別〉、〈垂老別〉、〈無家別〉）等名篇。晚年入四川生活漂泊，作品更趨成熟，詩律更細，有〈詠懷古跡〉五首、〈秋興〉八首等名篇，對律詩之發展具有重大的影響力。大曆五年，子美到耒陽（今湖南衡陽東南），遭遇十日洪水，十日無糧可吃，後縣令來接船，子美吃牛肉白酒，當天就過世了。

選文評析

面對許久不見的老朋友，心情特別激動，感覺好像在夢中一般。作者這首詩寫出對人事變化的感歎，經過二十年，如今有些故友已陰陽兩隔，這個老朋友兒女成行，令人極為唏噓。匆忙準備食物其情可感，再三勸酒令人可憫。這首詩道出與許久未見朋友之情誼，過去的情感似乎因為歲月的經歷更具有溫馨而柔美的感覺，其中又具有人事滄桑之感。且因為不容易才見面，未來能否見面又是不可期，故珍惜當下，舉觴暢飲以解情愁，更令人感受到人生情感中友情之可貴。

這首古詩作者以敘事的方式進行，「人生不相見」六句先言許久未見之所見，外表已改變。「訪舊半為鬼」八句次敘敘舊過程中心情的衝擊，一是一些老友之凋零，二是衛八處士的變化，心情變得比較激動。其次敘述「問答未及已」四句再敘殷勤的招待客人更顯現老友重視這一分情誼的表達。「主稱會面難」六句最後以未來之人事茫茫的不可知，作這分情感最感人的抒發。

杜甫這首詩發揮古詩敘述的特色，娓娓道來，最感人就是那一分「誠」，那一分「真情實感」。溫柔敦厚的情味更顯現杜甫人格的溫厚。

（宋邦珍）

隨堂心得

寄黃幾復

黃庭堅

我居北海君南海，寄雁傳書謝不能。
桃李春風一杯酒，江湖夜雨十年燈。
持家但有四立壁，治病不蘄三折肱❶。
想得讀書頭已白，隔溪猿哭瘴煙藤。

注釋

❶三折肱　喻幾經挫折、累積經驗之後，事情才能成功。《左傳》：「三折肱，知為良醫。」

作者簡介

黃庭堅（西元一〇四五～一一〇五年），字魯直，自號山谷，北宋洪州分寧（今江西修水）人。以校書郎為神宗實錄檢討官，遷著作郎，後以修神宗實錄被貶，實因受新舊黨爭、蘇門四學士之累。為詩能摒除陳言濫調，詩風瘦硬。與蘇軾並稱「蘇黃」，並開創「江西詩派」之詩風。山谷著作《山谷內集》三十卷，《山谷外集》十四卷，《山谷別集》二十卷。

選文評析

對於很久沒有見面的老朋友，總是特別有感歎。見不了面也只能以書信聊表心意。這首詩的前四句「我居北海君南海，寄雁傳書謝不能。桃李春風一杯酒，江湖夜雨十年燈。」寫出十年未見面的心情，看似一晃眼就過去的時光，其實裡面是有很多的悲歡離合。山谷在德平鎮（今山東臨邑），幾復在廣州四會，距離遙遠。

其次敘述朋友的近況，把他所想像的朋友遭遇簡要說出：「持家但有四立壁，治病不蘄三折肱。」生活是很窘迫的，家徒四壁，更為民生疾苦太過勞累了。最後二句「想得讀書頭已白，隔溪猿哭瘴煙藤。」也寫出因為地處在蠻荒之地，自己的生活之中以讀書為主。

這首詩是以懷想朋友的狀況作為主軸，因為許久未見面，故以書信的方式借抒情懷。看似對朋友的狀況描述，其實蘊含自己主觀的情志抒發。

（宋邦珍）

友情像初春的冰——給遠在加州的TL

尹雪曼

在你的信到來前，我沒有準備寫這麼樣的一封信——一封並不突出、新奇、激動；沒有狂呼亂喊，只是平平凡凡的故事的信。你的信上說：一個好朋友突然不理你了，好像要跟你絕交了；於是，你覺得失望，覺得納悶，覺得苦惱，覺得不解。為什麼？為什麼？……你叫喊著，像很多很多人似的，像很多很多故事似的；於是，你提起筆，寫下你的迷惑，你的煩惱；從遙遠的，遙遠的地方；隔著迷茫的，無邊無際的，藍色的，黑色的，綠色的海洋；寄給我。我起初覺得它很平凡，很普通，但是後來又覺得這個故事裡面含著一點不平凡，不膚淺；含有深深意味的哲理；於是，我忍不住把你的信讀了又讀，把一大堆來自四面八方的，令我都無法放手的信勉強擺下，給你寫這麼一封信；告訴你，也告訴無數無數年輕的朋友：友情是脆弱的，像初春的冰！

你不會心驚吧？當我說：友情像初春的冰，只要輕輕一踏，他就粉碎！你說，你因為「在情緒上正享受著從來未曾有過的安寧，有時候甚至不願意去讀一本小說，以免故事中的人物、情節影響到平靜的心田……。」所以，我可以想像得出，「友情像初春的冰」這句話，一定會使你平靜的心田，掀起一片深深的漣漪！

並不想刻意刺激你，刻意在你平靜的心田中投下一塊巨石。事實是如此；事實有時候十分殘酷，很不給人留什麼餘地！不要說你，一個遠適異邦的年輕孩子，就是我，一個在人生旅途上經歷過數十年風霜的人，當我自己看看、想想，體會一下「友情像初春的冰」這句話的時候，也不禁覺得心驚！

的確，世界上最脆弱的東西，就是友情。友情如果不脆弱，我們中國人就不會歌頌「桃園三結義」。「桃園三結義」的故事你知道嗎？那是說漢朝末年，劉備、關羽和張飛結拜成異姓兄弟的故事。他們三個人決心共同創造一番事業，誰也不背棄誰。三個人雖然不是同年同月同日同時同父母所生，但是，卻不惜同年同月同日同時，為一個共同的目的而死！後來，他們三個人果然互相信守不渝，三個人都做到了這個共同的要求，表現了這個共同的決心；因此，他們三個人，他們的友情，便永遠為後世所歌詠，所推崇，所模仿，所嚮往。但是，千百年來，中國曾有多少個千千萬萬的人降生，然而竟沒有第二個「桃園三結義」。沒有第二個劉備，第二個關羽，第二個張飛！如果中國有千千萬萬個「桃園三結義」，如果中國人人都是劉備、關羽和張飛；別的不談，我想你一定不會從遙遠的太平洋彼岸寫信來向我訴苦！因為你將永生永世遇不到一個「無緣無故」離你而去的朋友！

無緣無故？不。「無緣無故」這四個字是我說的；你，只說「不知道為什麼」？「不知道為什麼」好像是「無緣無故」；其實，一定是「有緣有故」；只是，你不知道而已。

我相信每一個人一生中都會遭遇到同樣的故事——一個與自己很好很好的朋友；青梅竹馬的

朋友，穿開襠褲的朋友，像兄弟一樣的朋友，共過患難同過甘苦的朋友，忽然悄悄地離你而去，忽然對你的信，對你的呼喊，對你的低訴，對你的微笑，對你的需索，對你的奉獻，完全沒有了反應。為什麼？為什麼？……你不知道，我不知道，他不知道；但是，對方知道。可惜，對方不說，對方不理，對方掉頭而去，對方不作任何反應……。

我曾經有過兩次類似的遭遇；直到現在，我對這兩件相同的遭遇，彷彿仍舊坐在鼓裡。第一件發生在對日抗戰的時候，那時我還是一個正在讀書的學生，有一個跟我很要好的同學。我們兩人要好得幾乎勝過親兄弟，吃飯在一起，讀書在一起，遊玩在一起；每天，幾乎是形影不離。在我的記憶中，留給我印象最深的，是每逢星期六下午，我倆總是上街蹓馬路，一邊走一邊月旦街上的人物；一對一答，幽默滑稽，往往是自得其樂，十分開心。說起來，倒不是我們兩人不長進；在那個時候，我們都是窮學生。窮得非靠政府發放貸金就沒有飯吃。因為連看一場電影的錢都沒有，所以，那便是我們唯一的娛樂。但是後來，他忽然離開我而去；一聲不響，連我知道後給他寫的信他都不回覆。為什麼？為什麼呢？我也曾呼喊過，納悶過，苦惱過，然而，都沒有用。從此，我跟他斷絕了音訊；想一想，現在，三十年了。然而，我還是不能忘記。

第二件是一件太久遠的事。對日抗戰勝利後，我結識了一個朋友。我們都是喜歡文藝的人；但是，他比我聰明，比我更富有音樂和語言天才。我很欽佩他，因此，也很喜歡他。每次，當他從遠方歸來時，我不管跟他相距多遠，總要趕到他停留的地方，跟他相見。他對我的這番情意，表現得也相當感動。如此這般經過了若干年後，有一次，我去找他，希望他給我一點援手（不是借錢，不是找工作，更不是什麼了不起的大事），他竟然冷冷的拒絕了！留給我一張略帶諷刺性的字條，告訴我，他因為有別的約會，不能夠抽空在一個對我說來十分陌生的大城市中為我帶路！

三位異國朋友不辭辛苦的跑到飛機場，給我找了一個住處，並把我送到那個住處，總算解除了我的困窘。之後，當我們再見面的時候（跟那個幾乎是我「生死之交」的朋友），我們幾乎變成了陌生人。（不，我們還曾互相寒暄了一句。）

為什麼？為什麼呢？

也許你要問。

我也曾呼喊過。當然，沒有答案，更沒有結論。

在這個時候，當我在燈下為你寫這封信的時候，這件事對我來說還是一個謎。我曾經想寫一封信給這一位曾經是我的好友的人，很委婉的問問他：為什麼？為什麼他對我的態度忽然改變？我很想知道我的錯誤（如果我有錯誤）；而且，我自己更知道自己不是一個冥頑不靈、知過不改的人。但是，我沒有寫這封信。因為不想寫。不想寫的原因，是我的一個信念作祟。這個信念是：友情不能夠強求。

友情不能夠強求，也不是強求可以獲得的。

你的看法呢？

開始，也許你還會有點疑慮；覺得「友情不能強求」這句話值得研究。但是，如果你願意細細的去想，半天一天，你可能會覺得這句話不無理由。譬如你的那位好友，是你的小學同學。離開小學後，由於環境的關係，雖然沒有再在一起讀書，卻「仍時有來往，時時聚在一起互訴心曲」。可見你們的友情，是很自然建立起來的；雙方（你和他）都沒有一定要和對方建立友誼的意思（這種一定要和對方建立友誼的事，在社會上是很多的）；但是，你們的友誼建立起來了。現在，他既然離你而去，如果你自己只想苦苦的抓住不放，你是抓不住的；而且也是無法挽回的。既令你用盡心血，你抓住的充其量只是一個友情的空殼！

就像社會上很多很多活生生的事例。有些人往往在看準一個人的時候，主動的去爭取，或者去建立雙方的友誼。這種友誼，不管歷時多久，都只能算是短暫的，沒有誠意的；是一種友誼的空殼，而不是友誼的實在。時過境遷，或者鳥盡兔死，這種友誼也就告終！這是一種有條件的愛，有條件的友情。真正的友情，真正的愛是沒有條件的。

說到這兒，使我想起一些戀愛小說中所描繪的女主角，常常喜歡詢問追求她的男主角：「為什麼愛我？」於是，男主角就不得不挖空心思，來讚美女主角的眉毛或者眼睛；再不然，就是說因為女主角的腰細、腿長……等等。其實，這是不真實的（當然，也有中了這種戀愛小說毒的女孩子、男孩子幹這種傻事）！真正的愛就是愛，沒有條件，更沒有理由！那些能夠列舉愛的條件和愛的理由的人，不是假愛，便是諂媚！聽了這樣的話，不僅不值得高興，而且更值得警惕！

因此，我在遭遇兩次友情轉變的刺激後，終於悟出一個道理，那就是：「友情就像初春的冰」！初春的冰確是脆弱的；既經不住輕輕的一踏，更經不住輕輕的一擊！所以，不必呼喊，不必納悶，不必失望，不必灰心。當友誼在你身邊的時候，一面想著它的脆弱，一面小心翼護。多吃虧，多奉獻，謹慎的用雙手捧著它，把它當作寶貝，當作最容易破碎的寶貝；也許，友誼可以永存！但是倘若它不幸破碎了，也不必難過，更無須憤怒！因為友情原是脆弱的，原是易碎的。過去，它所以沒有破碎，是因為你的警慎，你的犧牲。你雖然有所奉獻，你也獲得了代價。如今，它破碎了，是因為你偶一的疏忽，偶然的失手；那麼，就隨它去吧！破碎了的東西即令重新黏在一起，也不是完整的；何況，有些東西是黏不起來的。世界大得很，人也多得很；只要我們有愛心，有恆心；肯犧牲，肯吃虧，友情還豐盛得很。

——《西園書簡》

作者簡介

尹雪曼（西元一九一八～二〇〇八年），本名尹光榮。國立西北大學畢業，美國密蘇里大學新聞學院文學碩士。曾任臺灣新聞報、中華日報等報記者、主筆、副總編輯，中國文化學院等校兼任教授，並任教育部文化局處長等公職。作品以小說和散文為主。著作有《海外夢迴錄》、《伙伴》、《尹雪曼自選集》。

選文評析

本文是一篇對友情失望又重建友情希望的作品。值得我們思考友情的意義所在。

青少年階段最需要的是友情，但是也常常在友情當中跌跌撞撞，因為二人個性上、想法上的摩擦，導致友情破裂，情感無疾而終。本文詳細描寫二人友情無疾而終的狀況，也把心中的感歎描寫下來。尤以設問式的、重複式的呈現方式，更是作者比較「年輕的」（青年口吻）表達方式具有深刻的渲染性。而且其中有啟發性的哲理思考，應該有助於對友情的另一層認識。

文中極強的渲染力，具有戲劇性的效果。

（宋邦珍）

隨堂心得

歲末寄友人

商禽

久遠了，很想念
忽然憶起
麥高文街雙柳園
庭前參差的草地
此時該已為白雪擺平了
春來又會飄著黃雪
那便是蒲公英
它們總會領先
早我一步抵達你門前
便對遲到的我說：
下次別再呆在橋上看
逝者如斯的愛荷華河水……

德布克的小山岡
我是去過的
祇不知圍繞著你們新居的
會是甚麼喬木，葉落盡
枝輕了。雪會把它們——
彎來你們的窗前嗎？

——六十五年一月三十日聯副
——《用腳思想》

作者簡介

商禽（西元一九三〇～二〇一〇年），本名羅燕。二十歲隨部隊來臺，曾加入現代詩社、創世紀詩社，民國五十八年曾應邀至美國愛荷華大學作家工作室研究。曾任《時報周刊》主編，以副總編輯退休。其最被推崇的作品為〈長頸鹿〉、〈鴿子〉都是傑出的散文詩，被人稱為超現實主義詩人。作品有《用腳思想》、《夢或者黎明》等。

選文評析

商禽的作品是以超現實，實驗性強的著稱，他創作的散文詩為現代詩人奇葩，但是這一首送給友人的詩，卻寫得情意悠長，就如一位窩心的朋友，娓娓道出對友人的情意。懷想老友居住的地方，以及附近的美景，都表現出這是和老友一起經歷的，所以特別感人，生活化卻令人咀嚼再三。抒情意味濃厚的這一首詩讀來舒緩動人，最後一句定在「枝輕了，雪會把它們／彎來你們的窗前嗎？」更是把對朋友的懷想集中在「窗前」的特寫上。

本詩文字清新，情意動人，以老友的情懷寫出歷久彌新的真情。

（宋邦珍）

隨堂心得

舞臺——談友情

林野

我孤絕地站在舞臺中央
燈光逐漸淡去
帷幕在尖銳的喧譁聲中落下
難以掩蓋我失敗的演技
一群工人前來清掃狼籍的地面
委棄的票根和雜沓的鞋聲
而你最後一個起身離座
拖曳的身影席捲了室內的明亮
我在黑暗裡卸下疲憊的面具
街上落著滂沱的大雨

那個冗長的雨季

我失去了傘的依恃和庇護
徒然想起友情熟悉的形狀
曾像冬夜襯有絨毛的手套
將我內心的寒意封閉
我在泥濘中艱苦前進
揣摩著悲壯的劇情
雨和淚水繼續洗鍊我未竟的演技

直到多年後在景物全非的城市
生怯地回到荒蕪的劇場墟址
枯乾的河流暴露出嶙峋的傷痕
我不能自抑地登上漠然的舞臺
燈光忽然擴大黯弱的瞳孔
驚訝地看見你正坐在前排的座位
瞿然注視我成熟的生命和逼真的生涯
終於愈來愈轟動的掌聲
自你的周遭潮漲飛濺

使我上升浮起

——《中華現代文學大系・詩卷》

作者簡介

林野（西元一九四九年～），本名溫德生。臺北醫學院藥學士，國防醫學院生物物理研究所碩士，美國肯塔基大學生理研究所博士，曾服務於空軍總醫院，為航空生理官、國防醫學院兼任講師。後轉任明道大學休閒保健學系副教授。民國六十八年冬與七位年輕詩人創辦《陽光小集》詩雜誌，並加入國軍散文隊，曾獲警總青溪文藝散文銅環獎、全國學生文藝獎詩組第二名、時報文學敘事詩佳作獎、時報文學獎甄選散文首獎等。著有《那夕迷霧》、《兩河流域》、《肯塔基異鄉人》、《肯塔基老家鄉》等。

選文評析

人生的過程會有很多不同的經歷，困難與挫折需要一一克服。這一首詩對友情作一個故事性的描繪，從中體會友情的真諦，有難關也有溫暖的心情蘊含在裡面。第一段以作者面對的人生挫折做開場，抓住常人何時需要友情的情境。第二段寫作者艱苦奮鬥中，依然珍惜友情。第三段再寫自己浴火重生的緊張心情，而眼看著祝福還是默默在那裡，逼顯出友情帶給作者的力量，令人動容。

文中以描述的手法帶引出故事的情境，直接描寫自己面對挫折的心情，但是卻以含蓄的方式點出友情的力量，更有收束主題的巧妙作用。舞臺的絢爛背後有著很多不為人知的艱辛，默默支持下去的力量就是一盞明燈，讓人繼續往前走。

（宋邦珍）

問題與討論

一、本單元中運用哪一些文學技巧來描繪友情的樣貌？試舉例說明之。
二、本單元中哪一篇選文讓你印象最深刻？試說明原因所在。
三、王勃與杜甫面對友情，表現方式有何不同？是否與王、杜二人的性格、年齡有關？
四、朋友常是我們面對人生困境最好的扶持者，你認為林野的〈舞臺——談友情〉能否給你一些啟發？
五、尹雪曼的散文似乎蘊含對友情的失望，你能否針對尹文的觀點加以釐析清楚一番？
六、你能否以五十字描述「友情像什麼」？
七、友情在你的人生之中占了何等分量？思考一下。

延伸閱讀

◆鄭明娳《有情四卷——友情》，臺北：正中書局，一九八九年。

◆廖輝英等著《友情之書》（短篇小說），臺北：林白出版社，一九八九年。
◆陳銘磻編《文學裡的友情》，臺北：爾雅出版社，一九八四年。
◆龔鵬程《文學散步》，臺北：漢光出版公司，一九八五年。
◆彭鏡禧編《文學與人生》，臺北：洪建全基金會，一九九〇年。
◆黃文吉《中國詩文中的情感》，臺北：臺灣書店，一九九八年。
◆呂正惠《芳草長亭路》，臺北：月房子出版社，一九九四年。

隨堂心得

文學中的愛情

導言

張百蓉

在愛情萌生、滋長、茁壯或凋萎，乃至圓滿或破滅的歷程，其間牽引出的心靈波動，往往具有當事人說不清楚，局外人看不分明，但又人人感興趣且深受感動的吸引力。

就在人們津津樂道的當口，情節的推展、人物的對應、情境的渲染等等層面，也從此逐一浮現。它可以是隨口的吟哦，可以是談興的抒發，也可以是事件的講述。於是，在文學世界裡的各種表達形式，諸如詩歌、散文、小說、戲劇等等，愛情都有據點。

有人以為，在愛情裡展現的忘我、無私、利他等等純淨美德，是引領人心嚮往之的質的。因此，當愛情生發時，在直接或間接涉入的個人身上，這些美德的隱顯、消長，也成就了文學對人間世界的展演。於是，詠歎愛情當中的貞定內斂者，有〈關雎〉（《詩經．周南》）、〈蒹葭〉（《詩經．秦風》）、〈玉階怨〉（李白）、〈停車暫借問〉（鍾曉陽）；直取對愛情堅貞決絕的宣示者，有〈上邪〉（漢樂府）、〈孔雀東南飛〉（漢樂府）、〈杜十娘怒沉百寶箱〉（馮夢龍）、〈梁山伯與祝英台〉（民間傳說）；撫念愛情的過往哀樂者，有〈葛生〉（《詩經．唐風》）、〈月夜〉（杜甫）、〈江城子〉（蘇軾）、《紅樓夢》（曹雪芹）、〈花橋榮記〉（白先勇）；吟誦愛情中的靈明清俏者，有〈陌上桑〉（漢樂府）；

面對背叛毅然斬斷情絲的，有〈有所思〉（漢樂府）、〈白頭吟〉（卓文君）；寫期盼愛情時的雀躍者，有〈靜女〉（《詩經・鄭風》）；寫愛情生發時的豐沛自然者，有〈牡丹亭〉（湯顯祖）；對愛情提出反思的，有〈秋天的哀愁〉（夏宇）……這些林林總總的愛情關係裡，形塑了形形色色的人物心性，也造就了各式各樣的百態人生。

此時，愛情和生命的意義互相成就，愛情在文學作品裡，彷彿是個龐大的隱喻，提供創作者以種種的寄託，也為讀者提供諸多從中興發的聯想和感動。

有時候，愛情在文學裡只是結束一段情節的臺階，不論是「他們談戀愛了」或者「他失戀了」、「他們分手了」，都可以輕易而快速的導出告一段落的結語。如此一來，文學世界出現的愛情數量，可就更為龐大了。

將仲子

《詩經．鄭風》

將仲子❶兮，無踰❷我里❸，無折我樹杞❹。
豈敢愛❺之？畏我父母。
仲可懷❻也，父母之言，亦可畏也。
將仲子兮，無踰我牆❼，無折我樹桑❽。
豈敢愛之？畏我諸兄。
仲可懷也，諸兄之言，亦可畏也。
將仲子兮，無踰我園❾，無折我樹檀❿。
豈敢愛之？畏人之多言。
仲可懷也，人之多言，亦可畏也。

注釋

❶仲子　次子，因排行第二，故稱為「仲子」。

❷踰　越過。
❸里　居所、居處。古代二十五家為一里。
❹樹杞　植物名。常綠小喬木。
❺愛　捨不得。
❻懷　思念、想念。
❼牆　牆垣。
❽桑　植物名。落葉喬木。古代牆邊種桑，園中種檀。
❾園　種植花木、蔬果的地方。
❿檀　植物名。落葉喬木。

作者簡介

《詩經》是中國第一部詩歌總集，收錄的作品橫跨了西周初年至春秋中期（西元前一一二二～前五七〇年）的五百多年間。《詩經》的內容都是合樂的唱詞，古人根據其音樂性質，把題材分為〈風〉、〈雅〉、〈頌〉三部分，共有三百零五篇。〈風〉是來自各地方的民歌，有十五國風，就是周南、召南、邶、鄘、衛、王、鄭、齊、魏、唐、秦、陳、檜、曹、豳等十五個地區的土風歌謠。這些歌謠流傳的時代，少部分在西周末年，大部分在東周時期。

〈鄭風〉共二十一篇，都是東周時的詩。該國流行男女遊春的習俗，因此多戀愛詩歌。

選文評析

本詩採用《詩經》裡常見的重章疊句的形式，循著從遠而近的順序展開一齣追愛行動劇。女子口中的「仲子」，熱情且勇於示愛，形象鮮明。藉著女子再三急切的推卻和解釋，帶出「仲子」一再逼近的鏡頭。熱戀中人的思念、熱切與情不自禁，自然而豐沛地湧現眼前。這是相當高明的鋪寫技巧。

當然，那「關切的眼光」也逐漸加重，從父母、諸兄而及於眾人。過去，這樣的干預曾被解讀為反映婚姻的不自由，不過，從描繪愛情的角度看來，這不也是必要的映襯嗎？

（張百蓉）

隨堂心得

葛生

《詩經・唐風》

葛生蒙楚，蘞蔓于野。予美亡❶此，誰與？獨處❷！

葛生蒙棘，蘞蔓于域❸。予美亡此，誰與？獨息！

角枕❹粲兮，錦衾爛兮。予美亡此，誰與？獨旦❺！

夏之日，冬之夜。百歲之後，歸于其居❻。

冬之夜，夏之日。百歲之後，歸于其室。

注釋

❶亡　死，此指下葬。

❷處　住。

❸域　指塋域，即墓地。

❹角枕　用獸角裝飾的枕頭。和錦衾都是殯殮之物。

❺旦　天亮，此指睡到天亮。

❻居　指墓穴。下文「室」同。

作者簡介

唐是周成王之弟叔虞的封地，即今山西太原。叔虞之子燮父，徙居晉水旁，改國號為晉，因此唐風就是晉風。

〈唐風〉共十二篇，是山西中南部的古老民歌。該國原為唐堯故都舊地，詩多憂深思遠，有唐堯遺風。

選文評析

愛情是人類生活中的重要部分，《詩經》的愛情詩歌不在少數，且以坦率、真摯、熱忱為其特色。無論是相會、相思、相離，總是一貫地純潔、樸實，具有樸直之美。本詩寫丈夫亡故，妻子在墳前悲泣，流露的情思，仍然是直質而真摯。

對於丈夫長眠荒野，哀思難忘，歲月難熬的情境，詩人以兩則寫景的句子：「葛生蒙楚，蘞蔓于野」和「葛生蒙棘，蘞蔓于域」為首，讓葛、蔓、棘、楚鋪滿野地的畫面，表現出墓地的冷落、荒涼，也為下文渲染出一股特定的氣氛，這是「興」的手法。在「予美亡此，誰與？獨處！」，那悲涼而不捨的呼喚之餘，詩人還從肉眼所見的地表墓地延展到心眼所見的地下墓中光景，其對棺中枕衾的摹想，越是仔細，越是燦爛，依戀便越深。仍是「興」的手法。

最後的兩章，是就此後的日子而言。交錯換句的「夏之日」、「冬之夜」，巧妙地展現了時光在日夜、四季當中的流轉，在字面上完全看不見情思。但陡然接上「百歲之後」，訴說希望在百歲之後，同歸一穴，相伴地下。悱惻傷痛，感人至深。

（張百蓉）

隨堂心得

杜十娘怒沉百寶箱

馮夢龍

掃蕩殘胡立帝畿，龍翔鳳舞勢崔嵬❶。
左環滄海❷天一帶，右擁太行❸山萬圍。
戈戟九邊❹雄絕塞，衣冠萬國仰垂衣❺。
太平人樂華胥世❻，永永金甌❼共日輝。

這首詩，單誇我朝燕京建都之盛。說起燕都的形勢，北倚雄關，南壓區夏❽，真乃金城天府❾，萬年不拔之基。當先洪武爺掃蕩胡塵，定鼎金陵，是為南京。到永樂爺從北平起兵靖難，遷於燕都❿，是為北京。只因這一遷，把個苦寒地面，變作花錦世界。自永樂爺九傳至於萬曆爺，此乃我朝第十一代的天子⓫。這位天子，聰明神武，德福兼全，十歲登基，在位四十八年，削平了三處寇亂。那三處？

日本關白⓬平秀吉，西夏⓭哱承恩，播州⓮楊應龍。

平秀吉侵犯朝鮮[15]，哱承恩、楊應龍是土官[16]謀叛，先後削平。遠夷莫不畏服，爭來朝貢。真個是：

一人有慶民安樂，四海無虞國太平。

話中單表萬曆二十年間，日本國關白作亂，侵犯朝鮮。朝鮮國王上表告急，天朝發兵泛海往救。有戶部官[17]奏准：「目今兵興之際，糧餉未充，暫開納粟入監[18]之例。」原來納粟入監的，有幾般便宜[19]：好讀書，好科舉，好中，結末[20]來又有個小小前程[21]結果。以此宦家公子、富室子弟，倒不願做秀才[22]，都去援例[23]做太學生[24]。自開了這例，兩京[25]太學生各添至千人之外。內中有一人，姓李名甲，字干先，浙江紹興府人氏。父親李布政[26]所生三兒，惟甲居長。自幼讀書在庠[27]，未得登科，援例入於北雍[28]。因在京坐監[29]，與同鄉柳遇春監生同遊教坊司院[30]內，與一個名姬相遇。那名姬姓杜名媺，排行第十，院中都稱為杜十娘，生得：

渾身雅豔，遍體嬌香。兩彎眉畫遠山青，一對眼明秋水潤。臉如蓮萼，分明卓氏文君；脣似櫻桃，何減白家樊素[31]。可憐一片無瑕玉，誤落風塵花柳中。

那杜十娘，自十三歲破瓜[32]，今一十九歲。七年之內，不知歷過了多少公子王孫，一個個情迷意蕩，破家蕩產而不惜。院中傳出四句口號來，道是：

座中若有杜十娘，斗筲之量飲千觴。
院中若識杜老𡟭，千家粉面都如鬼。

卻說李公子風流年少，未逢美色。自遇了杜十娘，喜出望外，把花柳情懷，一擔兒挑在他身上。那公子俊俏龐兒，溫存性兒，又是撒漫33的手兒，幫襯34的勤兒35。與十娘一般兩好，情投意合。十娘因見鴇兒36貪財無義，久有從良之志，又見李公子忠厚志誠，甚有心向他。奈李公子懼怕老爺，不敢應承。雖則如此，兩下37情好愈密，朝歡暮樂，終日相守，如夫婦一般。海誓山盟，各無他志。真個：

恩深似海恩無底，義重如山義更高。

再說杜媽媽38，女兒被李公子占住，別的富家巨室，聞名上門，求一見而不可得。初時李公子撒漫用錢，大差大使，媽媽脅肩諂笑39，奉承不暇。日往月來，不覺一年有餘，李公子囊篋漸漸空虛，手不應心，媽媽也就怠慢了。老布政在家聞知兒子嫖院，幾遍寫字來喚回家去。他迷戀十娘顏色，終日延捱。後來聞知布政在家發怒，越不敢回。

古人云：「以利相交者，利盡而疏。」那杜十娘與李公子真情相好，見他手頭愈短，心頭愈熱。媽媽也幾遍叫女兒打發李甲出院，見女兒不統口㊵，又幾遍將言語觸突李公子，要激怒他起身。公子性本溫克㊶，詞氣愈和。媽媽沒奈何，日逐只將十娘叱罵道：「我們行戶㊷人家，喫客穿客，前門送舊，後門迎新，門庭鬧如火，錢帛堆如垛。自從那李甲在此，混帳一年有餘，莫說新客，連舊主顧都斷了。分明接了個鍾馗老，連小鬼也沒得上門，弄得老娘一家人家，有氣無煙，成什麼模樣！」杜十娘被罵，耐性不住，便回答道：「那李公子不是空手上門的，也曾費過大錢來。」媽媽道：「彼一時，此一時，你只叫他今日費些小錢兒，把與老娘辦些柴米，養你兩口也好。別人家養的女兒便是搖錢樹，千生萬活，偏我家晦氣，養了個退財白虎㊸。開了大門，七件事般般都在老身心上。倒替你這小賤人白白養著窮漢，叫我衣食從何處來？你對那窮漢說：有本事出幾兩銀子與我，倒得你跟了他去，我別討個丫頭過活卻不好？」十娘道：「媽媽，這話是真是假？」媽媽曉得李甲囊無一錢，衣衫都典盡了，料他沒處設法。便應道：「老娘從不說謊，當真哩。」十娘道：「娘，你要他許多銀子？」媽媽道：「若是別人，千把銀子也討了，可憐那窮漢出不起，只要他三百兩，我自去討一個粉頭㊹代替。只一件，須是三日內交付與我，左手交銀，右手交人。若三日沒有銀時，老身也不管三七二十一，公子不公子，一頓孤拐㊺，打那光棍㊻出去。那時莫怪老身！」十娘道：「公子雖在客邊㊼乏鈔，諒三百金還措辦得來。只是三日忒近，限他十日便好。」媽媽想道：「這窮漢一雙赤手，便限他一百日，他那裡來銀子？沒有銀子，便鐵皮包臉，料也無顏上門。那時重整家風，孍兒也沒得話講。」答應道：「看你面，便寬到十日。

第十日沒有銀子，不干老娘之事。」十娘道：「若十日內無銀，料他也無顏再見了。只怕有了三百兩銀子，媽媽又翻悔起來。」媽媽道：「老身年五十一歲了，又奉十齋㊽，怎敢說謊？不信時與你拍掌為定。若翻悔時，做豬做狗！」

從來海水斗難量，可笑虔婆㊾意不良；
料定窮儒囊底竭，故將財禮難嬌娘。

是夜，十娘與公子在枕邊議及終身之事。公子道：「我非無此心。但教坊落籍㊿，其費甚多，非千金不可。我囊空如洗，如之奈何！」十娘道：「妾已與媽媽議定只要三百金，但須十日內措辦。郎君遊資雖罄，然都中豈無親友可以借貸。倘得如數，妾身遂為君之所有，省受虔婆之氣。」公子道：「親友中為我留戀行院，都不相顧。明日只做束裝起身，各家告辭，就開口假貸路費，湊聚將來，或可滿得此數。」起身梳洗，別了十娘出門。十娘道：「用心作速，專聽佳音。」公子道：「不須分付。」公子出了院門，來到三親四友處，假說起身告別，眾人倒也歡喜。後來敘到路費欠缺，意欲借貸。常言道：「說著錢，便無緣。」親友們就不招架51。他們也見得是，道李公子是風流浪子，迷戀煙花，年許不歸，父親都為他氣壞在家。他今日抖然要回，未知真假。倘或說騙盤纏到手，又去還脂粉錢，父親知道，將好意翻成惡意，始終只是一怪，不如辭了乾淨。便回道：「目今正值空乏，不能相濟，慚愧！慚愧！」人人如此，個個皆然，並沒有個慷慨丈夫，肯統口許他一十二十兩。李公子一連奔走了三日，分毫無獲，又不敢回決十娘，權且含糊答應。到第四日又沒想頭52，就羞回院中。平日間有了杜家，連下處53也沒有了，今日就無處投宿。只得往同鄉柳監生寓所借歇。柳遇春見公子愁容可掬，問其來歷54。公子將杜十娘願嫁之情，備細55說了。遇春搖首道：「未必，未必。那杜孅曲中第一名姬，要從良時，怕沒有十斛明珠，千金聘禮。那鴇兒如何只要三百兩？想鴇兒怪你無錢使用，白白占住他的女兒，設計打發你出門。那婦人與你相處已久，又礙卻面皮，不好明言。明知你手內空虛，故意將三百兩賣個人情，限你十日。若十日沒有，你也不好上門。便上門時，他會說你笑你，落得一場褻瀆56，自然安身不牢，此乃煙花逐客之計。足下三思，休被其惑。據弟愚意，不如早早開交57為上。」公子聽說，半晌無言，心中疑惑不定。遇春又道：「足下莫要錯了主意。你若真個還鄉，不多58幾兩盤費59，還有人搭救。若是要三百兩時，莫說十日，就是十個月也難。如今的世情，那肯顧緩急60二字的。那煙花61也算定你沒處告債，故意設法難你。」公子道：「仁兄所見良是。」口裡雖如此說，心中割捨不下。依舊又往外邊東央西告62，只是夜裡不進院門了。公子在柳監生寓中，一連住了三日，共是六日了。

杜十娘連日不見公子進院，十分著緊63，就教小廝64四兒街上去尋。四兒尋到大街，恰好遇見公子。四兒叫道：「李姐夫65，娘66在家裡望你。」公子自覺無顏，回復道：「今日不得工夫67，明日來罷。」四兒奉了十娘之命，一把扯住，死也不放道：「娘叫咱尋你。是必68同去走一遭。」李公子心上也牽掛著婊子69，沒奈何，只得隨四兒進院。見了十娘，嘿嘿無言70。十娘問道：「所謀之事如何？」公子眼中流下淚來。十娘道：「莫非人情淡薄，不能足三百之數麼？」公子含淚而言，道出二句：

不信上山擒虎易，果然開口告人⑦難！

「一連奔走六日，並無銖兩⑫，一雙空手，羞見芳卿⑬，故此這幾日不敢進院。今日承命呼喚，忍恥而來。非某不用心，實是世情如此。」十娘道：「此言休使虔婆知道。郎君今夜且住，妾別有商議。」十娘自備酒肴，與公子歡飲。睡至半夜，十娘對公子道：「郎君果不能辦一錢耶？妾終身之事，當如何也？」公子只是流涕，不能答一語。漸漸五更⑭天曉。十娘道：「妾所臥絮褥內藏有碎銀一百五十兩，此妾私蓄，郎君可持去。三百金，妾任其半，郎君亦謀其半，庶易為力。限只四日，萬勿遲誤！」十娘起身將褥付公子。公子驚喜過望，喚童兒⑮持褥而去。徑到柳遇春寓中，又把夜來之情與遇春說了。將褥拆開看時，絮中都裹著零碎銀子，取出兌時，果是一百五十兩。遇春大驚道：「此婦真有心人也。既係真情，不可相負。吾當代為足下謀之。」公子道：「倘得玉成⑯，決不有負。」當下，柳遇春留李公子在寓，自出頭⑰各處去借貸。兩日之內，湊足一百五十兩，交付公子道：「吾代為足下告債，非為足下，實憐杜十娘之情也。」李甲拿了三百兩銀子，喜從天降，笑顏逐開⑱，欣欣然來見十娘，剛是第九日，還不足十日。十娘問道：「前日分毫難借，今日如何就有一百五十兩？」公子將柳監生事情，又述了一遍。十娘以手加額道：「使吾二人得遂其願者，柳君之力也。」兩個歡天喜地，又在院中過了一晚。

次日十娘早起，對李甲道：「此銀一交，便當隨郎君去矣。舟車之類，合當79預備。妾昨日於姐妹中借得白銀二十兩，郎君可收下為行資也。」公子正愁路費無出，但不敢開口，得銀甚喜。說猶未了，鴇兒恰來敲門叫道：「孅兒，今日是第十日了。」公子聞叫，啟門相延道：「承媽媽厚意，正欲相請。」便將銀三百兩放在桌上。鴇兒不料公子有銀，嘿然變色，似有悔意。十娘道：「兒在媽媽家中八年，所致金帛，不下數千金矣。今日從良美事，又媽媽親口所訂，三百金不欠分毫，又不曾過期。倘若媽媽失信不許，郎君持銀去，兒即刻自盡。恐那時人財兩失，悔之無及也。」鴇兒無詞以對。腹內籌畫了半晌，只得取天平兌准了銀子，說道：「事已如此，料留你不住了。只是你要去時，即今就去。平時穿戴衣飾之類，毫釐休想！」說罷，將公子和十娘推出房門，討鎖來就落了鎖。此時九月天氣。十娘才下床，尚未梳洗，隨身舊衣，就拜了媽媽兩拜。李公子也作了一揖。一夫一婦，離了虔婆大門。你看二人好似：

鯉魚脫卻金鉤去，擺尾搖頭再不來。

公子教十娘且住片時：「我去喚個小轎抬你，權往柳榮卿寓所去，再作道理80。」十娘道：「院中諸姐妹平昔相厚81，理宜話別。況前日又承他借貸路費，不可不一謝也。」乃同公子到各姐妹處謝別。姐妹中惟謝月朗、徐素素與杜家相近，尤與十娘親厚。十娘先到謝月朗家。月朗見十娘禿髻舊衫，驚問其故。十娘備述來因。又引李甲相見。十娘指月朗道：「前日路資，是此位姐姐所貸，郎君可致謝。」李甲連連作揖。月朗便叫十娘梳洗，一面去請徐素素來家相會。十娘梳洗已畢，謝、徐二美人各出所有，翠鈿金釧、瑤簪寶珥、錦袖花裙、鸞帶繡履，把杜十娘妝扮得煥然一新，備酒作慶賀筵席。月朗讓臥房與李甲、杜孅二人過宿。次日，又大排筵席，遍請院中姐妹。凡十娘相厚者，無不畢集。都與他夫婦把盞稱喜。吹彈歌舞，各逞其長，務要盡歡，直飲至夜分。十娘向眾姐妹一一稱謝。眾姐妹道：「十姐為風流領袖[82]，今從郎君去，我等相見無日。何日長行[83]，姐妹們尚當奉送。」月朗道：「候有定期，小妹當來相報。但阿姐千里間關[84]，同郎君遠去，囊篋蕭條，曾無約束[85]，此乃吾等之事。當相與共謀之，勿令姐有窮途之慮也。」眾姐妹各唯唯[86]而散。是晚，公子和十娘仍宿謝家。至五鼓，十娘對公子道：「吾等此去，何處安身？郎君亦曾計議有定著否？」公子道：「老父盛怒之下，若知娶妓而歸，必然加以不堪，反致相累。輾轉尋思，尚未有萬全之策。」十娘道：「父子天性，豈能終絕。既然倉卒難犯，不若與郎君於蘇杭勝地，權作浮[87]居。郎君先回，求親友於尊大人面前勸解和順，然後攜妾于歸，彼此安妥。」公子道：「此言甚當。」

次日，二人起身辭了謝月朗，暫往柳監生寓中，整頓行裝。杜十娘見了柳遇春，倒身[88]下拜，謝其周全之德：「異日我夫婦必當重報。」遇春慌忙答禮道：「十娘鍾情所歡[89]，不以貧窶易心，此乃女中豪傑。僕因風吹火，諒區區何足掛齒[90]！」三人又飲了一日酒。次早，擇了出行吉日，僱倩轎馬停當。十娘又遣童兒寄信，別謝月朗。臨行之際，只見肩輿[91]紛紛而至，乃謝月朗與徐素素拉眾姐妹來送行。月朗道：「十姐從郎君千里間關，囊中消索，吾等甚不能忘情92。今合具薄贐93，十姐可檢收，或長途空乏，亦可少助。」說罷，命從人挈一描金文具94至前，封鎖甚固，正不知甚麼東西在裡面。十娘也不開看，也不推辭，但殷勤作謝而已。須臾，輿馬齊集，僕夫催促起身。柳監生三盃別酒，和眾美人送出崇文門95外，各各垂淚而別。正是：

他日重逢難預必，此時分手最堪憐。

再說李公子同杜十娘行至潞河，舍陸從舟。卻好有瓜州差使船轉回之便，講定船錢，包了艙口。比及下船時，李公子囊中並無分文餘剩。你道杜十娘把二十兩銀子與公子，如何就沒了？公子在院中嫖得衣衫藍縷，銀子到手，未免在解庫96中取贖幾件穿著，又製辦了鋪蓋，剩來只夠轎馬之費。公子正當愁悶，十娘道：「郎君勿憂，眾姐妹合贈，必有所濟。」乃取鑰開箱。公子在傍自覺慚愧，也不敢窺覷箱中虛實。只見十娘在箱裡取出一個紅絹袋來，擲於桌上道：「郎君可開看之。」公子提在手中，覺得沉重，啟而觀之。皆是白銀，計數整五十兩。十娘仍將箱子下鎖，亦不言箱中更有何物。但對公子道：「承眾姐妹高情，不惟路途不乏，即他日浮寓吳越間，亦可稍佐吾夫妻山水之費矣。」公子且驚且喜道：「若不遇恩卿，我李甲流落他鄉，死無葬身之地矣。此情此德，白頭不敢忘也！」自此每談及往事，公子必感激流涕，十娘亦曲意撫慰。一路無話。不一日，行至瓜州，大船停泊岸口，公子別僱了民船，安放行李。約明日侵晨，剪江而渡。其時仲冬中旬，月明如水，公子和十娘坐於舟首。公子道：「自出都門，困守一艙之中，四顧有人，未得暢語。今日獨據一舟，更無避忌。且已離塞北，初近江南，宜開懷暢飲，以舒向來抑鬱之氣，恩卿以為何如？」十娘道：「妾久疏談笑，亦有此心，郎君言及，足見同志耳。」公子乃攜酒具於船首，與十娘鋪氈並坐，傳杯交盞。飲至半酣，公子執巵對十娘道：「恩卿妙音，六院[97]推首。某相遇之初，每聞絕調，輒不禁神魂之飛動。心事多違，彼此鬱鬱，鸞鳴鳳奏，久矣不聞。今清江明月，深夜無人，肯為我一歌否？」十娘興亦勃發，遂開喉頓嗓，取扇按拍，嗚嗚咽咽，歌出元人施君美《拜月亭》[98]雜劇上「狀元執盞與嬋娟」一曲，名《小桃紅》。真個：

聲飛霄漢雲皆駐，響入深泉魚出遊。

卻說他舟有一少年，姓孫名富，字善賚，徽州新安人氏。家資巨富，積祖[99]揚州種鹽[100]。年方二十，也是南雍中朋友[101]。生性風流，慣向青樓買笑，紅粉追歡，若嘲風弄月，倒是個輕薄的頭兒。事有偶然，其夜亦泊舟瓜州渡口，獨酌無聊。忽聽得歌聲嘹亮，鳳吟鸞吹，不足喻其美。起立船頭，佇聽半晌，方知聲出鄰舟。正欲相訪，音響倏已寂然。乃遣僕者潛窺蹤跡，訪於舟人。但曉得是李相公僱的船，並不知歌者來歷。孫富想道：「此歌者必非良家，怎生[102]得他一見？」輾轉尋思，通宵不寐。捱至五更，忽聞江風大作。及曉，彤雲密布，狂雪飛舞。怎見得？有詩為證：

千山雲樹滅，萬徑人蹤絕；
扁舟簑笠翁，獨釣寒江雪。

因這風雪阻渡，舟不得開。孫富命艄公[103]移船，泊於李家舟之傍。孫富貂帽狐裘，推窗假作看雪。值十娘梳洗方畢，纖纖玉手，揭起舟傍短簾，自潑盂中殘水，粉容微露，卻被孫富窺見了，果是國色天香。魂搖心蕩，迎眸注目，等候再見一面，杳不可得。沉思久之，乃倚窗高吟高學士《梅花》詩二句，道：

雪滿山中高士臥，月明林下美人來。

李甲聽得鄰舟吟詩，舒頭[104]出艙，看是何人。只因這一看，正中了孫富之計。孫富吟詩，正要引李公子出頭，他好乘機攀話。當下慌忙舉手，就問：「老兄尊姓何諱？」李公子敘了姓名鄉貫，少不得也問那孫富。孫富也敘過了。又敘了些太學中的閒話，漸漸親熟。孫富便道：「風雪阻舟，乃天遣與尊兄相會，實小弟之幸也。舟次無聊，欲同尊兄上岸，就酒肆中一酌，少領清誨，萬望不拒。」公子道：「萍水相逢，何當厚擾？」孫富道：「說那裡話！『四海之內，皆兄弟也』。」即教艄公打跳[105]，童兒張傘，迎接公子過船，就於船頭作揖。然後讓公子先行，自己隨後，各各登跳上涯。行不數步，就有個酒樓。二人上樓，揀一副潔淨座頭，靠窗而坐。酒保列上酒肴。孫富舉杯相勸，二人賞雪飲酒。先說些斯文[106]中套話[107]，漸漸引入花柳[108]之事。二人都是過來之人，志同道合，說得入港[109]，一發[110]成相知了。孫富屏去左右，低低問道：「昨夜尊舟清歌者，何人也？」李甲正要賣弄在行[111]，遂實說道：「此乃北京名姬杜十娘也。」孫富道：「既係曲中姐妹，何以歸兄？」公子遂將初遇杜十娘，如何相好，後來如何要嫁，如何借銀討他，始末根由，備細述了一遍。孫富道：「兄攜麗人而歸，固是快事，但不知尊府中能相容否？」公子道：「賤室[112]不足慮。所慮者，老父性嚴，尚費躊躇耳！」孫富將機就機[113]，便問道：「既是尊大人未必相容，兄所攜麗人，何處安頓？亦曾通知麗人，共作計較[114]否？」公子攢眉而答道：「此事曾與小妾議之。」孫富欣然問道：「尊寵必有妙策。」公子道：「他意欲僑居蘇杭，流連山水。使小弟先回，求親友宛轉於家君之前。俟家君回嗔作喜，然後圖歸。高明[115]以為何如？」孫富沉吟[116]半晌，故作愀然[117]之色，道：「小弟乍會之間，交淺言深，誠恐見怪。」公子道：「正賴高明指教，何必謙遜？」孫富道：「尊大人位居方面[118]，必嚴帷薄[119]之嫌，平時既怪兄遊非禮之地，今日豈容兄娶不節之人。況且賢親貴友，誰不迎合尊大人之意者？兄枉去求他，必然相拒。就有個不識時務的進言於尊大人之前，見尊大人意思不允，他就轉口了。兄進不能和睦家庭，退無詞以回復尊寵。即使留連山水，亦非長久之計。萬一資斧[120]困竭，豈不進退兩難！」公子自知手中只有五十金，此時費去大半，說到資斧困竭，進退兩難，不覺點頭道是。孫富又道：「小弟還有句心腹之談，兄肯俯聽否？」公子道：「承兄過愛，更求盡言。」孫富道：「疏不間親[121]，還是莫說罷。」公子道：「但說何妨。」孫富道：「自古道：『婦人水性無常。』況煙花之輩，少真多假。他既係六院名姝，相識定滿天下；或者南邊原有舊約[122]，借兄之力，挈帶而來，以為他適之地。」公子道：「這個恐未必然！」孫富道：「既不然，江南子弟，最工輕薄，兄留麗人獨居，難保無踰牆鑽穴[123]之事。若挈之同歸，愈增尊大人之怒。為兄之計，未有善策。況父子天倫，必不可絕。若為妾而觸父，因妓而棄家，海內必以兄為浮浪不經之人。異日妻不以為夫，弟不以為兄，同袍不以為友，兄何以立於天地之間？兄今日不可不熟思也！」公子聞言，茫然自失，移席問計：「據高明之見，何以教我？」孫富道：「僕有一計，於兄甚便。只恐兄溺枕席之愛，未必能行，使僕空費詞說耳。」公子道：「兄誠有良策，使弟再覩家園之樂，乃弟之恩人也。又何憚而不言耶？」孫富道：「兄飄零歲餘，嚴親懷怒，閨閣離心，設身以處兄之地，誠寢食不安之時也。然尊大人所以怒兄者，不過為迷花戀柳，揮金如土，異日必為棄家蕩產之人，不堪承繼家業耳！兄今日空手而歸，正觸其怒。兄倘能割衽席之愛，見機而作，僕願以千金相贈。兄得千金，以報尊大人，只說在京授館[124]，並不曾浪費分毫，尊大人必然相信。從此家庭和睦，當無間言。須臾之間，轉禍為福。兄請三思，僕非貪麗人之色，實為兄效忠於萬一[125]也！」李甲原是沒主意的人，本心懼怕老子，被孫富一席話，說透胸中之疑，起身作揖道：「聞兄大教，頓開茅塞。但小妾千里相從，義難頓絕，容歸與商之。得其心肯，當奉復耳。」孫富道：「說話之間，宜放婉曲。彼既忠心為兄，必不忍使兄父子分離，定然玉成兄還鄉之事矣。」二人飲了一回酒，風停雪止，天色已晚。孫富教家僮算還了酒錢，與公子攜手下船。正是：

逢人且說三分話，未可全拋一片心。

卻說杜十娘在舟中，擺設酒果，欲與公子小酌，竟日未回，挑燈[126]以待。公子下船，十娘起迎。見公子顏色匆匆，似有不樂之意，乃滿斟熱酒勸之。公子搖首不飲。一言不發，竟自床上睡了。十娘心中不悅，乃收拾杯盤，為公子解衣就枕，問道：「今日有何見聞，而懷抱鬱鬱如此？」公子歎息而已，終不啟口。問了三四次，公子已睡去了。十娘委決不下[127]，坐於床頭而不能寐。到夜半，公子醒來，又歎一口氣，十娘道：「郎君有何難言之事，頻頻歎息？」公子擁被而起，欲言不語者幾次，撲簌簌掉下淚來。十娘抱持公子於懷間，軟言撫慰道：「妾與郎君情好，已及二載，千辛萬苦，歷盡艱難，得有今日。然相從數千里，未曾哀戚。今將渡江，方圖百年[128]歡笑，如何反起悲傷？必有其故。夫婦之間，死生相共，有事盡可商量，萬勿諱[129]也。」公子再四被逼不過，只得含淚而言道：「僕天涯窮困，蒙恩卿不棄，委曲相從，誠乃莫大之德也。但反覆思之，老父位居方面，拘於禮法，況素性方嚴，恐添嗔怒，必加黜逐。你我流蕩，將何底止[130]？夫婦之歡難保，父子之倫又絕。日間蒙新安孫友邀飲，為我籌及此事，寸心如割！」十娘大驚道：「郎君意將如何？」公子道：「僕事內之人，當局而迷。孫友為我畫一計頗善，但恐恩卿不從耳！」十娘道：「孫友者何人？計如果善，何不可從？」公子道：「孫友名富，新安鹽商，少年風流之士也。夜間聞子清歌，因而問及。僕告以來歷，並談及難歸之故，渠[131]意欲以千金聘汝。我得千金，可藉口以見吾父母；而恩卿亦得所天[132]。但情不能捨，是以悲泣。」說罷，淚如雨下。十娘放開兩手，冷笑一聲道：「為郎君畫此計者，此人乃大英雄也！郎君千金之資，既得恢復，而妾歸他姓，又不致為行李之累，發乎情，止乎禮，誠兩便之策也。那千金在那裡？」公子收淚道：「未得恩卿之諾，金尚留彼處，未曾過手。」十娘道：「明早快快應承了他，不可挫過[133]機會。但千金重事，須得兌足交付郎君之手，妾始過舟，勿為賈豎子[134]所欺。」時已四鼓，十娘即起身挑燈梳洗道：「今日之妝，乃迎新送舊，非比尋常。」於是脂粉香澤，用意修飾，花鈿繡襖，極其華豔，香風拂拂，光采照人。裝束方完，天色已曉。孫富差家童到船頭候信。十娘微窺公子，欣欣似有喜色，乃催公子快去回話，及早兌足銀子。公子親到孫富船中，回復依允。孫富道：「兌銀易事，須得麗人妝臺為信。」公子又回復了十娘，十娘即指描金文具道：「可便抬去。」孫富喜甚。即將白銀一千兩，送到公子船中。十娘親自檢看，足色[135]足數，分毫無爽。乃手把船舷，以手招孫富。孫富一見，魂不附體。十娘啟朱唇，開皓齒道：「方才箱子可暫發[136]來，內有李郎路引[137]一紙，可檢還之也。」孫富視十娘已為甕中之鱉，即命家童送那描金文具，安放船頭之上。十娘取鑰開鎖，內皆抽替[138]小箱。十娘叫公子抽第一層來看，只見翠羽明璫[139]，瑤簪寶珥，充牣[140]於中，約值數百金。十娘遽投之江中。李甲與孫富及兩船之人，無不驚詫。又命公子再抽一箱，乃玉簫金管。又抽一箱，盡古玉紫金玩器，約值數千金。十娘盡投之於水。舟中岸上之人，觀者如堵。齊聲道：「可惜！可惜！」正不知甚麼緣故。最後又抽一箱，箱中復有一匣。開匣視之，夜明之珠，約有盈把。其他祖母綠、貓兒眼，諸般異寶，目所未覩，莫能定其價之多少。眾人齊聲喝采，喧聲如雷。十娘又欲投之於江。李甲不覺大悔，抱持十娘慟哭，那孫富也來勸解。十娘推開公子在一邊，向孫富罵道：「我與李郎備嘗艱苦，不是容易到此。汝以奸淫之意，巧為讒說，一旦破人姻緣，斷人恩愛，乃我之仇人。我死而有知，必當訴之神明，尚妄想枕席之歡[141]乎！」又對李甲道：「妾風塵數年，私有所積，本為終身之計。自遇郎君，山盟海誓，白首不渝。前出都之際，假託眾姐妹相贈，箱中韞藏百寶，不下萬金。將潤色[142]郎君之裝，歸見父母，或憐妾有心，收佐中饋，得終委託，生死無憾。誰知郎君相信不深，惑於浮議，中道見棄，負妾一片真心。今日當眾目之前，開箱出視，使郎君知區區千金，未為難事。妾櫝中有玉，恨郎眼內無珠。命之不辰[143]，風塵困瘁，甫得脫離，又遭棄捐。今眾人各有耳目，共作證明，妾不負郎君，郎君自負妾耳！」於是眾人聚觀者，無不流涕，都唾罵李公子負心薄倖。公子又羞又苦，且悔且泣，方欲向十娘謝罪。十娘抱持寶匣，向江心一跳。眾人急呼撈救，但見雲暗江心，波濤滾滾，杳無蹤影。可惜一個如花似玉的名姬，一旦葬於江魚之腹。

三魂渺渺歸水府，七魄悠悠入冥途。

當時旁觀之人，皆咬牙切齒，爭欲拳毆李甲和那孫富。慌得李孫二人手足無措，急叫開船，分途遁去。李甲在舟中，看了千金，轉憶十娘，終日愧悔，鬱成狂疾，終身不痊。孫富自那日受驚得病，臥床月餘，終日見杜十娘在傍詬罵，奄奄而逝。人以為江中之報也。

卻說柳遇春在京坐監完滿，束裝回鄉，停舟瓜步[144]。偶臨江淨臉，失墜銅盆於水，覓漁人打撈。及至撈起，乃是個小匣兒。遇春啟匣觀看，內皆明珠異寶，無價之珍。遇春厚賞漁人，留於床頭把玩。是夜夢見江中一女子，凌波而來，視之，乃杜十娘也。近前萬福[145]，訴以李郎薄倖之事。又道：「向承君家慷慨，以一百五十金相助。本意息肩[146]之後，徐圖報答。不意事無終始；然每懷盛情，悒悒[147]未忘。早間曾以小匣託漁人奉致，聊表寸心，從此不復相見矣！」言訖，猛然驚醒，方知十娘已死，歎息累日。

後人評論此事，以為孫富謀奪美色，輕擲千金，固非良士；李甲不識杜十娘一片苦心，碌碌蠢才，無足道者。獨謂十娘千古女俠，豈不能覓一佳侶，共跨秦樓之鳳[148]，乃錯認李公子，明珠美玉，投於盲人，以致恩變為仇，萬種恩情，化為流水，深可惜也！有詩歎云：

不會風流[149]莫妄談，單單情字費人參；
若將情字能參透，喚作風流也不慚。

——《警世通言》第三十二卷

注釋

❶崔嵬　高峻、高大的樣子。
❷滄海　地名。在今遼寧鴨綠、佟佳兩江流域及新賓縣附近一帶。
❸太行　山名。起自河南濟源，北入山西，經河南、河北，至獲鹿縣止。

❹九邊　明代有九邊重鎮。

❺垂衣　本為比喻聖王無為而天下治，後人以此稱譽帝王聖明。

❻華胥世　泛指太平治世。

❼金甌　金製的小盆，此指完整鞏固的國土。

❽區夏　指華夏、中國。

❾金城天府　金城，比喻城池堅固。天府，形勢險固，物產富饒的地方。

❿燕都　即燕京，今北京的舊稱。因古燕國曾在此建首都，故稱為「燕京」。

⓫我朝第十一代的天子　神宗是成祖之後第十一位君王。說書人似乎未把明太祖、惠文帝和成祖計算在內。

⓬關白　日本官階最高的大臣，相當於宰相，握有軍政大權。

⓭西夏　指寧夏、陝西一帶。

⓮播州　地名。在今貴州遵義。

⓯平秀吉侵犯朝鮮　萬曆二十三年（西元一五九六年），明廷派指揮楊方亨封平秀吉為日本國王。次年，到達日本，平秀吉不受封，發兵入侵朝鮮。朝鮮遣使求援，明廷出兵擊敗日軍。

⓰土官　地方官員。

⓱戶部官　負責戶口、財賦等職務的官員。

⓲納粟入監　科舉時代稱進入國子監讀書求學為「入監」。古代有捐納粟米得官或入國子監的作法，後改用銀兩。國子監，舊時全國最高的學府。

⑲有幾般便宜　指有幾項好處。

⑳結末　最後。

㉑前程　指功名、官職。

㉒秀才　本為科舉時代科目之稱。始於漢，唐與明經、進士並設科目，宋則凡應舉者皆稱秀才，明清專指入縣學的生員。

㉓援例　引用或比照過去的例子。

㉔太學生　在太學中就學的學生，後世稱為「監生」。太學，古代設立在京城，用以培養人才、傳授儒家經典的最高學府。

㉕兩京　指南京和北京。

㉖布政　即布政使。明初設置，掌理一省民政財政。

㉗庠　古代的學校名稱。

㉘北雍　「雍」，是「辟雍」的簡稱。「辟雍」是國子監裡的建築物之一。明代指南京的國子監為「南雍」，北京的國子監為「北雍」。

㉙坐監　監生在國子監讀書。

㉚教坊司院　妓院。明代娼妓歸教坊司管理。

㉛白家樊素　唐代詩人白居易的侍姬，擅於歌唱。

㉜破瓜　指女子初次性交。

33 撒漫　花錢慷慨沒有節制，含有揮霍的意思。
34 幫襯　幫助。
35 勤兒　嫖客、浪蕩子。
36 鴇兒　即鴇母。
37 兩下　雙方。
38 媽媽　鴇母。
39 脅肩諂笑　聳著肩膀，面露諂媚的笑容。形容逢迎巴結的醜態。
40 統口　開口同意。
41 溫克　溫和謙恭。
42 行戶　妓院。
43 白虎　中國神話或星相家所說的凶神。
44 粉頭　妓女。
45 孤拐　腳踝。
46 光棍　地痞、流氓等無賴之徒。
47 客邊　住在別人家中作客。
48 十齋　十齋應作「斗齋」。指在庚申日吃素。道家認為人身中有三尸神為邪魔。上尸名彭倨，在人頭中；中尸名彭質，在人腹中；下尸名彭矯，在人足中。凡庚申日尸鬼競亂，會上天下地去告狀，控述人之過誤，使人精神爆穢。因此，人應持齋不睡，警備修養，勿使三尸神出。

49 虔婆　鴇兒。

50 落籍　古時妓女列名在樂籍，要從良，必須獲得主管官吏的允許，從樂籍中除名，稱為落籍。

51 招架　招呼款待。

52 沒想頭　沒希望。

53 下處　寄宿的地方。

54 來歷　原因。

55 備細　詳細的。

56 褻瀆　輕忽怠慢。

57 開交　結束。

58 不多　不是很多、不算多。

59 盤費　旅費。

60 緩急　指緊急的事情。

61 煙花　稱娼妓。

62 東央西告　到處求人幫忙。央告，懇求。

63 著緊　緊急。

64 小廝　僮僕。

65 姐夫　妓家對嫖客的稱呼。
66 娘　奴僕對女主人的敬稱。
67 工夫　空閒、時間。
68 是必　務必。
69 婊子　妓女。
70 嘿嘿無言　默不作聲，不說一句話。
71 告人　請人幫忙。
72 銖兩　極少的金錢。
73 芳卿　稱所愛的人。
74 五更　指第五更，天將亮的時候。
75 童兒　僮僕。
76 玉成　請他人幫忙完成某事。
77 出頭　出面效力。
78 笑顏逐開　應是「笑逐顏開」，就是高興得眉開眼笑的樣子。
79 合當　應當。
80 再作道理　再想辦法。
81 相厚　彼此間交情深厚。

82 風流領袖　風月場所中首屈一指的人物。

83 長行　遠行。

84 間關　路途崎嶇艱險，不易行走。

85 約束　指行裝。

86 唯唯　泛指應對的話。

87 浮　指暫定。

88 倒身　傾身跪下。

89 所歡　所愛的人。

90 何足掛齒　不值得一提。

91 肩輿　轎子。

92 忘情　淡漠不動情。

93 贐　送行時贈送的財物。

94 文具　古時女性的梳妝匣。

95 崇文門　北京城門。

96 解庫　當鋪。

97 六院　明初南京妓院最著名的有來賓、重譯、輕煙、淡粉、梅妍、柳翠等六院，後將六院作為妓院的代名詞。

98拜月亭　元關漢卿作品。因劇中主要角色瑞蘭焚香拜月，祈求與主角世隆團圓，故稱為「拜月亭」。
99積祖　歷代。
100種鹽　做鹽商。
101朋友　此指太學生。
102怎生　怎麼樣。
103艄公　船夫。
104舒頭　伸頭。
105打跳　搭跳板。
106斯文　儒士。
107套話　普通應酬的慣用語。
108花柳　妓院。
109入港　談話投機。
110一發　更是。
111在行　內行。
112賤室　謙稱自己的妻子。
113將機就機　趁機行事。
114計較　商量。

115 高明　尊稱對方的用詞。
116 沉吟　深思。
117 愀然　憂愁的樣子。
118 方面　獨當一面的職位。
119 帷薄　指家中男女情愛的事情。
120 資斧　指旅費。
121 疏不間親　關係疏遠的人無法離間關係親近的人。
122 舊約　老友。
123 踰牆鑽穴　比喻男女偷情。
124 授館　授徒教學。
125 萬一　指極微小。
126 挑燈　點燈。
127 委決不下　指不能解除心中疑惑。
128 百年　比喻時間、年代的久遠。
129 諱　有所保留。
130 底止　終止。
131 渠　他，指第三人稱。

132 所天　指丈夫。

133 挫過　即錯過，錯失。

134 賈豎子　對商人輕蔑的稱呼。

135 足色　金、銀的成色十足。

136 發　送出、付出。

137 路引　路條、通行證。

138 抽替　即抽屜。

139 翠羽明璫　翠羽，翠鳥的羽毛，青綠而有光澤。明璫，明珠做成的耳飾。

140 充牣　充滿。

141 枕席之歡　男女床笫之樂。

142 潤色　妝扮點綴。

143 不辰　不得其時；沒遇到好時機。

144 瓜步　瓜步江。

145 萬福　古代女子行拜手禮時，多口稱萬福，後遂稱拜手禮為萬福。

146 息肩　卸下負擔得到休息。

147 悒悒　憂愁鬱悶。

148 共跨秦樓之鳳　比喻結成美好姻緣或求得佳偶。

149 風流　涉及男女間情愛的事情。

作者簡介

馮夢龍（西元一五七四～一六四六年），字猶龍，又字耳猶，別號墨憨齋主人、茂苑野史、綠天館主人等。自稱「直隸蘇州府吳縣籍長洲人」，即今江蘇蘇州人。明代小說家，為崇禎貢生，曾任福建壽寧知縣。

少有才氣，放蕩不羈。工詩文，通經學，著有戲曲數種，並有繼承宋元話本傳統所整理的短篇小說集《警世通言》、《喻世明言》、《醒世恆言》著名於世，稱為「三言」。其中《警世通言》呈現新興市民階層的價值觀念，以愛情為題材的作品尤為突出，〈杜十娘怒沉百寶箱〉便是箇中名篇之一。

選文評析

本故事藍本源自萬曆年間宋幼清《九籥集》之〈負情儂傳〉，原作只有二千六百餘字，在馮氏的鋪排之下，成為萬餘字的小說〈杜十娘怒沉百寶箱〉。

小說中的人物形象鮮明飽滿，寫青樓中人，有剛強不屈的名姬杜十娘、惟利是從的鴇兒杜媽媽；在監生之中，則又分別有篤實重義的青年學子柳遇春、貪戀怯懦的官家子弟李甲、狡猾好色的鹽商子弟孫富。

這些人物不僅呈現不同的人格性情，也分別反映了世情的不同面向。當然，青樓中人只供狎玩而不准迎入家門的社會成規，更是穿梭其間的重要背景。整個故事的情節，便是這些人物與這社會成規的對應態度和過程的刻劃。在這裡，愛情就像那百寶箱裡的珠玉，雖然珍貴且豐厚，卻完全沒有與世人相見的機會。任憑杜十娘如何堅定、周密，奈何李甲唯唯諾諾地全面屈服於孫富的挾財詭誘之下，點出了愛情理想與社會成規衝突時的完全無力。

但是，「愛情應該有條件嗎？」怒沉百寶的字字血、聲聲淚，愛恨交織地發出對變心男子的譴責和對那社會成規的抗議，真是辛酸不盡，哀絕心死，戲劇張力十足。

至於杜十娘的自沉，和柳遇春的受贈珠玉，都是對「愛情的條件」的回應。前者以「決絕」表現其不屈從於世俗的精神，後者以「得寶」來肯定其不盲從於世俗的精神。

（張百蓉）

隨堂心得

花橋榮記

白先勇

提起我們花橋榮記，那塊招牌是響噹噹的。當然，我是指從前桂林水東門外花橋頭，我們爺爺開的那家米粉店。黃天榮的米粉，桂林城裡，誰人不知？那個不曉？爺爺是靠賣馬肉米粉起家的，兩個小錢一碟，一天總要賣百把碟，晚來一點，還吃不著呢。我還記得奶奶用紅絨線將那些小銅板一串串穿起來，笑得嘴巴都合不攏，指著我說：妹仔，你日後的嫁妝不必愁了。連桂林城裡那些大公館請客，也常來訂我們的米粉。我跟了奶奶去送貨，大公館那些闊太太看見我長得俏，說話知趣❶，一把把的賞錢塞到我袋子裡，管我叫「米粉丫頭」。

我自己開的這家花橋榮記可沒有那些風光了。我是做夢也沒想到，跑到臺北又開起飯館來。我先生並不是生意人，他在大陸上是行伍❷出身的，我還做過幾年營長太太呢。那曉得蘇北那一仗，把我先生打得下落不明，慌慌張張我們眷屬便撤到了臺灣。頭幾年，我還四處打聽，後來夜裡常常夢見我先生，總是一身血淋淋的，我就知道，他已經先走了。我一個女人家，流落在臺北，總得有點打算，七拼八湊，終究在長春路底開起了這家小食店來。老闆娘一當，便當了十來年，長春路這一帶的住戶，我閉起眼睛都叫得出他們的名字來了。

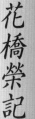

來我們店裡吃飯的，多半是些寅吃卯糧❸的小公務員——市政府的職員嘍、學校裡的教書先生嘍、區公所的辦事員嘍——個個的荷包都是乾癟癟的，點來點去，不過是些家常菜，想多搾他們幾滴油水，竟比老牛推磨還要吃力。不過這些年來，也全靠這批窮顧客的幫襯❹，才把這爿店面撐了起來。

顧客裡，許多卻是我們廣西同鄉，為著要吃點家鄉味，才長年來我們這裡光顧，尤其是在我們店裡包飯的，都是清一色❺的廣西佬。大家聊起來，總難免攀得上三五門子親戚。這批老光桿子，在我這裡包飯，有的一包三年五載，有的竟至七年八年，吃到最後一口飯為止。像那個李老頭，從前在柳州❻做大木材生意，人都叫他「李半城」，說是城裡的房子，他占了一半。兒子在臺中開雜貨鋪，把老頭子一個人甩在臺北，半年匯一張支票來。他在我們店裡包了八年飯，砸破了我兩打飯碗，因為他的手扯雞爪瘋，捧起碗來便打顫。老傢伙愛唱〈天雷報〉❼，一唱便是一把鼻涕，兩行眼淚。那晚他一個人點了一桌子菜，吃得精光，說是他七十大壽，那曉得第二天便上了吊。我們都跑去看，就在我們巷子口那個小公園裡一棵大枯樹上，老頭子吊在上頭，一雙破棉鞋落在地上，一頂黑氈帽滾跌在旁邊。他欠的飯錢，我向他兒子討，還遭那個挨刀的❽狠狠搶白❾了一頓。

我們開飯館，是做生意，又不是開救濟院，那裡經❿得起這批食客七拖八欠的。也算我倒楣，竟讓秦癩子在我店裡白吃了大半年。他原在市政府做得好好的，跑去調戲人家女職員，給開除了，就這樣瘋了起來，我看八成是花癡⓫！他說他在廣西容縣當縣長時，還討過兩個小老婆呢。有一次他居然對我們店裡的女顧客也毛手毛腳起來，我才把他攆[12]了出去。他走在街上，歪著頭，斜著眼，右手伸在空中，亂抓亂撈，滿嘴冒著白泡子，吆喝[13]道：「滾開！滾開！縣太爺來了。」有一天他跑到菜場裡，去摸一個賣菜婆的奶，那個賣菜婆拿起根扁擔，罩[14]頭一棍，當場打得他額頭開了花。去年八月裡颳颱風，長春路一帶淹大水，我們店裡的桌椅都漂走了。水退的時候，長春路那條大水溝冒出一窩窩的死雞死貓來，有的爛得生了蛆，太陽一曬，一條街臭烘烘。衛生局來消毒，打撈的時候，從溝底把秦癲子鉤了起來，他裹得一身的汙泥，硬幫幫的，像個四腳朝天的大烏龜，誰也不知道他是什麼時候掉到溝裡去的。

*

講句老實話，不是我衛護我們桂林人，我們桂林那個地方山明水秀，出的人物也到底不同些。容縣、武寧，那些角落頭跑出來的，一個個齜牙咧嘴。滿口夾七夾八的土話，我看總帶著些苗子種。那裡拚得上我們桂林人？一站出來，男男女女，誰個不沾著幾分山水的靈氣？我對那批老光桿子說：你們莫錯看了我這個春夢婆[15]，當年在桂林，我還是水東門外有名的美人呢！我替我們爺爺掌櫃，桂林行營的軍爺們，成群結隊，圍在我們米粉店門口，像是蒼蠅見了血，趕也趕不走，我先生就是那樣把我搭上的。也難怪，我們那裡，到處青的山，綠的水，人的眼睛也看亮了，皮膚也洗得細白了。幾時見過臺北這種地方？今年颱風，明年地震，任你是個大美人胎子，也經不起這些風雨的折磨哪！

包飯的客人裡頭，只有盧先生一個人是我們桂林小同鄉，你一看不必問，就知道了。人家知禮識數，是個很規矩的讀書人，在長春國校已經當了多年的國文先生了。他剛到我們店來搭飯，我記得也不過是三十五、六的光景，一逕斯斯文文的，眼也不抬，口也不開，坐下去便悶頭扒飯，只有我替他端菜添飯的當兒，他才欠身笑著說一句：不該⑯你，老闆娘。盧先生是個瘦條個子，高高的，背有點佝，一桿蔥的鼻子，青白的臉皮，輪廓都還在那裡，原該是副很體面的長相；可是不知怎的，卻把一頭頭髮先花白了，笑起來，眼角子兩撮深深的皺紋，看著出很老，有點血氣不足似的。我常常在街上撞見他，身後領著一大隊蹦蹦跳跳的小學生，過街的時候，他便站到十字路口，張開雙臂，攔住來往的汽車，一面喊著：小心！小心！讓那群小東西跑過街去。不知怎的，看見他那副極有耐心的樣子，總使我想起我從前養的那隻性情溫馴的大公雞來，那隻公雞竟會帶小雞的，牠常常張著雙翅，把一群雞仔孵到翅膀下面去。

聊起來我才知道，盧先生的爺爺原來是盧興昌盧老太爺。盧老太爺從前在湖南做過道臺，是我們桂林有名的大善人，水東門外那間培道中學就是他辦的。盧老奶奶最愛吃我們榮記的原湯米粉，我還跟著我們奶奶到過盧公館去過呢。

「盧先生，」我對他說道：「我從前到過你們府上的，好體面的一間公館！」

他笑了一笑，半晌，說道：

「大陸撤退，我們自己軍隊一把火，都燒光嘍。」

「哦，糟蹋了。」我嘆道。我還記得，他們園子裡種滿了有紅是白的芍藥花。

所以說，能怨我偏向人家盧先生嗎？人家從前還不是好家好屋的，一樣也落了難。人家可是有涵養，安安分分，一句閒話也沒得。那裡像其他幾個廣西苗子？摔碗砸筷，雞貓鬼叫，一肚子發不完的牢騷，挑我們飯裡有砂子，菜裡又有蒼蠅。我就不由得光火，這個年頭，保得住命就是造化，不將將就就的，還要刁嘴呢！我也不管他們眼紅，盧先生的菜裡，我總要加些料：牛肉是腱子肉，豬肉都是瘦的。一個禮拜我總要親自下廚一次，做碗冒熱米粉：滷牛肝、百葉肚、香菜麻油一燒，灑一把油炸花生米，熱騰騰的端出來，我敢說，臺北還找不出第二家呢，什麼雲南過橋米線！這碗米粉，是我送給盧先生打牙祭[17]的，我這麼巴結他，其實還不是為了秀華。

秀華是我先生的姪女兒，男人也是軍人，當排長的，在大陸上一樣的也沒了消息。秀華總也不肯死心，左等右等，在間麻包工廠裡替人織麻線，一雙手都織出了老繭來，可是她到底是我們桂林姑娘，淨淨扮扮，端端正正的。我把她抓了來，點破她。

「乖女，」我說：「你和阿衛有感情，為他守一輩子，你這分心，是好的。可是你看看你嬸娘，就是你一個好榜樣。難道我和你叔叔還沒有感情嗎？等到今天，你嬸娘等成了這副樣子——不是我說句後悔的話，早知如此，十幾年前我就另打主意了。就算阿衛還在，你未必見得著他，要是他已經走了呢？你這番苦心，乖女，也只怕白用了。」

秀華終於動了心，掩面痛哭起來。是別人，我也懶得多事了，可是秀華和盧先生都是桂林人，要是兩人配成了對，倒是一段極好的姻緣。至於盧先生那邊，連他的家當[18]我都打聽清楚了。他房東顧太太是我的麻將搭子，那個湖北婆娘，一把刀嘴，世人落在她口裡，都別想超生，可是她對盧先生卻是百般衛護。她說她從來也沒見過這麼規矩的男人，省吃省用，除了拉拉弦子[19]，哼幾板戲，什麼嗜好也沒得。天天晚上，總有五、六個小學生來補習。補得的錢便拿去養雞。

「那些雞呀，就是盧先生的祖爺爺祖奶奶！」顧太太笑道：「您家還沒見過他侍候那些雞呢，那份耐性！」

每逢過年，盧先生便提著兩大籠蘆花雞到菜市場去賣，一隻隻鮮紅的冠子，光光亮的羽毛——總有五、六斤重，我也買過兩隻，屁股上割下一大碗肥油來。據顧太太估計，這麼些年來，做放息，利上裹利，盧先生的積蓄，起碼有四、五萬，老婆是討得起的了。

於是一個大年夜，我便把盧先生和秀華都拘了來，做了一桌子的桂林菜，燙了一壺熱熱的紹興酒。我把他們兩個，拉了又拉，扯了又扯，合在一起。秀華倒有點意思，儘管抿著嘴巴笑，可是盧先生這麼個大男人，反而害起臊來，我慫著他去跟秀華喝雙杯，他竟臉紅了。

「盧先生，你看我們秀華這個人怎麼樣？」第二天我攔住他問道。他忸怩了半天也答不上話來。

「我們秀華直讚你呢！」我瞅著他笑。

「不要開玩笑了——」他結結巴巴的說。

「什麼開玩笑？」我截斷他的話，「你快請請我，我替你做媒去，這杯喜酒我是吃定了——」

「老闆娘，」盧先生突然放下臉來，一板正經的說道：「請你不要胡鬧，我在大陸上，早訂過婚了的」。

說完，頭一扭，便走了。氣得我混身打顫，半天說不出話來，天下也有這種沒造化的男人！

他還想吃我做的冒熱米粉呢！誰不是三百五一個月的飯錢？一律是肥豬肉！後來好幾次他跑來跟我搭訕，我都愛理不理的，直到秀華出了嫁，而且嫁得一個很富厚的生意人，我才慢慢的消了心頭那口氣。到底算他是我們桂林人，如果是外鄉佬！

＊

一個九月中，秋老虎的大熱天，我在店裡流了一天的汗，到了下午五、六點，實在熬不住了，我把店交給我們大師傅，拿把蒲扇，便走到巷口那個小公園裡，去吹口風，透口氣。公園裡那棵榆樹下，有幾張石凳子，給人歇涼的。我一眼瞥見，盧先生一個人坐在那裡。他穿著件汗衫，拖著雙木板鞋，低著頭，聚精會神的在拉弦子。我一聽，他竟在拉我們桂林戲呢，我不由得便心癢了起來。從前在桂林，我是個大戲迷，小金鳳、七歲紅他們唱戲，我天天都去看的。

「盧先生，你也會桂林戲[20]呀！」我走到他跟前說道。

他趕忙立起來招呼我，一面答道：

「並不會什麼，自己亂拉亂唱的。」

我在他身旁坐下來，嘆了一口氣。

「幾時再能聽小金鳳唱齣戲就好了。」

「我也最愛聽她的戲了。」盧先生笑著答道。

「就是呀，她那齣《回窰》[21]把人的心都給唱了出來！」

我說好說歹求了盧先生半天，他才調起弦子，唱了段《薛平貴回窰》。我沒料到，他還會唱旦角呢，挺清潤的嗓子，很有幾分小金鳳的味道：十八年老了王寶釧——聽得我不禁有點刺心起來。

「人家王三姐等了十八年，到底把薛平貴等著了——」盧先生歇了弦子，我吁了一口氣對他說，盧先生笑了一笑，沒有作聲。

「盧先生，你的未婚妻是誰家的小姐呀？」我問他。

「是羅錦善羅家的。」

「哦，原來是他們家的姑娘——」我告訴盧先生聽，從前在桂林，我常到羅家綴玉軒去買他們的織錦緞，那時他們家的生意做得很轟烈的。盧先生默默的聽著，也沒有答話，半晌，他才若有所思的低聲說道：

「我和她從小一起長大的，她是我培道的同學。」盧先生笑了一下，眼角子浮起兩撮皺紋來，說著他低下頭去，又調起弦子，隨便的拉了起來。太陽偏下去了，天色暗得昏紅，起了一陣風，吹在身上，溫溼溫溼的，吹得盧先生那一頭花白的頭髮也顫動起來。我倚在石凳靠背上，閉起眼睛，聽著盧先生那咿咿呀呀帶著點悲酸的弦音，朦朦朧朧，竟睡了過去。忽兒我看見小金鳳和七歲紅在臺上扮著《回窯》，忽兒那薛平貴又變成了我先生，騎著馬跑了過來。

「老闆娘——」

我睜開眼，卻看見盧先生已經收了弦子立起身來，原來早已滿天星斗了。

*

有一陣子，盧先生突然顯得喜氣洋洋，青白的臉上都泛起一層紅光來。顧太太告訴我，盧先生竟在布置房間了，還添了一床大紅絲面的被窩。

「是不是有喜訊了，盧先生？」有一天我看見他一個人坐著，抿笑抿笑的，我便問他道。盧先生臉上一紅，往懷裡掏了半天，掏出了一封信來，信封又粗又黃，卻是摺得端端正正的。

「是她的信——」盧先生嚥了一下口水，低聲說道，他的喉嚨都哽住了。

他告訴我，他在香港的表哥終於和他的未婚妻連絡上，她本人已經到了廣州。

「要十根條子，正好五萬五千塊，早一點我也湊不出來——」盧先生結結巴巴的對我說。說了半天我才解過來他在講香港偷渡的黃牛，帶一個人入境要十根金條。盧先生一面說著，兩手卻緊緊的捏住那封信不肯放，好像在揪住他的命根子似的。

盧先生等了一個月，我看他簡直等得魂不守舍了。跟他說話，他也恍恍惚惚的，有時一個人坐在那裡，倏地低下頭去，自己發笑。有一天，他來吃飯，坐下扒了一口，立起身便往外走，我發覺他臉色灰敗，兩眼通紅。我趕忙追出去攔住他。

「怎麼啦，盧先生？」

他停了下來，嘴巴一張一張，咿咿嗚嗚，半天也迸不出一句話來。

「他不是人！」突然他帶著哭聲的喊了出來，然後比手劃腳，愈講愈急，嘴裡含著一枚橄欖似的，講了一大堆不清不楚的話：他表哥把他的錢吞掉了，他託人去問，他表哥竟說不知道有這麼一回事。

「我攢了十五年——」他歇了半晌，嘿嘿冷笑了一聲，喃喃自語的說道。他的頭一點一點，一頭花白的頭髮亂蓬蓬，不知怎的，我突然想起盧先生養的那些蘆花雞來，每年過年，他總站在菜市裡，手裡捧著一隻鮮紅冠子黑白點子的大公雞，他把那些雞一隻隻餵得那麼肥。

＊

大概有半年光景，盧先生一直茶飯無思，他本來就是個安靜人，現在一句話也沒得了。我看他一張臉瘦得還有巴掌大，便又恢復了我送給他打牙祭的那碗冒熱米粉，那曉得他連我的米粉也沒胃口了，一碗總要剩下半碗來。有一個時期，一連兩個禮拜，他都沒來我們店裡吃飯，我以為他生病，正要去看他，卻在菜場裡碰見了他的房東顧太太。那個湖北婆娘一看見我，一把揪住我的膀子，一行走，一行咯咯的笑，啐兩聲，罵一句：

「這些男人家！」

「又有什麼新聞了，我的顧大奶奶？」我讓她揪的膀子直發疼，這個包打聽[22]，誰家媳婦偷漢子，她都好像守在人家床底下似的。

「這是怎麼說？」她又狠狠的啐了一口，「盧先生那麼一個人，也這麼胡搞起來。您家[23]再也猜不著，他跟什麼人姘上了？阿春！那個洗衣婆。」

「我的娘！」我不由得喊了起來。

那個女人，人還沒見，一雙奶子先便擂到你臉上來了，也不過二十零點，一張屁股老早發得圓鼓隆咚。搓起衣裳來，肉彈彈的一身。兩隻冬瓜奶，七上八下，鼓槌一般，見了男人，又歪嘴，又斜眼。我頂記得，那次在菜場裡，一個賣菜的小夥子，不知怎麼犯著了她，她一雙大奶先欺到人家身上，播得那個小夥子直往後打了幾個踉蹌，噼噼叭叭，幾泡口水，吐得人家一頭一臉，破起嗓門便罵：幹你老母雞歪！那副潑辣勁，那一種浪樣兒㉔。

「阿春替盧先生送衣服，一來便鑽進他房裡，我就知道，這個臺灣婆不妥得很。有一天下午，我走過盧先生窗戶底，聽見又是哼又是叫，還當出了什麼事呢。我墊起腳往窗簾縫裡一瞧，呸——」顧太太趕忙朝地下死勁吐了一泡口水，「光天化日，兩個人在房裡也那麼赤精大條的，那個死婆娘騎在盧先生身上，蓬頭散髮活像頭母獅子！撞見這種東西，老闆娘，您家說說，晦氣不晦氣？」

「難怪，你最近打牌老和㉕十三么㉖，原來瞧見寶貝了。」我不由得好笑，這個湖北九頭鳥㉗，專愛探人陰私㉘。

「嚼蛆！」

「盧先生倒好，」我嘆了一口氣說：「找了一個洗衣婆來服侍他，日後他的衣裳被單倒是不愁沒有人洗了。」

「天下的事就怪在這裡了，」顧太太拍了一個響巴掌，「她服侍盧先生？盧先生才把她捧在手上當活寶貝似的呢。人家現在衣服也不洗了，指甲擦得紅通通的，大模大樣坐在那裡聽收音機的歌仔戲，盧先生反而累得像頭老牛馬，買了個火爐來，天天在房中炒菜弄飯給她吃。最氣人的是，盧先生連床單也自己洗，他那裡洗得乾淨？晾在天井裡，紅一塊，黃一塊，看著不知道多噁心。」

第二天，我便在街上碰見了盧先生和阿春，兩個人迎面走來。阿春走在前頭，揚起頭，聳起她那個大胸脯，穿得一身花紅柳綠的，臉上鮮紅的兩團胭脂。果然，連腳指甲都塗上了蔻丹㉙，一雙木屐，劈劈啪啪踏得混響，很標勁㉚，很嚻張。盧先生卻提著個菜籃子跟在她身後，他走近來的時候，我猛一看，嚇了一大跳。我原以為他戴著頂黑帽子呢，那曉得他竟把一頭花白的頭髮染得漆黑，染得又不好，硬幫幫的張著；臉上大概還塗了雪花膏，那麼粉白粉白的，他那一雙眼睛卻坑了下去，眼塘子發烏，一張慘白的臉上就剩下兩個大黑洞。不知怎的，我突然想起從前在桂林看戲，一個叫白玉堂的老戲子來，五十大幾了，還唱扇子生㉛。有一次我看他的《寶玉哭靈》㉜，坐在前排，他一唱哭頭㉝，那張敷滿了白粉的老臉上，皺紋陡地統統現了出來，一張嘴，便露出了一口焦黑的菸屎牙，看得我心裡直難過，把個賈寶玉竟唱成了那副模樣。盧先生和我擦肩而過，把頭一扭，裝著不認識，跟在那個臺灣婆的屁股後頭便走了。

盧先生和阿春的事情，我們長春路的人都傳反了，我是說盧先生遭阿春打傷了那椿公案。阿春在盧先生房裡偷人，偷那個擦皮鞋的馬仔，盧先生跑回去捉姦，馬仔一腳把他踢倒地上，逃跑了，盧先生爬起來，打了阿春兩個耳光子。

「就是那樣闖下了大禍！」顧太太那天告訴我，「天下也有那樣兇狠的女人？您家見過嗎？三腳兩跳她便騎到了盧先生身上，連撕帶扯，一口過去，把盧先生的耳朵咬掉了大半個。要不是我跑到街上叫救命，盧先生一定死在那個婆娘的手裡！」

顧太太一直喊倒楣，家裡出了那種醜事。她說依她的性子，當天就要把盧先生攆出去，可是盧先生實在給打狠了，躺在床上動都動不得。盧先生傷好以後，又回到了我們店裡包飯了。他身上耗剩了一把骨頭，脖子上的幾條青疤還沒有褪；左邊耳朵的耳垂不見了，上面貼著一塊白膠布，他那一頭染過的頭髮還沒洗乾淨，兩邊太陽穴新冒出的髮腳子仍舊是花白的，頭頂上卻罩著一個黑蓋子，看著不知道有多滑稽，我們店裡那些包飯的廣西佬，一個個都擠眉眨眼瞅著他笑。

有一天，我在長春國校附近的公共汽車站那邊，撞見盧先生。他正領著一群剛放學的小學生，在街上走著，那群小學生嘰嘰喳喳，打打鬧鬧的，盧先生走在前面，突然他站住回過頭去，大喊一聲：

「不許鬧！」

他的臉紫脹，脖子粗紅，額上的青筋都疊暴起來，好像氣得什麼似的。那些小學生都嚇了一跳，停了下來，可是其中有一個小毛丫頭卻骨碌骨碌的笑了起來。盧先生跨到她跟前，指到她臉上喝道：

「你敢笑？你敢笑我？」

那個小毛丫頭甩動著一雙小辮子，搖搖擺擺笑得更厲害了。盧先生啪的一巴掌便打到了那個小毛丫頭的臉上，把她打得跌坐到地上去，「哇——」的一聲大哭了起來。盧先生又叫又跳，指著坐在地上的那個小毛丫頭，罵道：

「你這個小鬼，你也敢來欺負老子？我打你，我就是要打你！」

說著他又伸手去揪那個小毛丫頭的辮子。那些小學生嚇得哭的哭，叫的叫。路上的行人都圍了過去，有的哄著那些小孩子，有兩個長春國校的男老師卻把盧先生架著拖走了。盧先生一邊走，兩隻手臂猶自在空中亂舞，滿嘴冒著白泡子，喊道：

「我要打死她！我要打死她！」

*

那是我最後一次看見盧先生，第二天，他便死了。顧太太進到他房間時，還以為他伏在書桌上睡覺，他的頭靠在書桌上，手裡捏著一管毛筆，頭邊堆著一疊學生的作文簿。顧太太說驗屍官驗了半天，也找不出毛病來，便在死因欄上填了「心臟痲痺」。

顧太太囑咐我，以後有生人㉞來找房子，千萬不要告訴別人，盧先生是死在她家裡的。她請了和尚道士到她家去唸經超渡，我也去買了錢紙蠟燭來，在我們店門口燒化了一番。盧先生在我們店裡進進出出，總也有五、六年了。李老頭子、秦癲子，我也為他們燒了不少錢紙呢。

我把盧先生的帳拿來一算，還欠我兩百五十塊。我到派出所去拿了許可證，便到顧太太那兒，去拿點盧先生的東西來做抵押。我們做小生意的，那裡賠得起這些閒錢。顧太太滿面笑容過來招呼我，她一定以為我去找她打牌呢。等她探明了我的來意，卻冷笑了一聲說道：

「還有你的份？他欠我的房錢，我向誰討？」

她把房門鑰匙往我手裡一塞，便逕自往廚房裡去了。我走到盧先生房中，裡面果然是空空的。書桌上堆著幾本舊書，一個筆筒裡插著一把破毛筆。那個湖北婆不知私下昧㉟下了多少東西！我打開衣櫃，裡面掛著幾件白襯衫，領子都翻毛㊱了，櫃子角落頭卻塞著幾條發了黃的女人的三角褲。我四處打量了一下，卻發現盧先生那把弦子㊲還掛在牆壁上，落滿了灰塵。弦子旁邊，懸著幾幅照片，我走近一瞧，中間那幅最大的，可不是我們桂林水東門外的花橋嗎？我趕忙爬上去，把那幅照片拿了下來，走到窗戶邊，用衣角把玻璃框擦了一下，藉著亮光，覷[38]起眼睛，仔細的瞧了一番。果然是我們花橋，橋底下是灕江，橋頭那兩根石頭龍柱還在那裡，柱子旁邊站著兩個後生[39]，一男一女，男孩子是盧先生，女孩子一定是那位羅家姑娘了。盧先生還穿著一身學生裝，清清秀秀，乾乾淨淨的，戴著一頂學生鴨嘴帽。我再一看那位羅家姑娘，就不由得暗暗喝起彩[40]來。果然是我們桂林小姐！那一身的水秀，一雙靈透靈透的鳳眼，看著實在教人疼憐。兩個人，肩靠肩，緊緊的依著，笑瞇瞇的，兩個人都不過是十八、九歲的模樣。

盧先生房裡，什麼值錢的東西也搜不出，我便把那幅照片帶走了，我要掛在我們店裡，日後有廣西同鄉來，我好指給他們看，從前我爺爺開的那間花橋榮記，就在灕江邊，花橋橋頭，那個路口子上。

——《臺北人》

注釋

❶ 知趣　識相、不惹人厭。

❷ 行伍　軍隊的行列，古代以五人為伍，二十五人為行。此泛稱軍隊。

❸ 寅吃卯糧　比喻入不敷出，預支以後的用度。

❹ 幫襯　贊助。

❺ 清一色　比喻組成分子純一不雜。

❻柳州　位於廣西中部的省轄市，濱柳江，為桂越、湘桂黔、枝柳鐵路交會處，是廣西的鐵路樞紐和陸運中心。商業興盛，交通便利，為木材、油桐集散地。

❼天雷報　一名「清風亭」，講述張繼保棄養養父母而遭雷殛的故事。

❽挨刀的　過去死囚都在法場受刀斬首，故罵人缺德該死為「挨刀的」。

❾搶白　責備。

❿經　承受、忍受。

⓫花癡　對異性產生幻想，舉止異常的樣子。或稱為「花癲」。

⓬攆　驅逐、趕走。

⓭吆喝　高聲呼喝。

⓮罩　向著、對著。

⓯春夢婆　蘇東坡貶官於昌化時，於田間遇一老婦，對東坡說：「內翰昔日富貴，一場春夢。」鄉里便稱此老婦為「春夢婆」。後以春夢婆表示世事變化無常，虛幻不實。

⓰不該　不應當。

⓱打牙祭　偶爾享用豐盛的菜餚。

⓲家當　家中所有的財物。

⓳拉弦子　拉奏絃樂器，如胡琴等。

⓴桂林戲　一種地方戲曲。流行於廣西以及湖南的部分地區。腔調以皮黃為主，兼唱崑腔、高腔的部分曲調。

伴奏樂器有胡琴、月琴、三絃、嗩吶、鑼、鈸等。亦稱為「桂劇」。

㉑回窯　隋唐故事戲「武家坡」中的一折。內容描述薛平貴返家，在武家坡前遇見王寶釧，夫妻相別十八年，王已不認得薛。薛假借問路試探王的心意，王逃回窯洞，薛追到家門，表明身分以及別後的經歷，於是夫妻相認。

㉒包打聽　舊時租界中巡捕房查訪案情的人。後泛指消息靈通、善探隱私的人。

㉓您家　即您。

㉔浪樣兒　賣弄風情，挑逗誘惑異性的模樣。

㉕和　即和牌。牌戲時，牌張已湊齊成副而獲勝。亦作「胡牌」。

㉖十三么　在廣東麻將中，如果將手中的十三張牌湊成了十三張不同的么字，即可宣布胡牌，並以滿貫（十番）計算。但傳說胡十三么者短命，因此很多人都不願意胡此牌。

㉗九頭鳥　相傳為一種不祥的鳥。外形似鴉，有九個頭，羽毛紅色，鳴聲刺耳。後用來比喻狡猾或性情古怪的人。

㉘陰私　不可告人的事。

㉙蔻丹　從前進口指甲油中最著名的品牌。為英語 Cutex 的音譯。後泛稱婦女用的各色指甲油。

㉚標勁　北京方言。指擺闊氣、講排場。

㉛扇子生　傳統戲劇中扮演拿著扇子，不帶鬍子的年輕小生，多為風流儒雅的公子。通常為花旦的助演人，唱辭較少。

32 寶玉哭靈　是《紅樓夢》中的一段，敘述寶玉與黛玉，兩小無猜，天生一對，奈何賈母等人設計，使寶玉與寶釵成婚，黛玉因而魂歸離恨天，寶玉在靈前哭泣，暈倒夢會黛玉。

33 哭頭　根據生活中的哭泣聲與西皮唱腔結合構成的唱腔。

34 生人　不認識的人。

35 昧　隱藏。

36 翻毛　北京方言。起酥皮的。

37 弦子　三絃的俗稱。

38 覷　瞇著眼睛注視。

39 後生　年輕人、晚輩。

40 喝彩　大聲稱好。

作者簡介

白先勇（一九三七年～），廣西桂林人。國立臺灣大學外文系畢業，美國愛荷華大學「國際作家工作坊」碩士。大學時代在夏濟安主編的《文學雜誌》發表第一篇小說〈金大奶奶〉。曾和王文興、歐陽子、陳若曦等創辦《現代文學》雙月刊，期間發表了〈月夢〉、〈玉卿嫂〉、〈畢業〉等小說。且創辦「晨鐘出版社」。知名作品有短篇小說《寂寞的十七歲》、《臺北人》及長篇小說《孽子》。

選文評析

在〈花橋榮記〉的世界裡，李半城、秦癲子的死，已經預告了盧先生的結局。因為他們都沒有走出對於過去的眷戀。

在〈花橋榮記〉的愛情世界裡，老闆娘和秀華的際遇也為盧先生的未來提供了兩種可能的方向。當然，那還得建立在走出眷戀的前提之下。但是，比起財與色，純純的愛是更具有正當性，更有理由堅守下去的，不是嗎？

可是，歲月悠悠，遞代消長，多的是「樓塌了」的難堪，而最是無情的，莫過於逐一傾頹的歷歷光景。在年光的巨輪下，愛，如何逃脫一輾呢？

處在時代的真實場景之中，作者只能誠實地透過老闆娘的眼睛，呈現人世間的不盡如人意。在這齣人間寫實劇裡，人們的幽幽情思，只能藉著夢境、戲臺流露一絲在人前隱瞞的憂心和盼望。甚至，藉著凝定的照片畫面，捕捉那不再的風華。這些出入虛實的穿梭筆法，為〈花橋榮記〉更添一分迷離恍惚的悲涼。

勤勤懇懇也好，頹唐卑弱也罷，當愛情失去了滋潤的源頭時，接下來的，也只有腐朽了。盧先生的愛情，猶如懸在空中的花朵，終於完全凋萎。

（張百蓉）

問題與討論

一、〈杜十娘怒沉百寶箱〉中那一怒，因何而起？
二、如果，李甲沒有遇見孫富，他和杜十娘的愛情會開花結果嗎？請道其詳。
三、在〈花橋榮記〉裡那一樁愛情事件，讓你為之唏噓？為什麼？
四、試就所知，列出你所知道的愛情模樣，並以一日常物件比喻之。
五、你以為「愛人過世」與「愛情已逝」，哪一種處境較難承受？請道其詳。
六、〈花橋榮記〉裡穿插的戲曲，對於故事情節的發展有何作用？
七、根據〈將仲子〉的內容，你認為他們的愛情會有什麼樣的發展？

延伸閱讀

◆白先勇《臺北人》，臺北：爾雅出版社，一九八三年。
◆陳永正《三言二拍的世界》，臺北：遠流出版社，一九八九年六月。
◆吳宏一《白話詩經》（一），臺北：聯經出版公司，一九九三年。
◆吳宏一《白話詩經》（二），臺北：聯經出版公司，一九九三年。

文學與婚姻

導言

簡光明

《禮記・昏義》說：「昏禮者，將合二姓之好，上以事宗廟，而下以繼後世也。」

婚姻是兩個姓氏的結合，因此傳統有同姓不婚的習俗。主要是因為古代交通不便利，同一宗族的人常住在一起，血緣關係密切，近親繁殖往往會產生不健康的下一代。為了避免近親繁殖，於是形成同姓不婚的習俗。當習俗深入民間，成為一種牢不可破的信仰，就會產生弊病。鍾理和〈同姓之婚〉寫他與鍾平妹的婚姻，雖然二人沒有血緣的關係，因為同姓的緣故，仍然受到阻撓，連帶地使他們的孩子受到歧視。

婚姻的重要功能在於「上以事宗廟，而下以繼後世」，漢族是父系社會，因而形成重男輕女的觀念，所謂「不孝有三，無後為大」，女性在結婚之後，生下男孩以傳宗接代便成為重責大任。而所謂「七出」，包括：不順父母、無子、淫、妒、有惡疾、口多言、竊盜等，只要妻子符合一項條件，丈夫或其家族就可以要求休妻。

婚姻既然是兩個家族的事情，生活中必須面對的不止是伴侶，尤其女性在出嫁之後，必須面對另一個家庭，如何融入新的家庭之中，是對婚姻的一大考驗。沈復《浮生六記》寫出婚姻的多種面貌，其中難免「趣」、「樂」、「愁」等情緒夾雜。

女性缺乏經濟獨立的能力常常使她們在傳統婚姻中，地位不高，人格無法獨立。認命的，如廖輝英〈油蔴菜籽〉中阿惠的母親，自認女人是油蔴菜籽命，即使婚姻不美滿，丈夫在外面養女人，寧願吵吵鬧鬧，也只能嫁雞隨雞嫁狗隨狗；不認命的，如蘇童〈妻妾成群〉中的頌蓮，父親過世，繼母無力供她讀書，因而選擇到富貴人家為妾，為了生存，與陳府幾位姨太太明爭暗鬥，到頭來還是悲劇一場。至於忍無可忍的，如李昂《殺夫》中的林市，最後只好起而反抗，殺了丈夫陳江水。

傳統婚姻中，兩性的互動模式是男主外女主內，男人若不能養家活口，內心尊嚴就受到損傷，鍾理和〈貧賤夫妻〉中的丈夫，因為沒有能力養活一家人，讓妻子去山裡掮木頭，深深自責；王禎和〈嫁妝一牛車〉中的萬發更慘，生活的困境不但讓他抬不起頭來，必須由妻子阿好主導家庭，甚至對於阿好與鹿港人之間曖昧的關係，也只能睜一隻眼閉一隻眼。

幸福的婚姻，不論在現實生活或是在文學作品中，都需要用心去經營。侯文詠〈我們靠夢想活著〉中，丈夫想讀博士班的夢想，即使辛苦，有妻子的支持，婚姻遂成為支撐夢想的重要力量。

當代臺灣社會多元化的發展，文學中的婚姻也顯得紛紜而複雜，外遇的題材推陳出新，同姓之婚的禁忌已經罕被提起，甚至「同性結婚」也逐漸獲得社會的接受，正彰顯文學中的婚姻已走到新的十字路口。

韓憑夫婦

干寶

宋康王❶舍人❷韓憑❸，娶妻何氏，美，康王奪之。憑怨，王囚之，論❹為城旦❺。妻密遺憑書，繆其辭❻曰：「其雨淫淫❼，河大水深，日出當心。」既而王得其書，以示左右，左右莫解其意。臣蘇賀對曰：「其雨淫淫，言愁且思也。河大水深，不得往來也。日出當心，心有死志也。」俄而憑乃自殺。其妻乃陰腐其衣。王與之登臺，妻遂自投臺下。左右攬之，衣不中手而死。遺書於帶曰：「王利其生，妾利其死。願以屍骨，賜憑合葬。」王怒，弗聽。使里人埋之，冢相望也。王曰：「爾夫婦相愛不已，若能使冢合，則吾弗阻也。」宿昔❽之間，便有大梓木生於二冢之端，旬日而大盈抱，屈體相就，根交於下，枝錯於上。又有鴛鴦，雌雄各一，恆棲樹上，晨夕不去，交頸悲鳴，音聲感人。宋人哀之，遂號其木曰「相思樹」。相思之名，起於此也。南人謂此禽即韓憑夫婦之精魂。今睢陽有韓憑城，其歌謠至今猶存。

注釋

❶宋康王　名偃，戰國末宋國暴君，溺於酒色。

❷舍人　王公貴族門下的屬吏。

❸韓憑　或作「韓馮」、「韓朋」。

❹論　定罪。

❺城旦　古代刑名。是相當於苦役的一種刑罰，刑期四年，白天到邊境上站崗防備，以免寇虜入侵，夜晚則修築長城。《漢書‧刑法志》說：「罪人獄已決，為城旦。」

❻繆其辭　指用暗語故意隱瞞真實的話。繆，音ㄌㄧㄠˇ，同「繚」字。繚繞纏結的意思。

❼淫　久雨。《禮‧月令》註：「淫，霖也，雨三日以上為霖。」

❽宿昔　早晚，形容時間短暫。

作者簡介

干寶（生卒年不詳），字令升，晉朝新蔡（今河南新蔡）人。年少勤學博記，多才卓識，受到東晉元帝的欣賞，被召為佐著作郎，奉命領修國史，著《晉紀》，記西晉一代史事，為東晉史學家、文學家。因有感於生死之事，廣泛涉獵群言百家的記載，加上所見所聞，及採訪近世之事，撰集古今神祇靈異人物變化，名為《搜神記》。

《搜神記》共二十卷，是漢魏六朝最著名的志怪小說，內容涉及神怪及靈異的事情，雜有儒釋道三家的思想，反映了當時社會動亂、普遍迷信的風氣。現在流傳的二十卷本，有後人增改的地方，已非干寶的原書。

選文評析

本文選自干寶《搜神記》（卷十一），篇名或作「相思樹」，是流傳相當廣的民間傳說。故事中，宋康王貪圖何氏的美色，不顧何氏已婚的身分，蠻橫地豪取強奪，破壞韓憑夫婦美好的婚姻生活。外力的介入，常使婚姻變質，韓憑夫婦以堅定的意志維繫生死不渝的崇高愛情，梓木的根枝交錯，鴛鴦的交頸悲鳴，都成為堅貞愛情的象徵。

夫妻的愛情之所以能夠生死不渝，主要是兩人相知之深。何氏被宋康王所奪，不願苟活，於是用隱語「其雨淫淫，河大水深，日出當心」表達必死的決心。宋康王與左右都不了解隱語的意涵，必須等到蘇賀析解隱語，才知道何氏因夫妻不得往來而愁且思，進而心有死志。作為囚犯，韓憑顯然不可能聽到蘇賀揭開謎底，但卻得書不久就自殺，可見韓憑是懂得妻子的心意的。

生既不得往來，只能寄託死後能合葬。這一點卑微的願望，仍然受到宋康王的阻撓，不但不予以合葬，還讓墳墓相望，試圖阻隔二人在陰間的相聚。到此，宋康王已經不能不正視韓憑夫婦相愛不已的力量，如果韓憑夫婦相愛不已的精魂能感動天地，而使塚合，那麼他也不敢違逆天意，再進行阻撓。

故事的終了，墳墓仍然沒有合在一起，但是鴛鴦雌雄各一，交頸悲鳴，已足以讓人相信鴛鴦就是韓憑夫婦的精魂。而堅貞的愛情傳說，繼續在民間流傳著。敦煌石室所藏〈韓朋賦〉在《搜神記》的基礎上，踵事增華，成為動人的故事。

（簡光明）

隨堂心得

坎坷記愁

沈復

人生坎坷何為乎來哉？往往皆自作孽耳。余則非也！多情重諾，爽直不羈，轉因之為累。況吾父稼夫公慷慨豪俠，急人之難，成人之事，嫁人之女，撫人之兒，指不勝屈，揮金如土多為他人。余夫婦居家，偶有需用，不免典質❶，始則移東補西，繼則左支右絀❷。諺云：「處家人情，非錢不行。」先起小人之議，漸招同室之譏❸。「女子無才便是德」，真千古至言也！

余雖居長而行三，故上下呼芸為「三娘」，後忽呼為「三太太」。始而戲呼，繼成習慣，甚至尊卑長幼，皆以「三太太」呼之。此家庭之變機歟？

乾隆乙巳，隨侍吾父於海寧官舍。芸於吾家書中，附寄小函。吾父曰：「媳婦既能筆墨，汝母家信付彼司之。」後家庭偶有閒言，吾母疑其述事不當，乃不令代筆。吾父見信非芸手筆，詢余曰：「汝婦病耶？」余即作札❹問之，亦不答。久之，吾父怒曰：「想汝婦不屑代筆耳！」迨余歸，探知委曲，欲為婉剖。芸急止之曰：「寧受責於翁，勿失歡於姑也。」竟不自白。

庚戌之春，余又隨侍吾父於邗江幕中。有同事俞孚亭者，挈眷居焉。吾父謂孚亭曰：「一生辛苦，常在客中，欲覓一起居服役之人而不可得。兒輩果能仰體親意，當於家鄉覓一人來，庶語音相合。」孚亭轉述於余，密札致芸，倩媒物色，得姚氏女。芸以成否未定，未即稟知吾母。其來也，託言鄰女之嬉遊者。及吾父命余接取至署，芸又聽旁人意見，託言吾父素所合意者。吾母見之曰：「此鄰女之嬉遊者也，何娶之乎？」芸遂并失愛於姑矣。

壬子春，余館❺真州。吾父病於邗江，余往省，亦病焉。余弟啟堂時亦隨侍。芸來書曰：「啟堂弟曾向鄰婦借貸，倩芸作保，現追索甚急。」余詢啟堂，啟堂轉以嫂氏為多事。余遂批紙尾曰：「父子皆病，無錢可償！俟啟弟歸時，自行打算可也。」未幾病皆愈，余仍往真州。芸覆書來，吾父拆視之，中述啟弟鄰項事，且云：「令堂以老人之病，皆由姚姬而起。翁病稍痊，宜密囑姚託言思家，妾當令其家父母到揚接取，實彼此卸責之計也。」吾父見書怒甚，詢啟堂以鄰項事，答言不知。遂札飭余曰：「汝婦背夫借債，讒謗小叔，且稱姑曰令堂，翁曰老人，悖謬之甚！我已專人持札回蘇斥逐，汝若稍有人心，亦當知過！」余接此札，如聞青天霹靂，即肅書認罪，覓騎遄歸❻，恐芸之短見也。到家述其本末，而家人乃持逐書至，歷斥多過，言甚決絕。芸泣曰：「妾固不合妄言，但阿翁當恕婦女無知耳。」越數日，吾父有手諭至，曰：「我不為已甚，汝攜婦別居，勿使我見，免我生氣足矣。」乃寄芸於外家。而芸以母亡弟出，不願往依族中。幸友人魯半舫聞而憐之，招余夫婦往居其家蕭爽樓。越兩載，吾父漸知始末。適余自嶺南歸，吾父自至蕭爽樓，謂芸曰：「前事我已盡知，汝盍歸乎？」余夫婦欣然，仍歸故宅，骨肉重圓。豈料又有憨園之孽障耶！

芸素有血疾，以其弟克昌出亡不返，母金氏復念子病歿，悲傷過甚所致。自識憨園，年餘未發，余方幸其得良藥。而憨為有力者奪去，以千金作聘，且許養其母，佳人已屬沙叱利❼矣。余知之而未敢言也。及芸往探始知之，歸而嗚咽謂余曰：「初不料憨之薄情乃爾也！」余曰：「卿自情癡耳，此中人何情之有哉！況錦衣玉食者未必能安於荊釵布裙也，與其後悔，莫若無成。」因撫慰之再三，而芸終以受愚為恨，血疾大發，床席支離，刀圭❽無效。時發時止，骨瘦形銷。不數年而逋負日增❾，物議日起。老親又以盟妓一端，憎惡日甚。余則調停中立，已非生人之境矣。

芸生一女名青君，時年十四，頗知書，且極賢能，質釵典服，幸賴辛勞。子名逢森，時年十二，從師讀書。余連年無館，設一書畫鋪於家門之內，三日所進，不敷一日所出，焦勞困苦，竭蹶時形❿。隆冬無裘，挺身而過。青君亦衣單股慄，猶強曰：「不寒。」因是芸誓不醫藥。偶能起床，適余有友人周春煦自福郡王幕中歸，倩人繡《心經》⓫一部。芸念繡經可以消災降福，且利其繡價之豐，竟繡焉。而春煦行色匆匆，不能久待，十日告成。弱者驟勞，致增腰痠頭暈之疾，豈知命薄者，佛亦不能發慈悲也！

繡經之後，芸病轉增，喚水索湯，上下厭之。有西人賃屋於余畫鋪之左，放利債為業，時倩余作畫，因識之。友人某向渠借五十金，乞余作保，余以情有難卻，允焉。而某竟挾資遠遁，西人惟保是問，時來饒舌。初以筆墨為抵，漸至無物可償。歲底吾父家居，西人索債，咆哮於門，吾父聞之，召余訶責曰：「我輩衣冠之家，何得負此小人之債！」正剖訴間，適芸有自幼同盟姊，適錫山華氏，知其病，遣人問訊。堂上誤以為憨園之使，因愈怒曰：「汝婦不守閨訓，結盟娼妓。

汝亦不思習上，濫伍小人。若置汝死地，情有不忍，姑寬三日限，速自為計，遲必首汝逆[12]矣。」芸聞而泣曰：「親怒如此，皆我罪孽。妾死君行，君必不忍；妾留君去，君必不捨。姑密喚華家人來，我強起問之。」因令青君扶至房外，呼華使問曰：「汝主母特遣來耶？抑便道來耶？」曰：「主母久聞夫人臥病，本欲親來探望，因從未登門，不敢造次。臨行囑付，倘夫人不嫌鄉居簡褻，不妨到鄉調養，踐幼時燈下之言。」蓋芸與同繡日，曾有疾病相扶之誓也。因囑之曰：「煩汝速歸，稟知主母，於兩日後放舟密來。」其人既退，謂余曰：「華家盟姊情逾骨肉，君若肯至其家，不妨同行；但兒女攜之同往，既不便，留之累親又不可，必於兩日內安頓之。」時余有表兄王藎臣一子名韞石，願得青君為媳婦。芸曰：「聞王郎懦弱無能，不過守成之子，而王又無成可守；幸詩禮之家，且又獨子，許之可也。」余謂藎臣曰：「吾父與君有渭陽之誼[13]，欲媳青君，諒無不允。但待長而嫁，勢所不能。余夫婦往錫山後，君即稟知堂上，先為童媳，何如？」藎臣喜曰：「謹如命。」逢森亦託友人夏揖山轉荐學貿易。安頓已定，華舟適至，時庚申之臘廿五日也。芸曰：「孑然出門，不惟招鄰里笑，且西人之項無著，恐亦不放。必於明日五鼓悄然而去。」余曰：「卿病中能冒曉寒耶？」芸曰：「死生有命，無多慮也。」密稟吾父，亦以為然。是夜先將半肩[14]行李挑下船，令逢森先臥。青君泣於母側，芸囑曰：「汝母命苦，兼亦情痴，故遭此顛沛。幸汝父待我厚，此去可無他慮。兩三年內必當布置重圓，汝至汝家須盡婦道，勿似汝母。汝之翁姑以得汝為幸，必善視汝。所留箱籠什物，盡付汝帶去。汝弟年幼，故未令知。臨行時託言就醫，數日即歸；俟我去遠，告知其故，稟聞祖父可也。」旁有舊嫗，即前卷中曾賃其家消暑者，願送至鄉，故是時陪侍在側，拭淚不已。將交五鼓，暖粥共啜之。芸強顏笑曰：「昔一粥而聚，今一粥而散，若作傳奇，可名《吃粥記》矣。」逢森聞聲亦起，呻曰：「母何為？」芸曰：「將出門就醫耳。」逢森曰：「起何早？」曰：「路遠耳。汝與姊相安在家，毋討祖母嫌。我與汝父同往，數日即歸。」雞聲三唱，芸含淚扶嫗啟後門將出，逢森忽大哭曰：「噫！我母不歸矣！」青君恐驚人，急掩其口而慰之。當是時，余兩人寸腸已斷，不能復作一語，但止以勿哭而已。青君閉門後，芸出巷十數步，已疲不能行。使嫗提燈，余背負之而行。將至舟次，幾為邏者所執，幸老嫗認芸為病女，余為婿，且得舟子（皆華氏工人），聞聲接應，相扶下船。解維後，芸始放聲痛哭。是行也，其母子已成永訣矣！

注釋

❶典質　即典當，指用物品向人借款。

❷左支右絀　比喻東挪西借，費用短缺。

❸同室之譏　指家人的怨言。

❹作札　指寫信。古人以木片竹片寫字，因此以「札」代稱書信。

❺館　即幕，在政府機關擔任文書工作。

❻遄歸　急歸。

❼佳人已屬沙叱利　指佳人憨園已被有權勢者奪去。據〈章臺柳傳〉記載，唐肅宗大曆年間，才子韓翃的寵

姬柳氏被番將沙叱利劫走，後被豪俠許俊救回。後人以沙叱利為有力者的代稱，凡有心愛的人被有權勢者奪去，即謂之「佳人已屬沙叱利」。

❽刀圭　原為量藥的用具，這裡指「醫藥」。

❾逋負日增　指拖欠的債務日漸增多。逋，拖欠。負，負債。

❿竭蹶時形　資財匱乏而費用短缺，在生活中時常出現。蹶，挫折。形，出現。

⓫心經　即《般若波羅密多心經》的簡稱，為佛教重要的經典。

⓬首汝逆　指向官府陳訴其犯上的罪過。陳罪曰首，犯上為逆。

⓭渭陽之誼　指甥舅的情誼。出於《詩經・秦風・渭陽》：「我送舅氏，曰至渭陽」。

⓮半肩　意即不多。

作者簡介

沈復，字三白，號梅逸，江蘇蘇州人。生於清乾隆二十八年（西元一七六三年），卒年不詳。其性格爽直，落拓不羈，長期奔走南北，遊歷過許多地方，以行商、畫客、幕僚、名士終身。

沈復與妻子陳芸志趣投合，鶼鰈情深，在別居滄浪亭畔與寄居蕭爽樓時，曾經度過優遊自在的生活。陳芸穎慧能詩文，不甘於庸俗，但是由於傳統禮教的壓迫，失歡於翁姑，兩次被逐。沈復又常失館，生活困頓，子女離散，陳芸死後，乃赴四川重慶之任。嘉慶十三年（西元一八〇八年），沈復渡海參加冊封琉球國王之盛典，在琉球那霸的大使館撰寫《浮生六記》。是自傳體的散文，沈復用純樸的文筆，記敘平生的經歷，可以看到一生的事跡。在經歷了生離死別之後，沈復將歡愉與愁苦互相對照，以抒情筆調寫成，真切動人。書名出自李白〈春夜宴桃李園序〉「浮生若夢，為歡幾何」，原有六記：〈閒情記趣〉、〈閨房記樂〉、〈坎坷記愁〉、〈浪遊記快〉、〈中山記曆〉、〈養生記道〉，現在僅存前四記。

選文評析

本文節錄自〈坎坷記愁〉，沈復首先點出人生坎坷的原因，在於自作孽。所謂「自作孽」，包括兩部分：一是自己多情重諾，爽直不羈的個性；二是父親慷爽豪俠，揮金如土，終於引發家庭的變機。曾昭旭教授指出造成沈復夫婦生活坎坷的原因有三：一是大家庭中複雜的人際關係，二是在當時已愈形惡化的禮教，三是貧困的經濟生活。

在這樣的家庭情況之下，陳芸幫婆婆代筆寫家信，引起閒言，婆婆懷疑陳芸敘事不當而不令代筆，引起公公的誤解，以為陳芸不屑代筆。陳芸又因言語不慎，遭到婆婆誤解，在傳統大家庭中，得罪公婆，就很難立足。小叔倒了帳，又拖累兄嫂；加上沈復替人作保，身負巨債。曾被逐居蕭爽樓，後又遭父逐，婚姻生活相當坎坷。

到了後來，母子相離已成永別，沈復雖然沒有怨天尤人，卻無以面對妻兒，使得其愁上加愁。〈坎坷記愁〉寫出傳統社會中，婚姻生活受到家庭影響的情境，值得同情。

（簡光明）

隨堂心得

油蔴菜籽

廖輝英

大哥出生的時候，父親只有二十三歲，而從日本唸了新娘學校，嫁妝用『黑頭仔』轎車和卡車載滿十二塊金條、十二大箱絲綢、毛料和上好木器的母親，還不滿二十一歲。

當時，一切美滿得令旁人看得目眶發赤，曾經以豔色和家世，讓鄰近鄉鎮的媒婆踏穿戶限，許多年輕醫生鎩羽而歸的醫生伯的么女兒——『黑貓仔』，終於下嫁了。令人側目的是，新郎既非醫生出身，也談不上門當戶對，僅只是鄰鎮一個教書先生工專畢業的兒子而已。據說，醫生伯看上的是新郎的憨厚，年輕人那頭不曾精心梳理的少年白，使他比那些梳著法國式西裝頭的時髦醫生更顯得老實可靠。

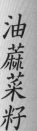

婚後一年，一舉得男，使連娶六妾而苦無一子的外祖父，笑得合不攏嘴；也使許多因希望落空而幸災樂禍，準備瞧『黑貓仔』好看的懸著的心霎時摜了下來。

那樣的日子不知持續了幾年，只知道我懂事的時候，經常和哥哥躲在牆角，目睹父親橫眉豎目、摔東摜西，母親披頭散髮、呼天搶地。有好多次，母親在劇戰之後離家，已經學會察顏觀色，不隨便號哭的哥哥和我，被草草寄放在村前的傅嬸仔家。三五天後，白髮蒼蒼的外祖父，帶著滿臉怨惱的母親回來，不多話的父親，在沒有說話的外祖父跟前，更是沒有半句言語。翁婿兩個，無言對坐在斜陽照射的玄關上，那財大勢大『嚇水可以堅凍』的老人，臉上重重疊疊的紋路，在夕陽斜暉中，再也不是威嚴，而是老邁的告白了。老人的沉默對女婿而言，與其說是責備，毋寧是說在哀求他善待自己那嬌生慣養的么女吧。然而，那緊抿著嘴的年輕人，那裡還是當年相親對看時，老實而張皇得一屁股坐在臉盆上的那一個呢？

我拉著母親的裙角，迤迤邐邐伴送外祖父走到村口停著的黑色轎車前，老祖父回頭望著身旁的女兒，喟嘆著說：

『貓仔，查某囡仔是油蔴菜籽命，做老爸的當時那樣給你挑選，卻沒想到，揀呀揀的，揀到賣龍眼的。老爸愛子變作害子，也是你的命啊，老爸也是七十外的人了，還有幾年也當看顧你，你自己只有忍耐，尪不似父，是沒辦法挺寵你的。』

我們回到家時，爸爸已經出去了。媽媽摟著我，對著哥哥斷腸地泣著：

『憨兒啊！媽媽敢是無所在可去？媽媽是一腳門外，一腳門內，為了你們，跨不開腳步啊！』

那樣母子哭成一團的場面，在幼時是經常有的，只是，當時或僅是看著媽媽哭，心裡又慌又懼的跟著號哭吧？卻哪裡知道，一個女人在黃昏的長廊上，抱著兩個稚兒哀泣的心腸呢？

大弟出生的第二年，久病的外祖父終於撒手西歸。媽媽是從下車的公路局站，一路匍匐跪爬回去的。開弔日，爸爸帶著我們三兄妹，楞楞地混在親屬中，望著哭得死去活來的母親。我是看慣了她哭的，然而那次卻不像往日和爸爸打架後的哭，那種傷心，無疑是失去了天底下唯一的憑仗那樣，竟要那些已是未亡人的姨娘婆們來勸解。

爸爸是戴孝的女婿，然而和匍匐在地的媽媽比起來，他竟有些心神不屬。對於我們，他也缺乏耐性，哭個不停的大弟，居然被他罵了好幾句不入耳的三字經。一整日，我怯怯地跟著他，有時他走得快，我也不敢伸手去拉他的西褲。我後來常想，那時的爸爸是不屬於我們的，他只屬於他自己，一心一意只在經營著他婚前沒有過夠的單身好日子，然而，他竟是三個孩子的爸呢。或許，很多時候，他也忘了自己是三個孩子的爸吧。

可是，有時是否他也曾想起我們呢？在他那樣忙來忙去，很少在家的日子，有一天，居然給我帶了一個會翻眼睛的大洋娃娃。當他揚著那金頭髮的娃娃，招呼著我過去時，我遠遠地站著，望住那陌生的大男人，疑懼參半。那時，他臉上，定然流露著一種寬容的憐惜，否則，許多年後，我怎還記得那個在鄉下瓦屋中，一個父親如何耐心的勸誘著他受驚的小女兒，接受他慷慨的餽贈？

六歲時，我一邊上廠裡免費為員工子女辦的幼稚園大班，一邊帶著大弟去上小班；而在家不是幫媽媽淘米、擦拭滿屋的榻榻米，就是陪討人嫌的大弟玩。媽媽偶然會看著我說：

『阿惠真乖，苦人家的孩子比較懂事。也只有你能幫歹命的媽的忙，你哥哥是男孩子，成天只知道玩，一點也不知媽的苦。』

其實我心裡是很羨慕大哥的。我想哥哥的童年一定比我快樂，最起碼他能成天在外呼朋引伴，玩遍各種遊戲；他對愛哭的大弟沒耐性，大弟哭，他就打他，所以媽也不叫他看大弟；更幸運的是，爸媽吵架的時候，他不是在外面野，就是睡沉了吵不醒。而我總是膽子小，不乾脆，既不能丟下媽媽和大弟，又不能和村裡那許多孩子一樣，果園稻田那樣肆無忌憚地鬼混。

哥哥好像也不怕爸爸，說真的，有時我覺得他是爸爸那一國的，爸爸回來時，經常給他帶《東方少年》和《學友》，因為可以出借這些書，他在村裡變成人人巴結的孩子王。有一回，媽媽打他，他哭著說：『好！你打我，我叫爸爸揍你。』媽聽了，更發狠地揍他，邊氣喘吁吁地罵個不停：『你這不孝的夭壽子！我十個月懷胎生你，你居然要叫你那沒見笑的老爸來打我，我先打死你！我先打死你！』打著打著，媽媽竟大聲哭了起來。

七歲時，我赤著腳去上村裡唯一的小學。班上沒穿鞋的孩子不只我一個，所以我也不覺得怎樣。可是一年下學期時，我被選為班長，站在隊伍的前頭，光著兩隻腳丫子，自己覺得很靦腆。而且班上沒穿鞋的，都是家裡種田的。我回家告訴媽媽：『老師說，爸爸是機械工程師，家裡又不是沒錢，應該給我買雙鞋穿。她又說，每天赤腳穿過田埂，很危險，田裡有很多水蛇，又有亂草會扎傷人。』

媽媽沒說話。那天晚飯後，她把才一歲大的妹妹哄睡，拿著一支鉛筆，叫我把腳放在紙板上畫了一個樣，然後拿起小小的紫色包袱對我說：

『阿惠，媽媽到臺中去，你先睡，回來媽會給你買一雙布鞋。』

我指著包袱問：

『那是什麼？』

『阿公給媽媽的東西，媽去賣掉，給你買鞋。』

那個晚上，我一直半信半疑的期待著，拚命睜著要闔下來的眼皮，在枕上傾聽著村裡唯一的公路上是否有公路局車駛過。結果，就在企盼中迷迷糊糊的睡著了。

第二天醒來時，枕邊有一雙絳紅色的布面鞋，我把它套在腳上，得意揚揚地在榻榻米上踩來踩去。更高興的是，早餐時，不是往常的稀飯，而是一塊一福堂的紅豆麵包，我把它剝成一小片一小片的，從周圍開始剝，剝到只剩下紅豆餡的一小塊，才很捨不得地把它吃掉。

那以後，媽媽就經常開箱子拿東西，在晚上去臺中，第二天，我們就可以吃到一塊紅豆麵包。而且，接下來的好幾天，飯桌上便會有好吃的菜，媽媽總要在這時機會教育一番：

『阿惠，你是女孩子，將來要理家，媽媽教你，要午時到市場，人家快要收市，可以買到便宜東西，將來你如果命好便罷，如果歹命，就要自己會算計。』

漸漸的，爸爸回來的日子多了，不過他還是經常在下班後穿戴整齊地去臺中；也還是粗聲粗氣地在那只有兩個房間大的宿舍裡，高扯著喉嚨對著媽媽吼。他們兩人對彼此都沒耐性，那幾年，好像連平平和和地和對方說話都是奢侈的事。長久處在他們那『厝蓋也會掀起』的吵嚷裡，吵架與否，實在也很難分辨出來。然而，父親橫眉豎目，母親尖聲叫罵，然後，他將她揪在地上拳打腳踢的場面，卻一再地在我們眼前不避諱地演出著。

日子就這樣低緩地盪著。有一回，看了爸爸拿回的薪水袋，媽媽當場就把它摜在榻榻米上，高聲地罵著：

『你這沒見笑的四腳的禽獸！你除了養臭女人之外，還會做什麼?!這四個孩子如果靠你，早就餓死了！一千多塊的薪水，花得只剩兩百，怎麼養這四個？在你和臭賤女人鬼混時，你有沒有想到自己的孩子快要餓死了？現世啊！去養別人的某！那些雜種囝仔是你的子嗎？難道這四個卻不是？』

他們互相對罵，我和弟妹縮在一角，突然，爸爸拿著切肉刀，向媽媽丟過去！刀鋒正好插在媽媽的腳踝上，有一刻，一切似乎都靜止了！直到那鮮紅的血噴湧而出，像無數條歹毒的赤蛇，爬上媽媽白皙的腳背，我才害怕地大哭起來。接著，弟妹們也跟著號哭；爸爸望著哭成一團的我們三個，悻悻然趿著木屐摔門出去。媽媽沒有流淚，只是去找了許多根煙屁股，把捲菸紙剝開，用菸絲敷在傷口上止血。

那一晚，我覺得很冷，不斷夢見全身是血的媽媽。我哭著喊著，答應要為她報仇。

升上二年級時我仍然是班上的第一名，並且當選為模範生。住在同村又同班的阿川對班上同學說：

『李仁惠的爸爸是壞男人，他和我們村裡一個女人相好，她怎麼能當模範生呢？』

我把模範生的圓形勳章拿下來，藏在書包裡，整整一學期都不戴它，而且從那時開始，也不再和阿川講話。每天，我仍然穿著那雙已經開了口的紅布鞋，甩著稻稈，穿過稻田去學校。但是，我真希望離開這裡，離開這個有壞女人和背後說我壞話的同學啊。一定有一個地方，那裡沒有人知道爸爸的事，我要帶媽媽去。

有一晚，我在睡夢中被一種奇怪的聲音吵醒。睜開眼，聽著狂風暴雨打在屋瓦和竹籬外枝枝葉葉的可怖聲音，身旁的哥哥和弟妹都沉沉睡著。黑暗中我聽到媽媽細細的聲音喚我，我爬過大哥和弟妹，伏在媽媽的身邊，媽媽吃力的說：

『阿惠，媽媽肚子裡的囡仔壞了，一直流血。你去叫陳家嬸仔和傅家嬸仔來幫忙，你敢不敢去？本來要叫你阿兄的，可是他睡死了，叫不醒。』

媽媽的臉好冰，她要我再拿一疊草紙給她。我一骨碌爬起來，突然覺得媽媽會死去，我大聲說：

『媽媽，你不要死！我去找伊們來，你一定要等我！』

我披上雨衣，赤著腳跨出大門。村前村後搖晃的尤加利樹，像煞了狂笑得前俯後仰的巫婆。跑過曬穀場時，我也顧不得從前阿川說的這裡鬧鬼的事，硬著頭皮衝了過去。我跌了跤，覺得有鬼在追，趕快爬起來又跑。雨打在瞳裡，痛得張不開眼來。一腳高一腳低的跑到傅家，拚死命敲開門，傅家嬸嬸叫我快去叫陳家的門，讓陳嬸仔先去幫忙，她替我去請醫生。

於是，我又跑過半個村子，衝進陳家的竹籬笆，他家那隻大狗，在狗籠裡對我狂吠著。陳嬸仔聽完我的話，拿了支手電筒，裹上雨衣，跟著我出門。

『可憐哦。你老爸不在家嗎？』

我搖搖頭，她望著我也搖搖頭。走在她旁邊，我突然覺得全身的力量都使完了，差一點就走不回去。

醫生走了以後，媽媽終於沉沉睡去，陳嬸仔說：

『歹命啊，嫁這種尪討歹命，今天若無這個八歲囝仔，伊的命就沒啦。』

『伊那個沒天良的，也未知在那裡匪類呢？』

我跪在媽媽旁邊，用手摸她的臉，想確定她是不是只是睡去。傅嬸仔拉開我的手，說：

『阿惠，你媽好好的，你去睡吧。阿嬸在這裡看伊，你放心。』

媽媽的臉看來好白好白，我不肯去裡間睡，固執地趴在媽旁邊望住她，不知怎的，竟也睡去了。

那一年的年三十，年糕已經蒸好，媽一邊懊惱發糕發得不夠膨鬆，表示明年財運又無法起色；一邊嘀咕著磨亮菜刀，準備要去把那頭養了年餘的公雞抓來宰掉。就在這時，家裡來了四、五個大漢，爸爸青著臉被叫了出來。他們也不上屋裡，就坐在玄關上，既不喝媽媽泡的茶，也不理媽媽的客套，只逼著爸爸質問：

『也是讀冊人，敢也賽做這款歹事？』

『旁人的某，敢也賽睏？這世間，敢無天理？』

『像這款，就該斬後腳筋！』

那幾個人怒氣填膺地罵了一陣，爸爸在一旁低垂著頭，媽媽紅著眼，跌坐一旁，低聲不斷的說著話。

吵嚷了一個上午，我無聊的坐在後院中看著那隻養在那兒的大公雞，牠兀自伸直那兩隻強健的腿子，抖著脖子在啄那隻矮腳雞。唉，今天大概不殺牠了，否則媽媽最少也會給我一支大翅膀。

我傷心地轉頭去看那一群明年七月十五才宰得了的臭頭火雞，唉，過年喲，別說新衣新鞋了，連最起碼的白切肉和炒米粉也吃不到！那些粗裡粗氣的人，究竟什麼時候才走！

那像番仔的大弟開始嗚嗚哭了起來，我肚子餓得沒力氣理他，何況我自己也很想哭，所以我仍舊坐在後院子裡，動也沒動。他開始大聲地哭，大哥用手捂他的嘴，他就哭得更大聲，大哥啪的一下就給他一巴掌，於是他嗶的一下子，喧天價響地哭了開來，把原來乖乖躺著的妹妹嚇哭了！

媽媽走過去，順手就打了大哥一巴掌，又狠狠地對著我罵：『你死了喲，阿惠！』

我只好不情願地爬上榻榻米，一邊抱起妹妹，一邊罵了那番仔大弟：『你死了喲，阿新！』

唉，這叫什麼過年嘛？

就在我們這樣鬧成一團時，那幾個人站了起來，領頭的說：

『這款天大地大的歹事，兩千塊只是擦個嘴而已。要不是看在你們四個囡仔也要過年的份上，今天也沒這麼便宜放你耍了。這款見笑歹事，要耍也得做夠面子，今晚七點在我厝裡等你們，別忘了要放一串鞭炮。過時那誤了，大家翻面就歹看了。』

爸媽跪在玄關上目送他們揚長而去。轉入屋裡，媽媽逕自走進廚房，拿起才蒸好的軟軟的年糕，在砧板上切成一片一片的。爸爸站了會，訥訥地跟進廚房，說：

『晚上的錢，要想想辦法。』

媽媽的聲音，一下子像豁了出去的水，兜頭就嚷：

『想辦法?!歹事是你做的，收尾就自己去做。查某是你睏的，遮羞的錢自己去設法！只由著你沒見沒笑地放蕩，囝仔餓死沒要緊？你呀算人喔？你！』

媽媽一開了罵，便沒停的，邊罵邊掉眼淚。年糕切了半天，也沒見她放進鍋裡。爐門仍用破布塞著，不趕快拿開來，爐火怎麼會旺呢？可是她那樣生氣，我也不敢多嘴多舌地提醒她。

好不容易煎好了年糕，媽媽又去皮箱裡搜了半天，紅著眼睛用包袱包起一大包東西，爸爸推出那輛才買不久的『菲力浦』二十吋鐵馬，站在前門等媽媽。媽媽對哥哥和我說：

『阿將、阿惠，媽媽出去賣東西、當鐵馬，拿錢給人家。你們兩個大的要把小的顧好，餓了先吃年糕，媽媽回來再煮飯給你們吃。卡乖咧，聽到沒？』

我望著他們走出去，很想問媽還殺不殺那隻公雞，結果沒敢出口。只問大哥：

『阿兄，「當」是什麼？』

『憨頭！就是賣嘛！賣東西換錢的意思，這也不懂！』

那天到很晚的時候，爸媽才回來。當然，那隻公雞也就沒有殺了。晚上，我們吃的是媽媽煮的鹹稀飯。沒拜拜，當然也就沒有好吃的菜了，不過那隻公雞反正是逃不掉的，早晚總要宰了牠，這樣想著，我還是在沒有壓歲錢的失望中，懷著一絲安慰睡著了。

開學以後，媽媽幫哥哥和我到學校去辦轉學，想到要離開這個地方，我高興得顧不得從前發的誓，跑到阿川面前，對他放下一句話：

『哼！我們要搬到臺北去了！』

看到他那副吃驚的笨蛋樣子，我得意揚揚的跑開，什麼東西嘛！愛說人家壞話的臭頭男生。

搬到臺北，我們租的是翠紅表姨的房子。媽媽把那些火雞和土雞，養在抽水泵浦旁邊；又在市場買了幾隻美國種的飼料雞，據說這種雞長得快，四個月就可以下蛋，以後我們不必花錢就可以吃到那貴得要命的雞蛋了。

爸爸買了一輛舊鐵馬，每天騎著上下班。他現在回家的時候早了，客廳裡張著一幅畫框，他得空的時候，常常穿著短褲，拿著各種顏料在那兒作畫。左鄰右舍有看到的，經常來要畫，爸爸一得意，越畫越起勁。媽雖然沒叫他不畫，但卻經常撇撇嘴說：『未賺吃的剔頭歹事，有什麼用？』有時心情不好，也會怨懟：『別人的尪，想的是怎樣賺吃，讓某、子過快活日子。你老爸啊，只拿一份死薪水，每個月用都用不夠。』

雖然這樣，我還是很高興經常可以見到爸爸在家，而且，現在他也較少和媽媽打架了。他很少和我說話，我想，他不知道怎樣跟我說話吧，從小，我就是遠遠地看著他的。不過，他倒是常常牽著小弟，抱著妹妹，去買一角錢一支的『豬血粿』，回來總沒忘了給哥哥和我一人一支。

大哥和我一起插班進入過了橋的小學，他上五年級，我讀三年級。當時，小學惡補從三年級就已經開始，全班除了五、六個不準備升學的同學，必須幫老師做些打雜的事之外，其餘清一色都要參加聯考，因此，也都順理成章地參加補習，因為許多正課，根本都是在補習才教的。

轉了學，才發現臺北的老師出的功課都是參考書上的，在鄉下，我們根本連參考書都沒聽過。當時參考書一本要十幾塊錢，大哥是高年級，比較接近聯考，一學期必須買好幾種，家裡一下子拿不出那麼多，媽媽便決定先買他的。結果，連續三、四個禮拜，我每天都因沒做功課而挨老師用粗籐條打手心，當時，老師一定以為我這鄉下來的孩子『不可教』吧？

每到月底，老師便宣佈『明天要繳補習費』，第二天，看著六十多名同學，一個個排隊到講臺上去繳補習費，當時的行情價是三十塊錢一個月，有錢的繳到兩百塊、一百塊不等。我羞赧地坐在那裡，眼看著壯觀的隊伍逐漸散去，然後硬著頭皮聽老師大聲宣佈還沒繳錢的名字。接下來的一兩個禮拜，幾乎每天都要讓老師點到名，到最後，往往只剩我一個沒繳，實在熬不過了，我便和媽媽商量：

『我不要補習了。』

『很多功課，老師不是都在補習的時候才教？』

我點點頭，說：

『我也不一定要考初中。』

『你要像媽媽一世人這款生活嗎？』媽陡地把臉拉下來，狠狠地數說了我一頓：『沒半撇的查某，將來就要看查埔人吃飯。如果嫁到可靠的，那是伊好命沒話講，要是嫁個沒責沒任的，看你將來要吃沙啊。媽媽也不是沒讀過冊的，說起來還去日本讀了幾年。少年敢沒好命過？但是，嫁尪生囝，拖累一生，沒去到社會做事，這半世人過得跟人沒比配……』

『可是，』我捏著衣角，囁嚅著：『補習費沒繳，老師每天都叫名字，大家都轉頭來看我，好像是我是個臭頭仔。』

『過兩日讓你繳，媽媽準備二十塊銀。』

『人家都繳三十塊，那是最少的。』
『有繳就好了，減十塊銀也沒辦法，我們窮啊。』
每個月的補習費就是在這種拖拖拉拉的情況下勉強湊出去的。常常，我才繳了上個月的，同學們又開始繳下個月的了。被老師指名道姓在課堂宣讀，和讓同學側目議論的羞恥，不久就被每次月考名列前茅的榮譽扯平了。
第二年，哥哥以一點五分之差，考上第二志願，雖有點遺憾，但媽總還是高興的吧？那是她的頭生子啊。一個鄉下孩子，從五年級下學期才接觸到補習和參考書，能擠進省中窄門，連一向溫吞著不管孩子事的爸爸，似乎也很樂呢。只是，為了張羅兩百多塊錢的省中學費和幾十塊錢的制服費，媽媽畢竟是擠破了頭的。爸爸像鴕鳥一樣，沒事人似地躲著，儘管媽媽扯著喉嚨屋前屋後『沒路用』地罵了不下千百遍，他還是躲在牆角，若無其事地畫著他的畫。
那幾年，媽每天天濛濛亮就到屋外去升火，先是我們用過的三兩張揉成團的簿本紙張，再架上劈得細細的柴，最上面才是生煤炭。等我們起床時，桌上已擺著兩碗加蓋的剛煮熟的白飯，哥哥碗裡是兩只雞蛋，我碗裡僅有一只。
這種差別，媽媽的解釋是，哥哥是男孩子，正在長，飯吃得多，所以蛋多一只。
有一回，我把拌著蛋的飯吃掉，剩下兩口白飯硬是不肯吃掉，媽媽罵著說：
『討債呵，阿惠，你知道一斤米多少錢嗎？』
『是怎樣我不能吃兩粒蛋？』我嘀咕著：『雞糞每晚都是我倒的，阿兄可沒侍候過那些雞仔。』

媽楞住了，好半晌才說：

『你計較什麼？查某囡仔是油蔴菜籽命，落到那裡就長到那裡。沒嫁的查某囡仔，命好不算好。媽媽是公平對你們，像咱們這麼窮，還讓你唸書，別人早就去當女工了。你阿兄將來要傳李家的香煙，你和他計較什麼？將來你還不知姓什麼呢？』

媽聲音慢慢低了下去，收起碗筷轉身就進去。

自那次以後，我學會沉默地吃那拌著一只蛋的飯，也不再去計較為什麼我補習回來，還要做那麼多家事，而哥哥卻可以成天游泳、打籃球，連塊碗也不必洗了。

聯考前的那兩年，功課逼得很緊，我在學校盡本分地唸著，回家除了做功課，就不再啃書了。想到每次註冊費都要籌得家裡劍拔弩張的，媽媽光是填補每月不夠的家用和哥哥的學費就已那樣拚了命的，所以那兩年，在心底深處，我是懷著考不取就不要唸的心事過的。

六年級時，我參加全校美術比賽得了第一名，獲得一盒二十四色的水彩和兩支畫筆，得意洋洋的回去獻寶。正在洗碗的母親，突然把眼一翻，厲聲說：

『你以為那是什麼好歹事？像你那沒出脫的老爸，畫、畫、畫，畫出了金銀財寶嗎？以後你趁早給我放了這破格的東西！』

沒想到母親會生那麼大氣，挨了一頓罵，連那一向買不起的獎品看來也挺沒趣的。以後，我參加作文比賽、壁報比賽，都再也不回家說嘴了。那時，我每回拿回成績單，媽看過蓋上章子，既不問這個月怎麼退成第二名，也不誇這個月拿了第一。我無趣地想，唸好唸壞又有什麼關係？

反正也沒人在意。在這樣不落力的情況下，也不曾參加老師晚間再加的補習，而成績卻始終在第三名前徘徊著。

初中聯考放榜那天，母親把正在午睡的我罵醒：

『你睏死了嗎？收音機都播一個下午了，那準沒考上，看你還能安穩睏得像豬一樣！』

我爬起來，站到隔壁家的門廊上去聽廣播，站得腿都快斷了，還在播男生的板中。我既不敢折回家，又不知要等到何時，正在躊躇，卻見遠遠爸爸騎著鐵馬回來，還沒到家門口，就高興地嚷：

『考取了！考取了！』

媽從屋裡出來，著急但沒好氣地說：

『誰人不知考取了，問題是考取那一間？』

『第一志願啦，我早就知是第一志願啦，』爸停好鐵馬，眉飛色舞地招我回去：『報紙都貼出來啦，你家這要聽到當時？』

那幾天大概是最風光的日子了。一向不怎麼拿我的事放在嘴上說的父親，不知為什麼那麼高興，一再重複地對別人說：

『比錄取分數加好幾分呢，作文拿了二十五分，真高呢。』

媽媽是否也高興呢，她從不和任何人說，只像往常一樣忙來忙去。輪到我做的家事，也並不因聯考結果而倖免。

那一陣子，爸接了幾件機械製圖工作，事先也沒和人言明收費多少，媽一罵他『不會和人計較』，他便一副很篤定的樣子：『不會啦，不會啦，人家不會讓我們吃虧啦。』結果畫了幾個通宵，拿到的卻是令爸爸自己也瞠目的微少數目。從此，他也就不怎麼熱中去接製圖工作了。

註冊時，爸爸特地請了假，用他的鐵馬載我去學校。整整一個上午，我們在大禮堂的長龍裡，排隊過了一關又一關。爸爸不知怎地，閒不住似地拚命和周圍的家長攀談，無非是問人家考幾分，那個國小畢業的。每當問到比我低分的，便樂得什麼似地對我說：『你看，差你好幾分，差一點就去第二志願。』量制服時，他更是合不攏嘴，一再地說：『全臺北市只有你們穿這款色的制服。』

那天中午，爸爸帶我去吃了一碗牛肉麵，又塞給我五塊錢，然後叮嚀我說：

『免跟你老母講啦。這個帳把伊報在註冊費裡就好。』

我雖覺得欺騙那樣節省的媽媽很罪過，但是想到這一向那般拮据，好不容易才有機會對女兒表示這樣如童稚般真切的心意的爸爸時，我只有悶聲不響了。

開學後，爸爸對我的功課比我自己還感興趣，每看到我拿著英文課本在唸，他就興致勃勃的說：

『來！來！爸爸教你！』

然後拿起課本，忘我的用他那日式發音一課一課地唸下去，直到媽媽開了罵：

『神經！囡仔在讀冊，你在那邊吵！囡仔明早要考試，你是知麼？』

初中那些年，爸爸對於教我功課，顯得興致勃勃，那時他最常說的話就是：『阿惠最像我！』

要嘛就是：『阿惠的字水，像我。』反正好的、風光的都像他。而媽媽總是毫不留情的潑他冷水：

『像你就衰！像你就沒出脫！』

那幾年，爸爸應該是個自得其樂的漢子吧？他常常塞給我幾毛錢，然後示意我不要講。有幾次，看著他把錢拙劣地藏在皮鞋裡，我就預卜一定會被媽媽搜出，果然不錯，那以後，他又東藏西匿，改塞在其他自以為安全的地方。或許是藏匿時時間緊迫、心慌意亂，或許是藏多了竟至健忘，每當事過境遷，他要找時，往往遍尋不著，急得滿頭大汗，不惜冒著挨罵遭損的危險，開口詢問媽媽。結果，不是爆發一場口角，就是大家合力幫他找尋，然後私房錢又順理成章地繳了庫。所以，我雖深知他手邊常留點私用錢，給自己買包舊樂園香煙，或者給孩子幾毛錢，但我總不忍心跟媽媽講，或者是因他那份顢頇的童稚，或竟是覺得他那樣沒心機、沒算計，實在不值得人家再去算計他吧。

儘管小錢不斷，但孩子註冊的時候，每每就是父親最窘迫的時候。事情逼急了，媽媽要我們向爸爸要。他往往會說：

『向你老母討。』

『媽媽叫我跟你討。』

『我那有？薪水都交給伊了，我又不會出金！』

如果我們執拗地再釘上一句，他準會冒火：

『沒錢免讀也沒曉！』

碰了釘子回來，一次次的，竟覺得父親像頭籠中獸，找不到出口闖出來。他是個落拓人，只合去浪蕩過自己的日子，要他負起一家之主的擔子，便看出他在現實生活中的無能。他太年輕就結婚，正如媽媽太早就碎夢一樣，兩個懷著各自的無邊夢境的人，都不知道怎樣去應付粗糙的婚姻生活。

日子在半是認命、半是不甘的吵嚷中過去。三十七歲時，媽媽又懷了小弟。每天，她挺著肚子的身影，時而蹲在水龍頭下洗衣服，時而在屋裡弄這弄那，蹣跚而心酸地移動著。臨盆前，我拿出存了兩年多，一直藏在床底下的竹筒撲滿，默默遞給媽媽。她把生銹了的劈柴刀拿給我，說：

『錢是你的，你自己劈。』

言未畢，自己就哭了起來。

一刀劈下，嘩啦啦的角子撒了一地。我那準備要參加橫貫公路徒步旅行隊的小小的夢，彷彿也給劈碎了似的。然後，母女倆對坐在陰暗的廚房一隅，默默的疊著那一角錢、兩角錢……

日子怎會是這樣的呢？

初中畢業時，我同時考取了母校和女師，母親堅持要我唸女師，她說：

『那是免費的，而且查某囡仔讀那麼高幹什麼？又不是要做老姑婆。有個穩當的頭路就好。』

不知那是因我長那麼大，第一次忤逆母親，堅持自己的意思；還是那年開始父親應聘到菲律賓去，有了高出往常好多倍的收入，母親最後居然首肯了讓我繼續升高中的意願。

那些年，一反過去的坎坷，顯得平順而飛快。遠在國外的父親，自己留有一份足供他很愜意的再過起單身生活的費用。隔著山山水水，過往尖銳的一切似乎都和緩了。每週透過他寄回的那些關懷和眷戀的字眼，他居然細心地關顧到家裡的每一個人。偶然，他迢迢託人從千里外，指名帶給我們一些不十分適用的東西；或者，用他那雙打過我們、也牽過我們的手，層層細心地包裹起他憑著記憶中我們的形象買來的衣物，空運回來。

媽媽時而叨念著他過去不堪的種種，時而望著他的信和物，半是嗔怨，半是無可奈何地哂笑著。然而，這樣的日子有什麼不好？居然我們也有了能買些並不是必須的東西的餘錢了。她也不必再為那些瑣瑣碎碎的殘酷生計去擠破頭了。

然後，當我考上媽媽那早晚一炷香默禱我千萬能進入的大學時，她竟衝著成績單撇撇嘴：

『豬不肥，肥到狗身上去。』

真是一句叫身為女孩的我洩氣極了的話。

然而，她卻又像忘了自己說過的話，急急備辦起鮮花五果，供了一桌，叫我跪下對著菩薩叩了十二個響頭。在香煙氤氳中，媽媽那張輪廓鮮明的臉，肅穆慈祥，猶如家中供奉的那尊觀世音，靜靜地俯看著跪下的我。

我仍是傻傻的，不怎麼落力地過著日子，既不爭要什麼，也不避著什麼。像別人一樣，我也兼做家教，寫起稿子，開始自己掙起錢來，在那不怎麼繽紛的大學四年裡，我半兼起『長姊如母』的職責，這樣那樣的拉拔著那一串弟妹；母親，則不知何時，開始勤走寺廟，吃起長齋，做起半退休的主婦，那『紅塵』中的兒女諸事，自然就成了我要瓜代的職務了。

父親輝煌的時期已過，回國以後，他早過了人家求才的最高年限，憑著技術和經驗，雖也謀定職業，然而，總是有志難伸吧，他顯得缺乏長性，人也變得反覆起來。有時，他會在下班換車時，到祖師廟裡去為媽媽買份素麵回來，殷勤地催著她趁熱快吃；有時卻又為了她上廟吃齋的事大發雷霆，做勢要將供桌上的偶像砸毀。有時，他耐性十足地逐句為媽講解電視上的洋片和國語劇；有時卻又對母親來北後因長期困守家中，居然連公車也不會坐，最起碼的國語也不能講而訕笑生氣。經過了苦難的幾十年，媽媽仍然說話像劈柴，一刀下去，不留餘地，一再結結實實地重數父親當年的是是非非；父親，竟也相當不滿於母親無法出外做事，為他分勞的瘖默，而怨歎憤懣。一個是背已佝僂、髮蒼齒搖的老翁，一個是做了三十年拮据的主婦，鬢白目茫的老婦，吵架的頻率和火氣，卻仍不亞於年輕夫婦。三十年生活和彼此的折磨下來，他們仍沒有學會不懷仇恨地相處。那一切的一切，竟似那般毫無代價的發生？所有的傷害，竟也是聲討無門的肆虐嗎？

那些年，大哥不肯步父親的後塵去謀拿份死薪水的工作，白手逞強地為創業擠得頭破血流，無暇顧家，很自然地，那份責任就由我肩挑。說起來是幸運，也是心裡那份要把這個家拉拔得像人樣的固執驅策著，畢業後的那幾年，我一直拿著必須辛苦撐持的高薪，剩下來的時間又兼做了好幾份額外工作，陸陸續續掙進了不少金錢，家，恍然間改觀了不少。

然而，個性一向平和的我，闖蕩數年，性子裡居然也冒出了激越的特色，在企業部門裡，牝雞司晨的崢嶸頭角，有時竟也傷得自己招架不住；從前，那種半是聽天由命的不落力的生活，這會兒竟變得異常迢遙。

而母親也變了，或者僅只是露出她婚前的本性，或者是要向命運討回她過去貧血的三十年，她對一切，突然變得苛求而難以滿足。僅僅是衣著，便看出她今昔極端的不同。從前，為兒女蓬頭垢面、數年不添一件衣服、還曾被誤為是為人燒飯的下女的她，現在每逢我陪她上布肆，挑上的都是瑞士、日本進口的料子；我自己買來裁製上班服的衣料，等閒還不入她的眼。如此幾趟下來，我居然也列名大主顧之中，每逢新貨上市，布行一個電話就搖到辦公室去。我總恃著自己精力無限，錢去了好歹會再來；而且實在的，也覺得過往那些年，媽媽太委屈了，往後的日子，難道還可能再給她三十年？我做得到的，又何必那樣吝惜？因此，一季季的，我總是帶上大把鈔票，在媽媽選購後大方地付帳。

媽媽自己不會上街，因此，不但她的，即連父親的襯衫、西褲、毛衣、背心，也是我估量著尺寸買的。媽媽是自以為半在方外的人，除了擺不脫紅塵中的愛恨嗔怨之外，許多現實中瑣碎的事，她早已放手不管，所以，每當為自己買了一件衣服，總也不忘為妹妹添購一件。那幾年，真的十足是個管家婆，不僅管著食衣住行，而且許是自己從前要什麼沒什麼，匱乏太過，所以當自己供得起時，居然婆婆媽媽到逼著弟妹們在課餘去學這學那，唯恐他們將來像自己一樣，除了讀書，萬般皆休，人顯得拘謹而無趣；或竟至到擔心他們一技不精，還要他們多學幾樣，以確保將來無虞。想想，難道我竟也深隱著類似媽媽的恐懼嗎？

在那種日子裡，又怎由得你不拚命賺錢？

而母親，是否窮怕了呢，還是已瀕臨了『戒之在得』的老境，竟然養成了旦夕向我哭窮的習慣，有時甚至還拿相識者的女兒加油添醋地說嘴，提到人家怎麼能幹又如何孝順，言下之意，竟是我萬千不是似的。

數年前，我意外動了一次大手術，在病床上身不由己地躺了四十天，手術費竟還是朋友張羅的。在那種身心俱感無助的當兒，我才發覺毫無積蓄是一件多可怕的事！至此，我才開始瞞著母親，在公司搭會。但是，她竟精明也多疑到千方百計的盤查，為我藏私而極不痛快。當時，她攢聚的私房錢不下數十萬，卻從不願去儲存銀行，只重重鎖在她的衣櫃深處；她把錢看得重過一切，家裡除了她疼至心坎的大哥之外，任何人向她要錢，總有一份好罵，而且最後往往慳吝的打折出手，甚至不甘不願，遠遠地把錢丟到地板，由著要錢的人在那兒咬牙切齒。

那些年，她的性子隨著家境好轉而變壞，老老小小，日日總有令她看不順眼的地方，她尖著嗓門、屋前屋後地謾罵著，有時幾至無可理喻的地步。那些小的，往往三言兩語就和她頂撞起來，口舌一生，母親就一把眼淚一把鼻涕地哭自己命苦。一個人忤逆了她，往往就累得全家每一個人都被她輪番把老帳罵上好幾天。我是怕了那夜以繼日的吵嚷，所以，誰不順她，我就說誰；而我也學會了她罵時，左耳進右耳出的涵養，避免還嘴。弟妹們往往怨怪我『縱壞了她』，又譏諷我是『愚孝』，讓她有樣可比，顯得弟妹們不孝。然而，為著從前她的種種，如今又有什麼不能順她的？我們都欠她啊。

那十年裡，我交往的對象個個讓她看不順眼，有時她對著電話筒罵對方，有時把豪雨造訪的人擋駕在門外；在我偶然遲歸的夜裡，她不准家人為我開門，由著我站在闃黑的長巷中，聽著她由四樓公寓傳下來一句一句不堪的罵語……而我已是二十好幾的大人了呀。然而，她應該還是愛我的吧？在別人都忤逆她時，她會突然記起，只有這個女兒知道她的苦衷；儘管我甚少在家吃飯，買菜時，她總不忘經常給我買對腰子；很多晚上，在我倦極欲眠時，她走進我的房間，絮叨著問這問那，睡眼朦朧中，我彷彿又看到考上大學後，我拈香叩頭時所瞥見的那張類似觀音的慈母的臉。

其實，那麼多年，對於婚姻，我也並非特別順她，只是一直沒有什麼人讓我掀起要結婚的激情罷了。我僅是累了，想要躲進一個沒有爭吵和仇恨，而又不必拚命衝得頭破血流的環境而已。母親一再舉許多親友間婚姻失敗的例子，尤其是拿她和父親至今猶在水火不容的相處警告我：『不結婚未定卡幸福，查某囡仔是油蔴菜籽命，嫁到歹尪，一世人未出脫，像媽媽就是這樣。像你此時，每日穿得水水的去上班，也嘸免去款待什麼人，有什麼不好？何必要結婚？』

走過三十餘年的淚水，母親的心竟是一直長期泊在莫名的恐懼深淵。在她篤信神佛、巴結命運的垂暮之年，一切仍然不盡人意。兄弟們的事業、交遊、婚姻，無一不大大忤逆她的心意；而最令她不堪的是，她一心一意指望傳續香火的三個兒子，都因受不住家裡那種氣氛而離家他住，沒有一個留下來承歡膝下。女兒再怎麼，對她而言，終究不比兒子，兒子才是姓李的香火呀。婚姻，叫她怎能恭維？

不巧就在這時，我也做了結婚的決定。媽媽許是累了，或者是我堅持的緣故，她竟沒有非常劇烈地反對，到後來允肯時表現的虛弱和無奈，甚至叫我不忍。事情決定以後，她只一再地說：

『好歹總是你的命，你自己選的呀。』

婚禮訂得倉卒，我也不在乎那些枝枝節節，只是母親拿著八字去算時辰後，為了婚禮當日她犯沖，不能親自送我出門而懊惱萬分：

『新娘神最大，我一定要避。但是，查某囡我養這麼大，卻不能看伊穿新娘服，還只能做福給別人，讓別人扶著她嫁出門，真不值得。』

為了披著白紗出門時，母親不能親送的事，我比她更難過，她曾在那樣困苦的數十年中，護翼我成長成今天這個樣子，無論如何，都是該她親自送我出門的。依我的想法，新娘神再大，豈能大過母親？

然而，母親寧願相信這些。

婚禮前夕，我盛裝為母親一個人穿上新娘禮服。母親蹲在我們住了十餘年的公寓地板上，一手摩搓著曳地白紗，一頭仰望著即將要降到不可知田裡去的一粒『油蔴菜籽』。

我用戴著白色長手套的手，撫著她已斑白的髮；在穿衣鏡中，竟覺得她是那樣無助、那樣衰老，幾乎不能撐持著去看這粒『菜籽』的落點。我跪下去，第一次忘情地抱住她，讓她靠在我胸前的白紗上。我很想告訴她說，我會幸福的，請她放心，然而，看著那張充滿過去無數憂患的，確已老邁的臉，我卻只能一再的叫著：媽媽，媽媽！

民國七十一年十月六、七、八日人間副刊

——《油蔴菜籽》

作者簡介

廖輝英，一九四八年生，臺灣臺中人。臺大中文系畢業，曾任職廣告界十餘年，辦過社區報《高雄一周》。一九八二年以〈油蔴菜籽〉獲得時報文學獎短篇小說首獎，後來拍成電影，獲金馬獎最佳改編劇本獎。〈不歸路〉則獲聯合報文學獎中篇小說推薦獎，令廖輝英快速走紅於臺灣文壇。

廖輝英認為文學「其實是在替人生找出路。文學家充其量也只是左衝右突在尋找人生這樣那樣的樣貌和出口而已」，因此，她以同情的心與銳利的筆，處理諸如愛情、婚姻、工作、外遇、婆媳等社會問題，文字明快俐落，每每能引起共鳴，激發討論。作品反映社會變遷下現代女性的處境，而外遇題材的處理，尤其具有強烈的社會性與時代感。小說創作數量豐富，著有《油蔴菜籽》、《不歸路》、《盲點》、《今夜微雨》、《輾轉紅蓮》、《負君千行淚》等。

作品評析

〈油蔴菜籽〉是廖輝英的自傳式小說，以長久以來不平等的兩性關係為題材，描寫母女在女性經驗與思想上的差異。女性如油蔴菜籽的傳統觀念，深深烙入一般人的生活中，接受傳統，則無異作繭自縛；突破傳統，則必須付出代價。接受與突破之間的拉鋸，展現了臺灣社會結構的變遷，也成為臺灣女性成長的紀錄。

小說中，阿惠的母親為傳統女性，刻苦耐勞，堅忍持家，深信傳統「查某囡仔是油麻菜籽命，落到那裡長到那裡」的觀念，不論丈夫落拓或浪蕩，仍然維持著婚姻，深受傳統之害的母親，又將重男輕女的觀念強加在阿惠身上。身為女性，阿惠即使分擔很多家事，功課優異，在家中卻得不到尊重，母親總是護著不成材的哥哥，使母女關係緊張。

阿惠不願意油麻菜籽的悲劇繼續下去，雖然受到母親的壓迫，卻能有女性自我價值的自覺，先追求經濟獨立，進而追求人格獨立，終於走出傳統悲情的命運。

（簡光明）

問題與討論

一、《禮記・昏義》說：「昏禮者，將合二姓之好，上以事宗廟，而下以繼後世也。故君子重之。」在傳統婚姻中，有哪些依據〈昏義〉的定義所產生的禁忌？

二、古代小說故事中，人可以化為異形，如梁山伯與祝英台化為蝴蝶、韓憑夫婦化為鴛鴦，有何特殊的意涵？

三、沈復〈坎坷記愁〉一文中，有哪些愁？請舉例說明之。

四、廖輝英小說〈油蔴菜籽〉不斷強調傳統「查某囡仔是油蔴菜籽命」，女主角阿惠如何走出傳統的束縛？

五、廖輝英小說〈油蔴菜籽〉中，阿惠考上大學時，母親竟說：「豬不肥，肥到狗身上去。」請解釋其意涵。

延伸閱讀

◆陳萬益等編，《中國歷代短篇小說選》，臺北：大安出版社，一九九六年。
◆沈復著、曾昭旭導讀，《浮生六記》，臺北：金楓出版社，一九八六年。
◆呂自揚主編，《眉批新編．浮生六記》，高雄：河畔出版社，一九九七年。
◆廖玉蕙主編，《繁花盛景——臺灣當代文學新選》，臺北：正中書局，二〇〇三年。
◆鍾理和，《鍾理和集》，臺北：前衛出版社，一九九一年。
◆王禎和，《嫁粧一牛車》，臺北：遠景出版社，一九七六年。
◆李昂，《殺夫》，臺北：聯經出版社，一九八五年。
◆侯文詠，《親愛的老婆》，臺北：皇冠出版社，一九九一年。
◆蘇童，《妻妾成群》，臺北：遠流出版社，一九九〇年。
◆方靜娟，〈問世間情為何物，直教人生死相許——我看「韓憑夫婦」〉，《中國語文》第五一〇期，一九九九年三月。
◆廖素卿，〈從《浮生六記》看沈復夫婦的感情生活〉，《書評》第二十六期，一九八七年二月。

隨堂心得

文學與性別

導言

宋邦珍

古代的中國以農立國，歷經封建制度、帝王威權的治國，故重男輕女。古典文學作品的作者大部分是男子，乃因受教育者大都為男子，所以他們描寫的人事物是以男性為中心，是以男性角度去觀看世界。男性觀點下的文學作品其實有某一個意識趨向，尤以男尊女卑的觀念隨處可見；且作品內容極重視抒發個人的志向大業，如古文、詩等。古詩常出現怨婦之心聲，如班婕妤〈怨歌行〉中所寫的：「常恐秋節至，涼飆奪炎熱。棄捐篋笥中，恩情中道絕。」女子恐懼人老珠黃之時，會被男人遺棄。針對女性形象的塑造就要在非經典文學與較通俗的文學才能顯現，如詞、傳奇小說等。「詞」這種文體常常寫出女子的情感以及男女豔情。唐傳奇描繪娼妓霍小玉悲劇式的故事，李娃的突破娼妓之限，創造另一種方式的人生。話本小說有突破傳統，特別愛說話的「快嘴李翠蓮」、個性剛烈的「杜十娘」因感所託非人，怒沉百寶箱抱寶匣自沉江下。古典文學中的女性有想突破藩籬的意識，但大致而言還是無法脫離傳統之侷限。民初因為社會變遷劇變，外來的文化思潮衝擊之下，女性的文學作品逐漸被重視，如冰心、盧隱、丁玲等人之作品也受到文學界的重視。

現代人知識水準的提高，女性受教育的機會與男性均等，相對的，女性作家也逐漸從中去表達屬於女性角度的作品，男尊女卑的觀念也逐漸被反省。

西洋女性主義的倡導，直接或間接影響臺灣女性的作品意識。從英國女作家吳爾芙倡導女性寫作自主，以至一九四九年法國文學家西蒙‧波娃寫作《第二性》，就是一本強調女性非附屬於男性以下，而是獨立的個體等等的論述，都是促使女性主義茁壯的養分。二十世紀以降，無論是思想潮流、文學作品在男性形象與女性形象具有強烈的反省性，男性形象也從男性尊嚴、權威式的樣貌，擴大至其他形象，不再拘於剛強形象。而女性形象也從任勞任怨的賢慧樣貌，擴大至勇敢、主動的、反抗的形象，不再只是柔弱形象。

臺灣的女作家如廖輝英《油蔴菜籽》寫傳統女性的堅韌性格，另外廖輝英《不歸路》是描寫現代女性作為別人婚姻的第三者的心路歷程，也有寫女性如何面對失敗婚姻再重新找到自我的〈自己的天空〉（袁瓊瓊），蕭颯勇敢的公開發表出面對外遇的心理複雜變化的〈給前夫的一封信〉。也有女性作家還是以傳統婉約的方式去呈現女性的形象，如蕭麗紅的《千江有水千江月》；或是以較「蒼白式」的愛情呈現女性形象的蘇偉貞的〈陪他一段〉。

除了男性與女性甚至觸角到同志形象，從同志文學可以一窺同志的內在世界，以顯現過去被忽視的這一族群的心聲，強調同志書寫的「主體性」。如白先勇的《孽子》、邱妙津的《鱷魚手記》、《蒙馬特遺書》、朱天文的《荒人手記》等。

其次，男性與女性具備不同的形象，更隱含著社會期許與社會價值的因素，比如以下選文的

〈霍小玉傳〉是描寫唐代娼妓的故事，表現女子的幸福操縱在男子的身上，最後處境堪憐。同樣的，靜敏（袁瓊瓊〈自己的天空〉）被強迫離婚，可是她走出自己的一條路，與古代女人的遭遇並不一樣，對顯出現代女性有不同於古代的自我覺醒。

文學反映真實，更是提供了解人性、反省人性的一條通路。從文學作品中觀看兩性關係，也是人生的一個重要的議題。反映人生的文本是值得我們去推敲、斟酌、閱讀的。男性眼中的女性與女性眼中的女性是有差異，我們應該去正視女性文學的獨特性，以及意識逐漸清晰的兩性作家的個別性，才能透顯出兩性關係的時代意義。

隨堂心得

上山采蘼蕪

古詩

上山采蘼蕪，下山逢故夫。長跪問故夫，新人復何如？「新人雖言好，未若故人姝。顏色類相似，手爪不相如。」「新人從門入，故人從閤去。」「新人工織縑，故人工織素❶。織縑日一匹，織素五丈餘，將縑來比素，新人不如故。」

注釋

❶新人工織縑二句　縑和素皆為絹，縑性黃，素為絹之精白者。

作者簡介

本首詩始見於《玉臺新詠》，作「古詩」；《太平御覽》引此詩作「古樂府」。可能為民間作品，大約為東漢桓帝、靈帝時之作。

選文評析

這首詩是一首具有敘事風格的作品，一位棄婦到山上採野菜，巧遇前夫，經由二人的對答，顯現前夫的悔恨之情。古代男尊女卑，女人對於自己的未來常常是處於被動的地位，所以被離棄是人生極為悲慘的事。這位女子為何被離棄不知原因，但是運用對比手法（一新一故），新不如故，呈顯棄婦是不該被離棄的。

整首詩以婉轉的手法寫出棄婦的可憐心情，以及前夫的後悔心情。但是丈夫犯了錯，不敢直接承認，卻以女人的女紅（工作）能力作為比喻，以顯新不如故。以女紅作為新不如故的譬喻可以看出古代男女之差別所在，古代女人的好與不好，賢慧與不賢慧，和女人的工作能力是相稱的，他們是著重勞動力。以歌頌其巧手與勤勞的觀點看，丈夫的悔恨是因為體會到她的辛勤，她的賢慧。反言之，丈夫並不是站在二人愛情上體會二人之舊情，考量重點具有務實性的評比。

婦人到山上採蘼蕪，蘼蕪是一種香草，以喻婦人的貞節，一見到前夫即長跪，更見其對前夫的恭敬。前夫比較前後妻子的不同，方式含蓄婉轉，亦顯古代男人做了錯事不敢直接認錯，更顯婦人的委曲與淒婉。

（宋邦珍）

霍小玉傳

蔣防

大歷中，隴西李生名益，年二十，以進士擢第。其明年，拔萃❶，俟試於天官。夏六月，至長安，舍於新昌里。

生門族清華，少有才思，麗詞嘉句，時謂無雙；先達丈人❷，翕然推伏。每自矜風調❸，思得佳偶，博求名妓，久而未諧。長安有媒鮑十一娘者，故薛駙馬家青衣❹也；折券從良，十餘年矣。性便辟，巧言語，豪家戚里，無不經過，追風挾策，推為渠帥❺。常受生誠託厚賂，意頗德之。

經數月，李方閑居舍之南亭。申未間❻，忽聞叩門甚急，云是鮑十一娘至。攝衣從之，迎問曰：「鮑卿今日何故忽然而來？」鮑笑曰：「蘇姑子做好夢也未❼？有一仙人，謫在下界，不邀財貨，但慕風流。如此色目❽，共十郎相當矣。」生聞之驚躍，神飛體輕，引鮑手且拜且謝曰：「一生作奴，死亦不憚。」因問其名居。鮑具說曰：「故霍王小女，字小玉，王甚愛之。母曰淨持。——淨持，王之寵婢也。王之初薨，諸弟兄以其出自賤庶，不甚收錄。因分與資財，遣居於外，易姓為鄭氏，人亦不知其王女。資質穠豔，一生未見；高情逸態，事事過人；音樂詩書，無不通解。昨遣某求一好兒郎格調相稱者。某具說十郎，他亦知有李十郎名字，非常歡愜。住在勝業坊古寺曲❾，甫上車門宅是也。已與他作期約，明日午時，但至曲頭覓桂子，即得矣。」

鮑既去，生便備行計。遂令家僮秋鴻，於從兄京兆參軍尚公處假青驪駒、黃金勒。其夕，生澣衣沐浴，修飾容儀，喜躍交并，通夕不寐。遲明❿，巾幘⓫，引鏡自照，惟懼不諧也。徘徊之間，至於亭午⓬。遂命駕疾驅，直抵勝業。至約之所，果見青衣立候，迎問曰：「莫是李十郎否？」即下馬，令牽入屋底，急急鎖門。見鮑果從內出來，遙笑曰：「何等兒郎，造次入此？」生調誚⓭未畢，引入中門。庭間有四櫻桃樹，西北懸一鸚鵡籠，見生人來，即語曰：「有人入來，急下簾者！」生本性雅淡，心由疑懼，忽見鳥語，愕然不敢進。

逡巡，鮑引淨持下階相迎，延入對坐。年可四十餘，綽約多姿，談笑甚媚。因謂生曰：「素聞十郎才調風流，今又見儀容雅秀，名下固無虛士。某有一女子，雖拙教訓，顏色不至醜陋，得配君子，頗為相宜。頻見鮑十一娘說意旨，今亦便令承奉箕帚。」生謝曰：「鄙拙庸愚，不意顧盼，倘垂採錄，生死為榮。」遂命酒饌，即令小玉自堂東閣子⓮中而出。生即拜迎。但覺一室之中，若瓊林玉樹，互相照曜，轉盼精彩射人。既而遂坐母側，母謂曰：「汝嘗愛念『開簾風動竹，疑是故人來。』即此十郎詩也。爾終日吟想，何如一見？」玉乃低環微笑，細語曰：「見面不如聞名，才子豈能無貌？」生遂連起拜曰：「小娘子愛才，鄙夫重色。兩好相映，才貌相兼。」母女相顧而笑，遂舉酒數巡。生起，請玉唱歌。初不肯，母固強之。發聲清亮，曲度驚奇。

酒闌，及暝，鮑引生就西院憩息。閑庭邃宇，簾幕甚華。鮑令侍兒桂子、浣沙與生脫靴解帶。

須臾，玉至，言敘溫和，辭氣宛媚。解羅衣之際，態有餘妍，低幃暱枕，極其歡愛。生自以為巫山、洛浦⑮不過也。

中宵之夜，玉忽流涕觀生曰：「妾本倡家，自知非匹。今以色愛，托其仁賢。但慮一旦色衰，恩移情替⑯，使女蘿無托，秋扇見捐⑰。極歡之際，不覺悲至。」生聞之，不勝感嘆。乃引臂替枕，徐謂玉曰：「平生志願，今日獲從，粉骨碎身，誓不相捨。夫人何發此言！請以素縑，著之盟約。」玉因收淚，命侍兒櫻桃褰幄執燭，授生筆研。玉管絃之暇，雅好詩書，筐箱筆研，皆王家之舊物。遂取繡囊，出越姬烏絲欄⑱素縑三尺以授生。生素多才思，援筆成章，引諭山河，指誠日月，句句懇切，聞之動人。染畢⑲，命藏於寶篋之內。自爾婉孌相得⑳，若翡翠之在雲路也。如此二歲，日夜相從。

其後年春，生以書判拔萃登科，授鄭縣主簿。至四月，將之官，便拜慶於東洛。長安親戚，多就筵餞。時春物尚餘，夏景初麗，酒闌賓散，離思縈懷。玉謂生曰：「以君才地名聲，人多景慕，願結婚媾，固亦眾矣。況堂有嚴親，室無冢婦，君之此去，必就佳姻。盟約之言，徒虛語耳。然妾有短願，玉輒指陳。永委君心㉑，復能聽否？」生驚怪曰：「有何罪過，忽發此辭？試說所言，必當敬奉。」玉曰：「妾年始十八，君才二十有二，迨君壯室之秋㉒，猶有八歲。一生歡愛，願畢此期。然後妙選高門㉓，以諧秦晉，亦未為晚。妾便捨棄人事，剪髮披緇㉔。夙昔之願，於此足矣。」生且愧且感，不覺流涕。因謂玉曰：「皎日之誓㉕，死生以之。與卿偕老，猶恐未愜素志，豈敢輒有二三。固請不疑，但端居相待。至八月，必當卻到㉖華州，尋使奉迎，相見非遠。」

更數日，生遂訣別東去。

到任旬日，求假往東都覲親。未至家日，太夫人已與商量表妹盧氏，言約已定。太夫人素嚴毅，生逡巡不敢辭讓，遂就禮謝，便有近期。盧亦甲族㉗也，嫁女於他門，聘財必以百萬為約，不滿此數，義在不行。生家素貧，事須求貸，便托假故，遠投親知，涉歷江、淮，自秋及夏。

生自以孤負盟約，大愆回期，寂不知聞，欲斷其望。遙托親故，不遺漏言。玉自生逾期，數訪音信。虛詞詭說，日日不同。博求師巫，徧詢卜筮㉘，懷憂抱恨，周歲有餘。羸㉙臥空閨，遂成沉疾。雖生之書題竟絕，而玉之想望不移，賂遺親知，使通消息。尋求既切，資用屢空，往往私令侍婢潛賣篋中服玩之物，多託於西市寄附鋪侯景先家貨賣。

曾令侍婢浣沙將紫玉釵一隻，詣景先家貨之。路逢內作㉚老玉工，見浣沙所執，前來認之曰：「此釵，吾所作也。昔歲霍王小女，將欲上鬟㉛，令我作此，酬我萬歲，我嘗不忘。汝是何人，從何而得？」浣沙曰：「我小娘子，即霍王女也。家事破散，失身於人。夫壻昨向東都，更無消息。悒怏成疾，今欲二年。令我賣此，賂遺於人，使求音信。」玉工悽然下泣曰：「貴人男女，失機落節㉜，一至於此！我殘年向盡，見此盛衰，不勝傷感。」遂引至延光公主宅，具言前事。公主亦為之悲嘆良久，給錢十二萬焉。

時生所定盧氏女在長安，生既畢於聘財，還歸鄭縣。其年臘月，又請假入城就親。潛卜靜居，不令人知。有明經㉝崔允明者，生之中表弟也。性甚長厚，昔歲常與生同歡於鄭氏之室，杯盤笑語，曾不相間。每得生信，必誠告於玉。玉常以薪芻衣服，資給於崔，崔頗感之。生既至，崔具以誠告玉。玉恨嘆曰：「天下豈有是事乎！」徧請親朋，多方召致。生自以愆期負約，又之玉疾候沉綿㉞，殘恥忍割㉟，終不肯往。晨出暮歸，欲以迴避。玉日夜涕泣，都忘寢食，期一相見，竟無因由㊱。寃憤益深，委頓㊲床枕。自是長安中稍有知者，風流之士，共感玉之多情；豪俠之倫，皆怒生之薄行。

時已三月，人多春遊。生與同輩五六人詣崇敬寺玩牡丹花，步於西廊，遞吟詩句。有京兆韋夏卿者，生之密友，時亦同行。謂生曰：「風光甚麗，草木榮華。傷哉鄭卿，銜寃空室！足下終能棄置，實是忍人。丈夫之心，不宜如此。足下宜為思之！」嘆讓㊳之際，忽有一豪士，衣輕黃紵衫，挾弓彈，丰神雋美，衣服輕華，唯有一剪頭胡雛㊴從後，潛行而聽之。俄而前揖生曰：「公非李十郎者乎？某族本山東，姻連外戚。雖乏文藻，心嘗樂賢。仰公聲華，常思覯止㊵。今日幸會，得睹清揚。某之敝居，去此不遠，亦有聲樂，足以娛情。妖姬八九人，駿馬十數匹，維公所欲。但願一過。」生之儕輩，共聆斯語，更相嘆美。因與豪士策馬同行，疾轉數坊，遂至勝業。生以近鄭之所止，意不欲過，便托事故，欲回馬首。豪士曰：「敝居咫尺㊶，忍相棄乎？」乃輓挾其馬，牽引而行。遷延之間，已及鄭曲。生神情恍惚，鞭馬欲回。豪士遽命奴僕數人，抱持而進。疾走推入車門，便令鎖卻，報云：「李十郎至也！」一家驚喜，聲聞於外。

先此一夕，玉夢黃衫丈夫抱生來，至席，使玉脫鞋。驚寤而告母，因自解曰：「『鞋』者，『諧』也。夫婦再合。『脫』者，『解』也。既合而解，亦當永訣。由此徵之，遂必相見，相見之後，當死矣。」凌晨，請母妝梳。母以其久病，心意惑亂，不甚信之。僶勉㊷之間，強為妝梳。妝梳才畢，而生果至。玉沉綿日久，轉側須人[43]；忽聞生來，歘然自起，更衣而出，恍若有神。遂與生相見，含怒凝視，不復有言。羸質嬌姿，如不勝致[44]，時復掩袂，反顧李生。感物傷人，坐皆唏噓。頃之，有酒餚數十盤，自外而來。一坐驚視，遽問其故，悉是豪士之所致也。因遂陳設，相就而坐。玉乃側身轉面，斜視生良久，遂舉杯酒，酹地曰：「我為女子，薄命如斯！君是丈夫，負心若此！韶顏稚齒，飲恨而終。慈母在堂，不能供養。綺羅絃管，從此永休。徵痛黃泉[45]，皆君所致。李君李君，今當永訣！我死之後，必為厲鬼，使君妻妾，終日不安！」乃引左手握生臂，擲杯於地，長慟號哭數聲而絕。母乃舉屍，寘[46]於生懷，令喚之，遂不復甦矣。生為之縞素，旦夕哭泣甚哀。

將葬之夕，生忽見玉繐帷[47]之中，容貌妍麗，宛若平生。著石榴裙[48]，紫榼襠[49]，紅綠帔子[50]。斜身倚帷，手引繡帶，顧謂生曰：「愧君相送，尚有餘情。幽冥之中，能不感嘆。」言畢，遂不復見。明日，葬於長安御宿原。生至墓所，盡哀而返。

後月餘，就禮於盧氏，傷情感物，鬱鬱不樂。夏五月，與盧氏偕行，歸於鄭縣。至縣旬日，生方與盧氏寢，忽帳外叱叱作聲。生驚視之，則見一男子，年可二十餘，姿狀溫美，藏身暎[51]幔，連招盧氏。生惶遽走起，繞幔數匝，倏然不見。生自此心懷疑惡，猜忌萬端，夫妻之間，無聊生[52]矣。或有親情，曲相勸喻，生意稍解。後旬日，生復自外歸，盧氏方鼓琴於床，忽見自門拋一斑犀鈿花合子[53]，方圓一寸餘，中有輕絹，坐同心結，遂於盧氏懷中。生開而視之，相見思子二、叩頭蟲一、發殺觜一、驢駒媚[54]少許。生當時憤怒叫吼，聲如豺虎，引琴撞擊其妻，詰令實告。

盧氏亦終不自明。爾後往往暴加捶楚55，備諸毒虐，竟訟於公庭而遣之。

盧氏既出，生或侍婢媵妾之屬，蹔56同枕席，便加妒忌，或有因而殺之者。生嘗遊廣陵，得名姬曰營十一娘者，容態潤媚，生甚悅之。每相對坐，嘗謂營曰：「我嘗於某處得某姬，犯某事，我以某法殺之。」日日陳說，欲令懼己，以肅清閨門。出則以浴斛57覆營於床，周迴封署，歸必詳視，然後乃開。又畜一短劍，甚利，顧謂侍婢曰：「此信州葛溪鐵58，唯斷作罪過頭！」大凡生所見婦人，輒加猜忌，至於三娶，率59皆如初焉。

注釋

1 拔萃　唐代科舉制度的其中一種考試。
2 先達丈人　先達，前輩。丈人，老先生。
3 自矜風調　自以為有才貌，風流自賞。
4 青衣　女僕。
5 追風挾策二句　意為想追求女人，他可以代為設法，人人推舉她當頭兒。
6 申未間　午後一點至四點。
7 蘇姑子作好夢也未　俗諺，意為他做了好夢了嗎？
8 如此色目　這樣子的人。
9 曲　唐時坊裡的小街道。

⑩遲明　黎明。

⑪巾幘　戴上頭巾。

⑫亭午　正午。

⑬調誚　嘲笑、說俏皮話。

⑭閣子　旁邊的小門。

⑮巫山洛浦　古代兩則愛情神話，楚襄王至巫山與神女相戀；甄宓為曹丕妻，弟植亦十分戀慕，後宓死，植過洛水夢見宓前來敘情。

⑯恩移情替　恩愛之情轉移。

⑰秋扇見捐　比喻女子年老色衰為男子拋棄。

⑱烏絲欄　一種織成或畫成黑縣豎格的絹質捲軸或紙箋。

⑲染畢　寫完。

⑳婉孌相得　親密地相處很好。

㉑永委君心　永遠放在你心裡。

㉒壯室之秋　古人以為三十歲是娶妻的適當年齡。

㉓玅選高門　選擇顯貴的人家。玅，同「妙」。

㉔剪髮披緇　義為出家當尼姑。緇衣是僧尼所穿的黑色袈裟。

㉕皎日之誓　指著太陽發誓。

26 卻到　還到。

27 甲族　世家大族。

28 卜筮　古人以卜卦問吉凶，卜是用龜殼卜卦，筮是用耆草卜卦。

29 羸　瘦弱。

30 內作　皇家的工匠。

31 上鬟　古代女子十五歲為及笄，舉行一儀式把批垂的頭髮梳上去，可以插簪子，表示已經成人待嫁。

32 失機落節　落魄。

33 明經　唐代考選制度，以經義中試的是「明經」。

34 疾候沉綿　病得很沉重。

35 忍割　忍痛捨棄。

36 竟無因由　竟然找不到一個機會。

37 委頓　無力支持的樣子。

38 讓　責備。

39 胡雛　賣身為奴的年輕胡人。

40 覯止　遇見。

41 咫尺　距離很近。

42 僶勉　勉強。

43 轉側須人　一舉一動都要別人在旁邊扶持。
44 如不勝致　形容弱不禁風的模樣。
45 徹痛黃泉　造成死亡的痛苦。
46 寘　放置。
47 繐帷　靈帳。
48 石榴裙　紅裙。
49 榼襠　唐時婦女所穿的一種外袍。
50 帔子　唐時婦女披於肩背的踔蓊紗巾。
51 烪　同「映」。
52 無聊生　毫無生趣的樣子。
53 斑犀鈿花合子　雜色以犀牛角雕成，上嵌金花的盒子。
54 發殺觜兩句　皆類似一種媚藥。
55 捶楚　鞭打。
56 蹔　同「暫」。
57 浴斛　澡盆。
58 信州葛溪鐵　信州約在今江西上饒，上饒葛溪鐵精而工細。
59 率　大概。

作者簡介

蔣防，字子微，生卒年不詳，約唐憲宗元和中（西元八一三年）前後在世，義興（今江蘇宜興）人。元和中，知制誥，進翰林學士。長慶中，因李紳為李逢吉所斥，防貶為汀州刺史。

選文評析

〈霍小玉傳〉的霍小玉追求的是愛情，她心知不可能嫁李益，因為兩人身分、地位不同，只企盼有幾年的廝守即可。沒想到李益一離開她的身邊之後，就毫無音訊；之後輾轉知道他的行蹤，傳達消息，又久久不來見面。她的病起先應是相思病，其次又是因加上擔心而起的，但是加速病重以致痛苦萬分的過世，是因為怨恨李益是一個超級負心漢。愛情是她的夢想，是她一生所要追求的，雖然明明知道愛情是抓不到，不可能長久的擁有它，可是她依然沒有覺悟，依然執著。

霍小玉一心執著於她所追求的愛情，對於李益萬般深情，李益也一再甜言蜜語表現心意。她一心一意相信李益，不想李益卻是一個現實感過強，無法坦白自己感情的感情逃兵，所以雖有意志堅強的小玉，也難敵環境的箝制。霍小玉呈顯出痴心又執著的性格。

李益起先耽溺於情愛，但為現實所迫，馬上忘記情愛，屈服於現實之下。他對霍小玉是有情的，但是卻無勇氣去承擔。李益意志之薄弱，再加上現實感過重，承擔力不足，因此命運是掌握在他人手上。

霍小玉的性格是執著的，因為執著又無法宣洩情緒，只能鬱鬱而終。接著更因氣憤李益的負心而病情加劇，黃衫客的仗義執言及勇敢作為，只是促使霍小玉的悲劇性增強。連死前都不忘讓李益惶惶不安：「李君李君，今當永訣！我死之後，必為厲鬼，使君妻妾，終日不安！」

古代女性的幸福是取決於男性的手中，遇到良人即有好的結果，遇到負心的人則前途坎坷。霍小玉遇到李益，起先的歡樂與之後的愁苦，皆因李益之不能承擔之故。唐代即重視門第，李益娶妻也要娶名門，而忘了與霍小玉之山盟海誓。「負心」除了凸顯其個性軟弱，另一方面也反映當時的社會狀況。

（宋邦珍）

卜算子

李之儀

我住長江頭，君住長江尾。日日思君不見君，共飲長江水。　此水幾時休，此恨何時已？只願君心似我心，定不負相思意。

作者簡介

李之儀（西元一〇三八～一一一七年），字端叔，自號姑溪居士，滄州無棣人（今山東無棣）。宋神宗元豐年間舉進士。哲宗元祐初年，為樞密院編修官，從蘇軾於定州幕府。享年八十歲，有《姑溪詞》。《四庫全書總目提要》言其小令：「尤清婉峭蒨，殆不減秦觀。」

選文評析

這闋詞有民歌的意味，以女子的口吻來寫思念之情，兩人雖然相隔兩地，但是女子找出兩人共同點：共飲長江水，更顯現浪漫的感覺。女子對男子的情感是這麼悠長，和長江水一般的長。這是以水喻情。末二句寫出女子對男子的深厚情感，要求男子一樣的看待。感情深濃卻又單純，這就是傳統觀念中女子自許是如此深情的角色，相對的，男子也是如此期待女子扮演如此的角色，因此李之儀是男子身分卻以女子口吻來書寫。

女性角色應該是深情的，應該是無怨無悔的，李之儀所塑造的形象，只是古人對女人典範形象的想望吧！

宋邦珍

秋刀魚

馮青

強而銳利的嘴
空嚙著無法出口的語音

雖然緘默著也沒什麼不好
男人和女人
一齊低頭注視著
擺在瓷盤上依然完整的魚

女人突然啜泣起來
而把男人遞過來的雪亮潔白的手帕
放在一旁
刀片一般劃傷光亮的淚珠

就一滴一滴地落在魚的背脊上
和著檸檬的香味
淡淡地擴散著別離的哀愁
吃魚吧
這回一邊說著
一邊收斂起燈光下柔順眼神的女人
一個人開始挾動了筷子

——《天河的水聲》

作者簡介

馮青（西元一九五〇～），本名馮靖魯，江蘇武進人。中國文化大學歷史系畢，詩作發表在《創世紀》、《藍星》詩刊。張默評論其詩作：「她懂得利用語言的穿越性，也懂得利用意象的特殊性，馮青的詩一開始就達到相當的高度。」（《剪成碧玉葉層層》）著作有詩集《天河的水聲》、《雪原弄火》、《快樂或者不快樂的魚》、《給微雨的歌》，小說《藍裙子》、《懸浮》等。

選文評析

這一首〈秋刀魚〉選自《天河的水聲》，是馮青很受歡迎的一首詩，並選入《一九八二年臺灣詩選》（前衛版）。

本首詩把一對準備分開的男女，面對面的景象深刻的描繪出來。其中以「秋刀魚」的意象貫串而下。首段就以秋刀魚的鋒利的嘴引領出二人面對面沉重又無法說清楚的氣氛。第二段寫出二人看似完整的關係。第三段寫出女人接到要分離的訊息的反應，那是害怕失去完整、失去愛情的情緒正擴散開來。第四段寫出女人由激動到平靜的情緒，心裡還是酸酸的，但是已能平靜心情，收斂起「屬於女人」的柔弱眼神接受這個分離的事實。

這首詩中的男人不曾被刻劃，整首詩的女人的情緒變化藉著秋刀魚的意象起興被帶引而下，女人的心情仔細的描繪，女人的似柔弱實堅強的景象，鮮明得刻劃出來。

（宋邦珍）

隨堂心得

她一下就哭起來了。

良三抿緊了嘴坐著，已經不準備再說了。她看著他，眼淚啪啪流下來，流得頰邊癢癢的。不知怎麼，光留心了那癢。良三不知道是什麼看法，面對著個哭哭啼啼的女人。還有良四跟良七。三個大男人一溜圍著她坐著，看她哭。眼淚搞糊了視線，光看到三個直矗矗的人頭。看不清表情。

「嫂嫂。」是良七叫了一聲，他那個方向的人影動了一下。靜敏垂下頭來，在手袋裡找手帕。她擦眼淚的時候聽到良七又喊了一聲：「嫂嫂。」

她答應：「嗯。」

視線又清楚了。良三跟良四都垂著眼，面無表情。良七年紀輕，還不大把持得住自己，坐在那兒，臉都迸紅了。

靜敏看他，他突地立起來：「什麼嘛！」他說，聲音都變了腔：「還找我幹嘛！」

良四拉他：「你坐好。」

良七坐下來了。靜敏看到他眼睛紅紅的，他嫁過來的時候，良七才唸小學，一直到上高中，同她這嫂子感情最好。現在好像也只有他同情她。她心一酸，眼淚又下來了。

良三慢慢的說話：「前頭不是講好了嗎？叫妳不要哭。」他停了一下，仍然是上對下的口吻：「這又不是家裡。」

靜敏抹眼淚。

良四的角色是調劑雙方的氣氛的。他當下應話：「嫂嫂，不要哭，三哥又沒說不要你。」

良三說：「是啊！」他一點也不慚愧：「只是暫時這樣。現在她鬧得厲害，騙騙她。」她是指那舞女。

他說那個女人的時候，嘴角悄悄的迸了朵笑，只有一剎那。靜敏看得很清楚，不懂他怎麼這樣寡情，總算是夫妻七年。他現在或者是種控制住局面的得意吧！別的男人有外遇，總弄得雞飛狗跳的，只有他，一切安排得好好的。完全拿她不當回事。現在還要她把房子讓給那個女人，而且算定了她會聽話。

良四說：「三哥給你租的那房子，雖然小些，是套房，什麼都齊全的。」

良三說：「住起來很舒服的。」他皺著眉，不是苦惱，是種嚴峻，決定性的表情：「我每個禮拜都會去看你。」

沉默。靜敏拿面紙擦眼淚，極輕的沙沙的聲音，還有她自己吸鼻子，一吸一吸，氣息長長的，像害了病。

良七抱著手膀，很陰沉的盯著她，好像突然成了她的敵人。良四一向是家裡最滑溜的，這時候臉上是適當的凝重表情。良三則呆著臉，好像要睡著了。他難得有這樣和氣的表情，或者他也有良心的，也在這件事上頭感到一點點不忍。

靜敏終於說話了：「為什麼？」

三個人都看著她，靜敏又不說了——她垂下頭來整理一下思緒，有點驚奇發現自己沒想到什麼。

這也算是女人一生的大事。男人有了外遇，現在要跟自己分居。可是她想不出一些別的什麼來，連哭都不大想。為什麼剛才會哭，也許只能歸因於她一向愛哭。也許她給嚇倒了，想不到自己生活裡會出這種事。也許她覺得不高興，這種事應當在家裡講。結果把她帶到這裡來，四個人圍個大圓桌子，就像馬上要開飯。他們兄弟圍著圓桌的那邊，這裡只有她一人坐著，好像她跟他們全不相干。

她應當有點合適的想法才對，比如指斥一下良三的忘恩負義，「我做錯了什麼，你要對我這樣。」電視上演過很多。至少也該一下子暈死過去。可是她光是健康的不痛不癢的坐著，手在桌子底下絞手帕，絞得硬硬的再轉鬆回來。她看到地毯上讓煙燙了一個洞，那是深紅底黑紋的地毯，不仔細還不大看得出來。她又拿手帕擦了一下臉，估計現在臉上是沒有樣子了，恐怕鼻子都肥了起來。她忽然很慚愧。要分手的時候，讓他看到自己這樣醜。

良三說：「她六月就要生了，需要大一點的房子。」

靜敏灰心起來。她應聲：「哦。」一談到孩子，她就覺得灰心乏味，她跟良三沒有孩子，可是她不知道他是這麼想孩子的，他從來也不說什麼。她忽然又想哭了，又開始亂七八糟掉淚，男人們都安靜著。她分明的見著了眼淚落在裙子上，眼淚聲音好像很大，真是啪答啪答落雨一般。

雅室的門呀地推開，服務生現在才進來，也是這家生意太好。靜敏垂首坐著。良三說：「還是吃點什麼吧！這店子是出名的。」

他靜靜的翻菜單，平穩的徵求其他人的意見：「來道蝦球好嗎？」

服務生刷刷的記在單子上。

良四說：「來點清淡的，三哥，你這樣不成的，小心血壓高。」

「這是這兒出名的菜，你懂不懂？」

良三點了四菜一湯。

服務生離開。靜敏垂頭說：「我想上洗手間。」

良三說：「去吧！」

靜敏離座，窸窸窣窣在皮包翻東西，終於決定連皮包一起帶去。那三個男人寧靜有禮的坐著。良四甚至做了個微笑。

靜敏合上門。隔著門是那一家三個男人，叫她妻子叫她嫂子的，可是這下她是給關在門外了，她一下有點茫然，忘了自己要做什麼。她發了一會兒呆。聞到飯館廚房飄過來的香氣，熱烘烘的。她沿著通道走，通道底是廚房，看到廚師的白帽子白圍裙和不銹鋼廚具。轉過彎來是餐廳，隔著許多張桌子椅子和人群，自動門就在那兒。自動門是咖啡色，映出來的外面像是夜晚。靜敏看著，很想走出去，人聲嗡嗡的。但走出去又怎樣呢？她覺得有點心煩，結婚七年來一直依賴著良三，她連單獨出門都沒有過，這地方還不知是哪裡。而且她還沒帶什麼錢，因為總跟著良三。現在是給他帶到這裡來講這些事。相信他，他就把人不當回事。

她又氣自己不爭氣，怎麼連錢也不帶呢？她沒辦法的事多著，向來出門是良三把車子開來開去，她懷疑自己就算坐了計程車，能不能把地方指點給司機聽，總之是無能，不怪人家要來甩張舊報紙樣的甩掉自己。

她只好去洗手間。在鏡子裡看到自己果真是花容零亂。她洗了臉，對著鏡子描妝。眼睛哭了一陣，倒是清清亮亮的。她注意鏡子裡的自己，覺得過於精神了，不像是剛受到打擊的女人。可是為什麼要把這件事當作是打擊呢？她覺得自己並沒那麼愛良三。他們的婚姻是媒人撮合的。是很平靜不費力的婚姻。或許良三對那女人的感情還深些，他一說起那女人，有很特殊的表情。

可是她剛才哭那麼多，良三恐怕要以為她崩潰了。她全部的心思只想到要震懾她安撫她，不願她糾纏不放以致失態。他可不知道她根本不在乎。她一直哭，因為怕。而且想到自己要三十歲了，突然變成被遺棄的女人。早幾年的話她還年輕些。年輕時被遺棄比較上有什麼好處，她一時也想不清楚。不過一切事年輕時總要好些。她開始有一點點恨良三，彷彿正暖暖的泡在熱水池裡，良三過來澆人一頭冷水。過後她開始細細的打扮，為良三，她一直是為良三打扮的。又把眼線擦掉了，也是為良三，顯得太容光煥發，良三也許要難過的。他一直認為他在靜敏心裡頭有分量。

回到房間裡，三個人已經在吃了。良三抬頭瞄她一眼，說：「吃一點吧！」

這又是很家常的感覺，一家人坐著吃。良七完全不看她，靜敏不知怎麼，感覺到他那強烈的羞愧感覺，彷彿席上眾人，光他一個做錯了事，她知道良七同情她。良四也許也同情，可是他沒那麼強的道德感，他很挑剔的夾了塊荷葉蒸肉，小心的用筷子把荷葉翻開來。良三一吃起東西來總是心情很好。他慢慢的談是如何發現這館子的。像尋常一般指點著菜對靜敏說：「靜敏，你要研究一下這道菜，人家做得是真好。」

良四問：「她這方面不大成吧？」他不看靜敏，不是說她。「她那種出身。」

良三略微遺憾了：「就是呀！」

靜敏默默坐著，有些難過，當著她，就這樣談起那個女人來了。

良三像要安撫她：「靜敏的菜做得好，那是難得的。」

他賞識她也許就這一樣，良三非常講究口腹的。事實是他們家的男人全是。想到良三那個女人是不會燒菜的，靜敏一下子同情他了，不知怎麼，一下看他是別的男人，同情他妻子不好，忘了他是自己丈夫。靜敏說：「以後你吃不到了。」

良三停下筷子看她：「什麼？」

「我的菜呀！」靜敏漫漫應道。她忽然有種鬆懈的感覺：「我不想分居。」

良三頭一下抬正了起來，彷彿有點變了臉：「剛才不是說好了嗎？」

「我們離婚吧！」

靜敏也覺著了一點得意，那是那三個人一下全抬了臉，都看著她的時候。雖然表情不一樣，而且良七瘦，良三是個圓臉，可是他們家男人長的真像。

靜敏是這樣子離了婚，說出來人總罵她：「哪有那麼笨的。」

劉汾也罵她：「哪有你那麼笨的，你跟人說那麼清楚幹什麼，誰也不會同情你。」

劉汾比她還小兩歲，也離了婚。她的婚姻是另一種，唸高中時候懷了孩子，迫不得已結婚，婚後過不慣，就離了。滿二十歲以前，女人這輩子的大事全經過了。現在孩子養在娘家。她保持得好，看不出來生過孩子，跟前夫還常有來往，她說：「不要他做丈夫，我就覺得這個人真是可愛。」

分手的時候，良三給了點錢，就拿這點錢開了家工藝材料行。店子小，沒有用人，平常忙不過，劉汾會幫著招呼一下，她在對面開洋裁店。閒的時候愛過來聊天，兩個人一塊坐在店面前的臺階上，像小學生。巷口有風送過來，下午，涼涼的。

劉汾是一屁股坐下去，兩腳一叉，天熱了她穿短褲，就手「啪」打了靜敏一下：「你怎麼這樣秀氣，我以為哪兒來的大小姐。」

靜敏是抱著膝蓋，腳縮到裡面的坐法。拘束慣了，一下子敞開不來。

劉汾心不大在，邊看巷口，她兒子快放學了，唸小學四年級，已經好大的個子。劉汾呱啦講著報上登的崔苔菁的新聞：「離了婚怎麼還那麼恨他。我跟小丙一離婚我就不恨他了，嘴也不吵了，架也不打了。」小丙只大她一歲，夫妻倆火氣都大。到現在都不算是夫妻了，小丙來過夜的晚上，他們樓上有時候還一樣乒乒亂響，隔天垃圾桶裡盡是砸壞的東西碎片。「小丙今天來。」她漫漫的說，心裡有事。

「是呀！」靜敏應她：「最近你們是不大吵了。」

「咦。」劉汾驚詫：「那算什麼吵架，你不知道我們從前，簡直像我是男的，跟我打咧！」

她下結論：「小丙現在成熟多了。」

巷口有人進來，劉汾眼尖，看出來了：「喂，謝小弟又來了。」

她是用調笑的心理喊良七「謝小弟」。坐在臺階上懶懶的拉嗓子喊：「嗨，謝—小—弟。」

良七臉僵僵的過來，劉汾不管，拉他坐臺階上：「喂，好久沒來了。」

良七先越過劉汾跟她打招呼：「靜敏姐。」

忘了他是什麼時候開始改口叫靜敏姐的。靜敏應道：「我拿杯冰水給你。」

端兩杯冰水出來。靜敏留心到良七的背影，他很明顯的瘦了，襯衫裡空盪盪的。

坐下來就問：「怎麼瘦了好多？」

劉汾代他答：「他考試，熬夜。」

她喝光冰水，回自己的店裡去了。

靜敏跟良七一塊坐在臺階上，中間是劉汾離去那塊空白。風吹著，有奇怪的感覺，彷彿坐的很近，又有距離。

良七常來看她。謝家的人唯有他一個人過不去，總是心事很重的，講起話像跟自己生氣：「要滿月了。」

良三那兒生了個女兒。良七垂頭看自己鞋子：「三哥本來想兒子。」

「哦。」靜敏柔和的回答：「男人都這樣。」

良七要抗議：「我不會。」他說著把臉轉過去。

「你還早吧！」靜敏笑他。臉對著良七的後腦，他頭髮老長，厚厚雜雜的一大綹。她說著手就伸過去，拉良七的髮尾：「頭髮好長哦。」

良七吃了一驚，胡亂應道：「誰給我剪！」

「我給你剪好不好？我手藝不錯啦！」她是雜誌上看來的，真正動過手的只有劉汾跟她自己。她把腦袋轉給良七看：「你看看我的頭，我自己剪的。」

轉過臉來時，良七正凝定的看她，憋住什麼的神氣，眼睛裡汪汪亮亮的，靜敏情不自禁的愛嬌起來，她偏臉問：「好不好嘛！」說完了自己先詫起來，良七向來是自己的小叔，看他長大的，可是那一下，他光是個男人。

她仔細的找了張被單把良七渾身圍起來，怕他熱，拿風扇對著吹。先用噴壺把頭髮噴溼，頭髮溼透了貼著腦門，頭一下子小了許多。良七乖乖坐著，渾身包起來，光剩個腦袋任她擺佈。靜敏先用夾子夾頭髮，跟良七說：「像個女生。」她垂眼笑著，良七翻著眼向上看她，頭不敢動。

她說：「你記不記得小時候我老給你洗頭呢！」

良七說是。不知道為什麼要答得這樣正式。靜敏光是想笑，以前接觸良七時，他還是橫頭橫腦的小男孩。現在他真是大了。大半是期末考忙的，連鬍子也沒刮，黑色那麼明顯的小椿椿。年輕男孩的皮肉潤潤的，給人好乾淨的感覺。良七抿嘴坐著，這孩子慣愛擺這種臉。剪下來的頭髮有煙味。靜敏嗔：「多久沒洗頭啦！」

良七說：「沒人給我洗嘛！」

「你的手呢！」

「被你包起來了。」他的手在白被單下頭動了動。

靜了半晌，靜敏說：「反正我不給你洗喔。」又說：「懶。」

是放學的時辰，巷口漸漸有學生進來。有學生來買線，女孩子一群巴著櫃檯前，靜敏去招呼。她這店子的生意總這樣，一來一大群。女孩們有跟她熟的，咕咕猛笑：「老闆娘，你會剪頭髮啊！」

良七楞頭楞腦坐在櫃檯裡，頭上還夾著夾子，他閉了眼，像生氣，怕是真窘了。靜敏喚：「良七，你去坐裡面。」裡面是她自己住的，良七到後面去，她跟人解釋：「我小弟。」又跟另一個女孩講：「我小弟啦！」其實人家沒注意她的話。她教了幾個人針法。把顏色和花邊本子攤出來給人看。忙了半天才對付完。一忙完就進裡面去。店堂與內室只拿簾子擋著。她掀簾子進去，喚：「良七。」

良七已經把被單解下來了，坐在床上翻電視週刊看。簾子從背後嘩啦垂下來，是她自己編的木珠簾子。世界在外面，可以看見，是零零碎碎的。

房子裡單擱了一張梳妝檯、一張單人床、一張椅子，角落擱著材料和紙箱。良七坐在裡面。她忽然覺得房子小了。她有些拘束，背貼著簾子站著：「良七，你生氣啦？」

「沒有。」良七把書放下：「靜敏姐，你變了，變得比較能幹。」他把手一擺，突然帶點淘氣：「不是說你以前不能幹哦。」

「來剪吧！」

現在就把良七推到妝鏡前，剪了半天，她發現良七光在鏡子裡看自己。遂停了手問：「怎麼啦！」

「什麼怎麼啦！」

「你一直看我。」她把臉板起來，做潑辣狀。良七是她看著長大的，她不怕他。

良七說：「那不然我看誰？」

「看你自己呀！」

良七又答是。兩人是撐不住的要笑。靜敏小心的問：「有沒有女朋友呀！」

「還沒有。」他連笑都抿緊嘴，顯得孩子氣的厲害，靜敏在鏡子裡望他，突然的有點心亂。良七那清楚的五官，也許是照在鏡子裡，異常的明亮，他的下巴是狹狹削過來的，極平滑的輪線，很漂亮。手底下他的頭髮一搭搭，全是溼的，絲絨似的黑亮。她覺得自己沒法控制似的，要癱到良七身上了，她的頭沉了沉，良七的氣味泛上來，是煙燥帶了汗臭，全很淡。她這裡簡直就沒男人來過。

靜敏怕自己。

她說：「我看看外面。」掀了簾子出去。

良七跟了她出來，他把被單子又解了，頭上還是夾子。靜敏想笑。又掀簾子進去。良七又跟進來。

他忽然就說了：「靜敏姐，我喜歡你。」

他自己抵著門簾站著，世界讓他擋著了。那麼滑稽、溼的，沒剪完的頭髮，夾子是灰白色，像頭上棲著大飛蛾。他也害怕，說完了抿緊嘴站著，也是個大人，卻一下子瘦寒得厲害，讓人想摟著在懷裡哄。

他也許這件事想過許久了，說出來像繃緊的弦突然鬆開。臉上不笑，神色像定了心。兩個人都不知該怎麼辦，只是站著。最後是靜敏講：「過來剪吧！」良七過來安坐在鏡子前。她開始哭。這一點大概一生都不會變。良七要站起來，她按他坐下。一邊眼淚滴答掉著，落在他頭髮上。她一邊剪一邊抹眼淚。良七發急道：「靜敏姐，我，對不起。」

「沒關係，我就是愛哭。」

良七給嚇著了。靜敏覺到自己可怕。又不是很兇猛的哭法，光是無聲的，一下子眼裡蘊了淚水，像日子過得多幽怨。其實不是，離了良三，她覺得自己過得挺好，男人也不是頂重要的。她一鬧情緒總要哭，看書報電視電影，總哭得好傷心。她自己想著又笑了。良七在鏡子裡看她，放了心，害羞的回了個笑。

靜敏說：「我就是愛哭，跟你沒關係。」

她仔細的剪他頭髮。她有點喜歡良七，可是沒有喜歡到那程度，他還小，看他那放了心的樣子。她氣自己，離婚不到一年，聽到男人說喜歡自己，居然還哭了呢！

「良七，你亂來。」靜敏說。覺得口吻不大正派，於是拿剪子敲了他一下頭：「我是你三嫂耶！」

剪好頭髮，她幫他洗頭，窄窄的洗澡間，兩人擠在一塊，良七彎了腰，頭髮浸在洗臉池裡。靜敏左手越過去夾著他腦袋。這麼親近的一個男人，像弟弟、愛人、兒子。

流水嘩嘩，涼涼滑動的水，流過她手指間，她手指間是他一條一條的髮，黑色小蛇般蜷在手背上，漫在水裡的髮飄開來，絲絲絡絡，非常整齊美麗。她也許一輩子記得這些。下午，室外沒有人聲。老風扇在前面店堂裡轉，轟轟過來，又轟轟過去。浴室裡是房子本身的舊，帶著腥腥的腐味，上面浮著洗髮精的草香。良七本身的汗濁氣。他低著頭，給水澆溼了，觸得到的部分全是涼的。他很乖，安靜著，可是好大聲的吸著氣，她曉得他在憋著，她自己也憋著，小心的屏息著，一次只呼吸一點點，可是憋不住的時候就又幽又長的冒出來，像嘆息。兩個人緊張的貼擠在一塊，良七大聲喘著氣，好像曖昧了，可是沒有。

這以後她就不大能安定。總是心惶惶的。把店頂了出去。開始給保險公司跑外務，只有這個工作好找。

每天夾了大包包，見人笑臉先堆起來。她都不相信自己會幹這個。她也並不是能說會道。可是長了張誠實的臉。拉保險時並不跟人強推強銷，只是坐著，資料全攤出來，老老實實唸相關的部分。人說什麼，她都光是答應：「是的。」緩緩的，拉長音調講。讓人覺得她有話說，不敢講。

客戶很難避免這種憐恤的心情，如果拒絕了她，總過陣子又打電話來。她業績很好，開始往上爬，做到了主任。

她現在黑了，也瘦了。穿著牛仔褲，因為方便。變得比較不那麼拘謹。眼睛亮亮的，也會坐著時把腿擱得老高。她的笑容是熱誠明亮，老實不帶心機，讓人見了戒心先去一半。

跑保險時碰到了屈少節，兩人不久就住在一塊，這次是她了，她是那另一個女人。她知道他結了婚，可是她喜歡他那副倔倔的樣子。四十來歲，給寵壞了的男人，到現在都還不知道要怎樣生活。他在家貿易公司做經理，靜敏闖進去。那是間發亮的辦公室，全是玻璃、不銹鋼、壓克力、塑膠、鋁與鐵。秩序而明亮。屈少節坐在桌子後頭，乾淨的臉、頭髮，西裝筆挺。他根本不耐煩她，臉繃著，倔倔的。他保過險了。他不需要保那麼多的險。他不願意談這些事。對不起，他還有業務要處理。

他維持了禮貌，送靜敏到門口。他身上甚至噴了香水，是青橄欖的味道。

靜敏決定自己要他。那時候她三十三歲，在社會上歷練了四年，開始變成個有把握的女人。除了她自身的修飾妝扮，她學會運用人，懂得什麼人要怎麼應付，懂得什麼話會產生效果，她心思細密，肯靜靜聽人說話，結果學到了體會別人的感情波動，能窺測別人的想法。

她明白屈少節是什麼樣的人。

她第二次去，打扮得極女氣，薄紗的衣裳，頭髮貼著腦門。她只佔了他十分鐘，並不談保險。後來她經常去，坐的時候長了。有時候一塊去吃飯。她那時整個愛上他了，突然全無腦筋，什麼也不考慮，就光想見到他。她的把握全失去了，她每天打扮得漂漂亮亮，輕飄飄的到了他辦公室。她端莊坐著，腿縮在椅子下。盯著他，整個人流麗。任何人都可以看出她滿得像裝實了的水瓶，一碰就要溢出來。只除了他，他那頂好看的濃黑眉毛，倔倔的蹙起來，他是個煩惱的人。見面總把眉一抬：「又來拉保險？」

靜敏自己受不住了。她發現自己當真戀愛起來，反到怕了，她擔不起這樣認真。她愛他愛到覺得自己全身洞明，在他前面，她靈敏得像含羞草，一點點動靜她都縮起來。都這麼大了，玩這些不是太老了麼？她停止去看他。彷彿把他全忘了，但是不能死心。她終於又去了，決心把這件事澄清下來，她就連他對自己什麼想法都不知道。

屈少節還是老樣子，像這麼久的時間，他釘死一樣坐在辦公桌後，一步也沒離開過。他抬頭，濃黑眉毛一跳一跳：「又來拉保險？」

他連詞也不改。靜敏又哭了。

她終於拉到了保險。不久他們就同居在一起。

這麼多的事，講給劉汾聽，好像又很簡單，三兩句就交代了：「我要他保險，他老不保呢！我天天去纏他。」手上抱的是劉汾新生的兒子，又胖又重，贅得手酸，她換個手抱。劉汾接過去：「我來吧！」

她問：「後來呢？」

靜敏說：「後來我們就熟了，他也保了險啦！」

劉汾看著她，下斷語：「我看你現在過得很好。」她解釋：「你看上去很漂亮。」

「哦。」靜敏失笑。

劉汾又跟小丙結了婚。兩人在市區裡開了餐館。劉汾現下是坐鎮櫃檯的老闆娘，發了福，坐在櫃檯裡，白白胖胖像剛出籠的饅頭，她把小孩放在櫃檯上，給他抹口水。

靜敏逗他：「我們別的不要，光要吃這個小豬哦！」哨那孩子：「吃一口，吃一口。」

有客人進門，服務生招呼不來，老闆娘親自下海，劉汾嚷嚷：「坐這裡！要點什麼。」

這孩子下地就認了靜敏做乾媽，熟得很，孩子給逗得直笑。靜敏懷疑自己是不是不能生。或者是年紀到了，她極想要個孩子，少節的孩子。

劉汾過來拍她背：「靜敏，那桌客人問起你。」

「哪一桌？」這是常事，她本來見過的人多，跑保險跑的。

「我帶你去。」靜敏笑瞇瞇的，抱著孩子，一張張桌子擠過去。那桌上坐了對夫妻，帶兩個孩子。那位太太老遠就盯著她看，很謹慎的。那男人給孩子擦手，偏著臉，直到靜敏走近了……才抬起頭來。

是良三。

靜敏喊：「是良三。」確實有點驚喜。雙方都各自介紹過。劉汾把孩子抱走。靜敏熱烈的又說：「好久不見了。」

是這麼多年的閱歷練出了她這種見面招呼，良三詫了一下，帶了笑，也一樣客氣的：「你變了很多。」兩個人這時候是沒有過去的。良三也像初識的人，靜敏覺得忘了許多事了，良三過去不是這樣，可是她記不起良三從前的樣子。

她扶著椅背站著。他們一家四口正好佔了桌面四周的椅子，毫沒有讓坐的意思，靜敏於是老實不客氣的挨著那個大女孩坐下來。這也是過去的靜敏沒有的舉措。她看到良三那奇怪的表情。良三又說一遍：

「你變了很多。」

「人總是要變的。」靜敏笑。她現在怪異的感覺到出現了兩個自己。她很少想到過去的自己是什麼樣子，但是守著良三，從前的自己就出來了，她忽然強烈的感到了現在的自己和過去的自己許多差異。

她笑，托著臉，懶散的。知道自己使那個女人不安：「良三，你也變了。」

「沒有。」良三連忙否認。

「胖了。」

「沒有。」還是否認。良三突然老實得有點可憐。

兩人談了些近況，良七出國了，小妹嫁了。靜敏為了面子，謊稱自己結了婚。良三睜直了眼問：「那是你兒子？」

他是指劉汾的小孩。

靜敏半真半假的：「是啊！」

良三突然衰頹了，掙扎半天，他遺憾的說：「想不到你也能生兒子。」桌面上另外三個女人，良三的妻和良三的女兒，他們安靜的發著呆。靜敏很了解做良三的妻子是什麼滋味。她帶點憐恤的看那女人。穿著素色的洋裝，非常安靜溫順。她認識良三時是舞廳裡最紅的，現在也還看得出人是漂亮的，可是她有點灰撲撲的。

那就像那個女人代替靜敏在良三身邊活下去，灰靜、溫靜、安分守己。或許她也很快樂，靜敏從前也不是活得不好。因為那個女人，她現在在過另一種生活。她覺得自己現在比過去好。她主動跟良三的妻子微笑，善意，可是管不住自己想胡調一下。她問：「良三晚上睡覺還不愛刷牙嗎？」

良三夫妻都變了臉。良三笑：「呵呵。」那女人氣了。她也許不像表面那麼溫馴。她這下又是她自己了，不是另一個靜敏，她也沒有要哭的意思。或許回去她會跟良三吵鬧。

靜敏回到劉汾這兒。她特地叫廚房炒一盤敬菜給良三夫婦，向廚房走，從廚房飄來白色的熱氣，廚師的白衣，亮晃晃的餐具，在許多年前也有這麼個印象，為什麼飯館的廚房都是一個樣子。可是她現在不同了，她現在是個自主、有把握的女人。

——《自己的天空》

作者簡介

袁瓊瓊（西元一九五〇年～），筆名朱陵，臺南商職畢。曾任《創作月刊》編輯，民國七十一年赴美參加愛荷華大學「國際作家工作坊」訪問，目前專事寫作。曾獲《中外文學》月刊散文徵選佳作，聯合報徵文首獎暨小說獎，中國時報文學獎小說首獎。著作有小說《自己的天空》、《滄桑》、《或許，與愛無關》，散文《看》、《禁忌拼圖》等。

選文評析

現代女性因為女性意識抬頭，經濟能力已獨立，因此可以選擇自己所要的。臺灣在八〇年代後因步入工商社會，女性的就業機會增加，社會經濟的結構改變，從事寫作的女性慢慢逐漸描繪女性的故事，〈自己的天空〉是其中代表作之一。

文中的靜敏被迫選擇離婚，但是逐漸的走出自己的路，這條路是不同過去的一條路。原來是被動的，後來卻是有了主動性。文末是如此描述靜敏：「可是她現在不同了，她現在是個自主、有把握的女人。」點出靜敏的浴火重生前後的不同。

本文的筆法是以白描寫法去點染整個故事，第三人稱的寫法顯得旁觀而冷靜，對文字運用的自制力很強。尤其因為是一位女性作家，細膩刻劃女性心理，十分精省準確。再一次見到前夫已是多年以後，她發現原來的第三者變成妻子之後，走上她以前的路：「穿著素色的洋裝，非常安靜溫順。她認識良三時是舞廳裡最紅的，現在也還看得出人是漂亮的，可是她有點灰僕僕的。」

文末靜敏主動送敬菜給良三，隱約透出主角現在的作為與過去的已經有所不同，裡頭有一點報復的快感。

（宋邦珍）

問題與討論

一、從〈卜算子〉中所描寫的女子對男子不悔深刻的情感，你認為這位女子是幸福的嗎？

二、霍小玉的結局如此悲慘，原因何在？

三、就古代而言，是不是出身低，就沒有幸福可言？

四、〈霍小玉傳〉中文字有何特色？試析論之。

五、〈秋刀魚〉著重描寫女子的心情與當時的氣氛，你是否能夠以對方（男子）的角度來吐露他自己的心聲？

六、讀了〈自己的天空〉之後，你認為靜敏為何可以走出失婚的痛苦？

七、試比較〈霍小玉傳〉中的霍小玉和〈自己的天空〉中的靜敏處境有何不同？

八、試比較男子在古代與現代的角色扮演有何不同？

九、試比較女子在古代與現代的角色扮演有何不同？

延伸閱讀

- 蕭颯等著《十一個女人》，臺北：爾雅出版社，一九八三年。
- 邱貴芬主編《日據以來臺灣女性作家小說選讀》（上）（下），臺北：女書文化公司，二〇〇一年。

◆鄭明娳主編《男人——乾坤雙璧》，臺北：正中書局，一九九一年。
◆鄭明娳主編《女人——乾坤雙璧》，臺北：正中書局，一九九一年。
◆何滿子《中國愛情與兩性關係——中國小說研究》，臺北：臺灣商務印書館，一九九五年。
◆賀安慰《臺灣當代短篇小說中的女性描寫》，臺北：文史哲出版社，一九八九年。
◆邱貴芬《仲介臺灣・女人——後殖民女性觀點的臺灣閱讀》，臺北：元尊文化公司，一九九七年。
◆梅家玲編《性別論述與臺灣小說》，臺北：麥田出版公司，二〇〇〇年。
◆李元貞《女性詩學——臺灣現代女詩人集體研究一九五一——一九九九》，臺北：女書文化公司，二〇〇〇年。
◆李仕芬《女性觀照下的男性——女作家小說析論》，臺北：聯合文學出版社，二〇〇〇年。
◆張小虹《性別越界——女性主義文學理論與批評》，臺北：聯合文學出版社，一九九八年。
◆http://mail.tku.edu.tw/fanmj/（中國女性文學研究室）

隨堂心得

文學與政治

導言

林秀蓉

流動的年華，變幻的時代，多少陳年舊事灰飛煙滅。透過文學作品不只可以記憶現實社會的原貌，表達廣大民眾的心聲；更可以凸顯時代政治根本的問題，展現堅持正義與真理的精神特質。誠如俄國作家契訶夫所說：「如果我是文學家，我就需要生活在人民中間，我需要一點社會生活和政治生活，即使一點點也好。」臺灣作家葉石濤先生也說：「小說家不可能避開政治現實去寫他的小說，所以小說創作如同其他的文學創作一樣，和政治現實就建立了微妙的關係。」政治問題往往是整個社會的核心，作家透過寫作實踐社會關懷的精神，鋪陳時事政治，反映現實社會，以維護基本人權與民族尊嚴，追求人類的幸福和進步。於是建構了文學與政治密不可分的歷史性格。

古今文學作品有關政治面向的關懷，大體而言，不外可分為三大類：一、反映現實社會。二、貫串歷史背景。三、見證政治事件。

文學反映現實社會，早自《詩經》即有記錄民生疾苦，或隱或明批判政治得失的作品，如〈碩鼠〉、〈黃鳥〉、〈伐檀〉、〈北山〉，都是發抒人民心靈的痛苦與怨恨，控訴貪暴的官吏。至於〈甘棠〉、

〈噫嘻〉、〈烝民〉，則是讚頌慈愛人民的政治人物。漢朝樂府詩〈戰城南〉、〈孤兒行〉、〈婦病行〉、〈東門行〉，北朝民歌〈紫騮馬歌辭〉兩首、〈隔谷歌〉兩首，都非常忠實反映出在政治動亂的時代裡，人民的悲慘命運。唐朝杜甫反映安史之亂的社會寫實詩，如著名的「三吏」：〈石壕吏〉寫官吏的橫暴，〈新安吏〉寫征夫訣別的悲痛，〈潼關吏〉寫潼關形勢的險要；「三別」：〈新婚別〉寫新婚少婦的怨訴，〈無家別〉寫征夫的不幸，〈垂老別〉寫垂老征夫的悲慨。白居易的〈賣炭翁〉，通過賣炭翁的遭遇，深刻地揭露了「宮市」的本質，鞭撻了統治者掠奪人民的罪行。這些社會寫實詩，內容深刻，主題突出，而且憂時憂國，具有強烈悲天憫人的情懷與淑世愛國的熱忱。

一時代有一時代的政治課題，文學與政治之間的分際數千年來難以割離。現代詩〈死水〉，詩人聞一多憤怒譴責禍國殃民的軍閥和其他醜惡的社會勢力，表達了對國家前途、社會命運的憂慮和失望。政治動亂的時代裡，造成人民流離失散的悲劇，也一直是古今文學關心的主題之一。許達然的〈西門町之夜〉，敘述離鄉來臺的老兵在部隊服役流血流汗，年老了卻還不能回鄉探望，無依無靠，流落街頭；可悲的是只能在虛幻的「武昌」、「開封」、「漢口」街名，和「杭州小吃」店的招牌中懷念故鄉。洛夫的〈寄鞋〉和張拓蕪的〈讀鞋〉，遙寄海峽兩岸四十餘年的思念與孤寂，綿綿不盡的情意，讀之不覺令人鼻酸。這些老兵歸思欲沾襟的淒涼孤獨，與東漢古詩〈十五從軍征〉老兵無家可歸的痛苦絕望，同樣都是訴說戰亂現實中廣大人民的心聲。

作家往往根據他們的生活經驗來提煉真誠的文學品質，也在現實社會中體察大眾心靈的悲苦。日治時期臺灣作家以文學作品作為抵抗殖民統治的利器，批判日本統治者、資本家和臺灣傳統地主的多重壓迫。他們站在社會弱小者的立場，筆伐殖民體制之下的政治迫害、人權摧殘與經濟剝削。如賴和的〈一桿「稱仔」〉、〈蛇先生〉，楊逵的〈送報伕〉，蔡秋桐的〈四兩仔土〉，楊守愚的〈凶年不免於死亡〉，呂赫若的〈牛車〉，這些小說不只保存臺灣同胞掙扎奮鬥的紀錄，還鼓舞臺灣民眾掙脫壓制與剝削的枷鎖，進而尋求「政治的、經濟的、社會的」自由解放。

臺灣從五〇、六〇年代以迄於七〇年代初，由於政治戒嚴、黨禁、報禁，使言論自由的尺度頗為緊縮。七〇年代以後，緊縮的政治開始鬆動，言論尺度較從前開放，加上隨著寫實主義的盛行，出現了具批判、抗議精神的政治主題。進入八〇年代以後，隨著政治解嚴，黨禁、報禁解除，及開放人民赴大陸探親等一連串的政治改革，使得政治主題發揮的空間更加寬廣，文學充分發揮政治社會的功能，貫串歷史背景的小說、見證政治事件的作品也紛紛出籠。

貫串歷史背景的小說，兼具宏闊的歷史視野與細膩的文學筆觸，作為歷史有力的見證。如鍾肇政的《濁流三部曲》（《濁流》、《萬里江山》、《流雲》），呈現日本推行「皇民化運動」到光復後這段鬥爭歷史的縮影。另一部《臺灣人三部曲》（《沉淪》、《滄溟行》、《插天山之歌》），先描寫陸氏家族從大陸移民到臺灣九座寮莊後的發家過程，經臺灣同胞從武裝革命、非武裝、文化革命的抗爭階段，到日本天皇宣布無條件投降。李喬的《寒夜三部曲》（《寒夜》、《荒村》、《孤燈》），貫串的歷史背景如同《臺灣人三部曲》，內容包括：漢民族到臺灣開疆拓土，殖民時期臺灣民眾抗日的壯烈史蹟，以及第二次世界大戰臺灣民眾所受的悲苦劫難。

見證政治事件的作品中，以二二八事件及白色恐怖的主題最多。如吳濁流的《菠茨坦科長》、

《無花果》，葉石濤的〈三月的媽祖〉，李喬的《埋冤一九四七》、〈泰姆山記〉，林雙不的〈黃素小編年〉，都是描寫二二八的苦難。藍博洲的《幌馬車之歌》，全書以報導文學的角度入手，從真人真事的第一手資料中，去重建二二八事件犧牲者的生命歷程。另外，葉石濤的〈紅鞋子〉，李喬的〈密告者〉，陳映真的〈山路〉、〈鈴鐺花〉、〈趙南棟〉，王拓的《牛肚港的故事》，施明正的〈渴死者〉、〈喝尿者〉，則強調白色恐怖造成社會的荒謬、人性的扭曲。

八〇年代以後的文學題材，緊密掌握時代的脈動，逐一暴露種種政治弊病及社會問題。如黃凡著名的代表作〈賴索〉，譏諷政治的無情與政治人物的善變。余光中的〈拜託，拜託〉，宋澤萊的〈鄉選的兩個小角色〉，李潼的〈屏東姑丈〉，黃凡的〈一個乾淨的地方〉，皆批判選舉風氣的醜惡。李喬的〈「死胎」與我〉、林雙不的〈小喇叭手〉，反映省籍衝突的現象。林雙不的〈筍農林金樹〉，揭露農民收成被剝削的事實。至於江自得的〈咳嗽〉詩，則以咳嗽為意象，力斥生態汙染、核爆威脅、物慾橫流，以及政治權勢的高漲。面對惡質的政治以及敗壞的社會，作家把壓抑已久的不滿與抗議宣洩而出。

在政治、社會運動之外，文學提供了反映現實的另一途徑；也是維持人性尊嚴、救贖人類靈魂的手段。以實踐文學深入社會深層，這種與人、土地以及歷史命運結合的文學，不只可以見聞社會現象、意識形態與時代心聲，同時也可以檢視政治的盛衰良窳。

東門行

漢樂府

出東門，不顧歸。來入門，悵欲悲。

盎中無斗米儲❶，還視架上無懸衣❷。

拔劍東門去，舍中兒母❸牽衣啼：

「他家但願富貴，賤妾與君共餔糜❹。上用蒼浪天故❺，下當用此黃口兒❻。今非！」

「咄❼！行！吾去為遲！白髮時下❽難久居。」

注釋

❶盎中無斗米儲　斗米儲，一斗米的存糧。盎，是一種口小腹大的陶製裝米器具。

❷還視架上無懸衣　還視，回頭看。懸衣，掛著的衣服。

❸兒母　俗稱妻子之辭。

❹餔糜　食粥，指過著清貧的生活。糜，粥也。餔糜，音ㄅㄨ ㄇㄧˊ。

❺上用蒼浪天故　意謂做非法之事，天道不容。用，是因為、為了之意。

❻下當用此黃口兒　意謂看在幼小孩子的分上，請不要做非分之事。黃口兒，即幼兒。

❼咄　呵叱聲。音ㄉㄨㄛˋ。

❽下　脫落。

作者簡介

「樂府」原是西漢官署的名稱。秦及漢初，曾設太樂令，以掌管宗廟音樂。至漢武帝時，為「定郊祀之禮」，在太樂之外，增設樂府，負責制訂樂曲、寫作歌辭、擔任演奏、訓練樂員，以及採集民歌以觀風俗、知得失。後人乃以樂府所採集的民歌，稱曰「樂府」。今存漢樂府民歌以東漢為多，創作形式自由多樣，長短不拘，絕大多數是雜言體或五七言體。思想內容繼承周代民歌現實主義的精神，更廣泛地反映當時的社會生活和人民的思想感情。在中國文學史上，漢樂府民歌標誌著敘事詩更趨成熟的發展階段。宋人郭茂倩編有《樂府詩集》，將樂府詩分為十二類，是收集漢樂府民歌最多的一本著作。

選文評析

東漢由於土地兼併的加劇，造成了小自耕農的大批破產，有的投靠豪強，有的被迫離開土地四處流亡。據《後漢書・安帝紀》的記載：「棄捐舊居，老弱相攜，窮困道路。」可知當時四處流亡的農民饑寒交迫的慘狀。連最基本的民生需求都無法滿足，農民必然心生怨恨，最終引燃暴動，從東漢安帝到靈帝的八十餘年中，農民暴動就近百次之多。漢樂府民歌唱出了貧賤者的深重苦難，透過血淚交織的歌聲保存了這段民不聊生的歷史紀錄。如〈婦病行〉寫病婦的貧寒；〈孤兒行〉寫孤兒的苦楚；而這首〈東門行〉則塑造了一個無飯無衣，被逼得拔劍走上反抗道路的城市貧民形象。

詩一開始「出東門」四句，描繪主人翁進行反抗前的猶豫、徘徊。本來，生活上的走投無路，已使他毅然決然憤而出走，但他對家庭眷戀深厚，不忍放下妻兒又轉回家中；誰知進到家中心情更加悲苦，因為米缸內沒有糧食，衣架上沒有衣服。「盎中無斗米儲，還視架上無懸衣」，正是主人翁覺悟反抗的動力所在。開頭四句各以三字短句表現，音節短促，貼切地勾勒貧民憤懣的神態。

從「拔劍東門去」到「白髮時下難久居」，當主人翁再度決心鋌而走險時，善良的妻子擔心他犯法受戮，於是牽衣啼哭、溫婉勸阻。一則動之以情，表露「他家但願富貴，賤妾與君共餔糜」的堅韌至愛；一則曉以利害，剖析「上用蒼浪天故，下當用此黃口兒」以神明天理、人倫親情來規勸丈夫。切盼多為幼兒著想，貧窮不足掛心，闔家團圓最是可貴。而「今非」，正是妻子否定丈夫非理性衝動行為的最後表白，結束短促的二言，明確點出妻子陳述的目的所在。

性格剛強、富有正義感的主人翁，對生活道路的選擇與善良的妻子截然不同。他清醒地意識到若猶豫不去，老之將至仍一貧如洗，如何養活妻兒，所以他的答覆是：「咄！行！吾去為遲，白髮時下難久居。」「咄」意謂反對妻子的阻撓，和怒斥統治者的剝削。「咄！行！」每句一字，斬釘截鐵，表現出主人翁堅定不移的反抗決心，和義無反顧的英勇氣概。

這首詩通過對話和行動來表現人物性格，寫來有聲有色，活現筆端。其次，句式的參差不齊，形成頓挫有致的節奏，完全符合人物的心理刻劃。語言表現上，樸素自然，融合敘事和抒情。思想內容上，反映了東漢人民悲慘的生活和反抗的精神，是古典詩歌中極少見的激亢寫實之作。

（林秀蓉）

新婚別

杜甫

兔絲附蓬麻，引蔓故不長❶。
嫁女與征夫，不如棄路旁。
結髮為君妻，席不煖君床。
暮婚晨告別，無乃❷太匆忙！
君行雖不遠，守邊赴河陽。
妾身未分明❸，何以拜姑嫜❹？
父母養我時，日夜令我藏❺。
生女有所歸❻，雞狗亦得將❼。
君今往死地，沉痛迫中腸。
誓欲隨君去，形勢反蒼黃❽。
勿為新婚念，努力事戎行❾！
婦人在軍中，兵氣恐不揚❿。

自嗟貧家女，久致羅襦裳⑪。

羅襦不復施⑫，對君洗紅妝。

仰視百鳥飛，大小必雙翔。

人事多錯迕⑬，與君永相望！

注釋

❶兔絲附蓬麻二句　比喻嫁女得不到好依靠。兔絲，蔓生植物，多附著於蓬麻上。

❷無乃　疑問語氣，豈不是。

❸妾身未分明　按古禮規定，女嫁三日，告廟上墳，叫做成婚。婚禮既明，名分始定。現在結婚才一天，婚禮尚未完成。

❹姑嫜　即婆婆和公公。

❺藏　古禮，閨女不外出亂走。

❻歸　女子出嫁曰歸。

❼雞狗亦得將　即「嫁雞隨雞，嫁狗隨狗」之意。

❽蒼黃　形容形勢翻覆多變。《墨子．所染篇》：「見染絲者而嘆曰：染於蒼則蒼，染於黃則黃。」

❾戎行　意即行伍、軍隊。行，音ㄏㄤˊ。

❿婦人在軍中二句　謂婦女不宜在軍隊裡，恐怕士兵作戰精神不振。《漢書．李陵傳》李陵曰：「我士氣少衰

而不鼓起者，何也？軍中豈有女子乎？搜得皆斬之。」

⓫久致羅襦裳　意謂娘家貧窮，出嫁衣服是好久才置辦齊全的。致，備辦。襦，短衣。

⓬施　穿著。

⓭錯迕　意即不如意。迕，音ㄨˇ。

作者簡介

見「文學中的友情」選文杜甫〈贈衛八處士〉作者簡介。

選文評析

綿延八年的安史之亂（西元七五五～七六三年），有如盛唐的一場惡夢，原本大好昇平換來兵戈擾攘。唐肅宗乾元二年（西元七五九年），杜甫貶任為華州（陝西華縣）司功參軍，任後曾回河南，在往返途中親眼目睹官吏徵兵調民、老百姓生離死別的慘劇，因而寫下了「三吏」（〈石壕吏〉、〈新安吏〉、〈潼關吏〉）、「三別」（〈新婚別〉、〈垂老別〉、〈無家別〉），表達了詩人對老百姓的深切同情和對戰爭的痛恨。

〈新婚別〉是一個新婚少婦對征夫的臨別之言。全篇採新婚少婦獨白形式，先後用了七個「君」字向征夫傾吐肺腑之言，言語間先是慨歎埋怨，次而心亂如麻，最後勉勵征夫，並向征夫表白自己的忠貞。流露著亂世離情的不捨與悲傷，情感自然而真切。

這首詩大致可分為三個段落。第一段，從「兔絲附蓬麻」到「何以拜姑嫜」，新婚少婦表白暮婚晨別、難託終身的慨歎。少婦對婚姻的期許，本如兔絲附女蘿，盼與君相依相隨，白首偕老；然而「席不煖君床」，新婚的喜樂何其短暫，隔天一早即面臨生離死別的哀痛，因為夫君就要遠赴河陽守邊，存亡堪憂，聚合難期。「不如棄路旁」正道出了女子強烈的埋怨。

第二段，從「父母養我時」到「形勢反蒼黃」，寫新婚少婦對自己境遇的思前顧後，愁緒萬端。當她回想未出嫁時，父母對自己疼愛有加，一如掌上明珠；如今出嫁的隔天，夫君就要往那九死一生的戰場去，怎不令人柔腸寸斷？而面對無可預知的未來，雖曾想隨夫君前往守邊，但又怕婦女在軍中影響士兵作戰士氣。由此刻劃了少婦傷痛欲絕、心亂如麻的矛盾心理，曲折而深刻。

第三段，從「勿為新婚念」到「與君永相望」，寫新婚少婦勉勵夫君並表白忠貞。經過內心一番痛苦的糾葛與思索後，她強壓哀楚，理性的從婚姻憧憬回到生活現實，於是換卻新嫁裳、洗淨脂粉，轉而鼓勵丈夫勿以新婚為念，要滿懷信心與希望，努力從軍、殺敵報國；而自己也會堅貞專一的等待夫君凱旋歸來。總結：「仰視百鳥飛，大小必雙翔。人事多錯迕，與君永相望！」用生死不渝的愛情來堅定丈夫的鬥志，充分顯現夫妻最深摯的情感。

這首詩塑造了一個深明大義的少婦形象，她的不幸遭遇極具感染力量，不只反映出人間的苦難，更是治國者昏庸誤國、社會動亂的折射。

（林秀蓉）

寄鞋

洛夫

間關千里
寄給你一雙布鞋
一封
無字的信
積了四十多年的話
想說無從說
只好一句句
密密縫在鞋底

這些話我偷偷藏了很久
有幾句藏在井邊
有幾句藏在廚房

有幾句藏在枕頭下
有幾句藏在午夜明滅不定的燈火裡
有的風乾了
有的生霉了
有的掉了牙齒
有的長出了青苔
現在一一收集起來
密密縫在鞋底

鞋子也許嫌小一些
我是以心裁量
以童年
以五更的夢裁量
合不合腳是另一回事
請千萬別棄之
若敝屣
四十多年的思念

四十多年的孤寂
全都縫在鞋底

——一九八七年三月二十七日

〈後記〉

好友張拓蕪與表妹沈蓮子自小訂婚，因戰亂在家鄉分手後，天涯海角，不相聞問已逾四十年，近透過海外友人，突接獲表妹寄來親手縫製的布鞋一雙，拓蕪捧著這雙鞋，如捧一封無字而千言萬語盡在其中的家書，不禁涕淚縱橫，欷歔不已。現拓蕪與表妹均已老去，但情之為物，卻是生生世世難以熄滅。本詩乃假借沈蓮子的語氣寫成，故用辭力求淺白。

——《月光房子》

作者簡介

洛夫（西元一九二八～二〇一八年），本名莫洛夫，湖南衡陽人。淡江大學英文系畢業，曾任教於東吳大學外文系，及多所大學客座教授。一九五四年與張默、瘂弦三人共同創辦《創世紀》詩刊，早期為超現實主義詩人，意象繁複濃烈，語言奇詭冷肅。中期以後，化繁複為精警，變尖新為圓熟，常藉日常情境呈現時代感受，以簡勁語言追摹古詩韻味。曾被詩壇稱為「詩魔」，簡政珍稱之為「中國白話文學史上最有成就的詩人」。著有《石室之死亡》、《魔歌》、《眾荷喧嘩》、《釀酒的石頭》、《因為風的緣故》、《愛的辯證》、《漂木》等。

選文評析

每個人的一生都是一個故事，這個故事不論精采與否，總有令人低迴懷念之處。特別是那些被戰爭催逼、飄泊異鄉的軍人，或少小離家客死異鄉，或老來回鄉無家可棲……。洛夫這首〈寄鞋〉詩，透過從大陸來臺的老兵作家張拓蕪的感情故事，牽引出一段男女之愛、故土之情，感人至深，是大時代辛酸苦難的另一章。

全詩以一雙布鞋為意象，為女方傳遞了一段阻隔近半個世紀的思念與孤寂。張拓蕪自幼與表妹沈蓮子指腹為婚，一別四十多年，天涯海角，不相聞問。時移勢改，沈蓮子通過海外友人送給張拓蕪親手製作的一雙布鞋，勾起了這段塵封已久的情事，已然昇華為高貴的情操、生命的光華。

人生聚散各有因緣，張拓蕪與表妹有緣相遇，卻無分結合。回憶四十多年前，他們之間唯有年少的純真，正像詩所說的：「鞋子也許嫌小一些／我是以心裁量／以童年／以五更的夢裁量」的。儘管風雨摧折，霜雪凌遲，處身時流洶湧的波濤裡，伊人仍重然諾，不變的永恆存在於貞定的感情中。這段傳統的婚姻，非但未被時空的變動所沖淡、洗刷，反而越加發酵醇美。「合不合腳是另一回事／請千萬別棄之／若敝屣」，布鞋也許不合穿，心意卻是無比真摯；勸君惜取的情懷，是伊人懇切的叮嚀，深沉的寄望。

詩的第一段，即以一個明喻開始了詩意的營造，把「一雙布鞋」比喻為「一封／無字的信」，千言萬語，可說的不可說的，全都緊密縫在鞋底。詩使用連串排比法，抒發漫長的等待與綿密的思念：「這些話我偷偷藏了很久／有幾句藏在井邊／有幾句藏在廚房／有幾句藏在枕頭下／有幾句藏在午夜明滅不定的燈火裡／有的風乾了／有的生霉了／有的掉了牙齒／有的長出了青苔」，婉約悠遠的情思盎然紙上，頗有往復迴環的韻味。

〈寄鞋〉詩短情長，精緻可喜，是清新動人的小品。張拓蕪讀之情感洶湧波瀾，寫下了情意綿綿的散文〈讀鞋〉，重現這雙布鞋的歷歷往事。無論〈寄鞋〉或〈讀鞋〉，皆充滿故人之愛，共同譜成了一首動人的時代變奏曲。

（林秀蓉）

隨堂心得

一個乾淨的地方

黃　凡

午夜兩點鐘，曾祥林被急促的電話鈴聲從睡夢中喚醒，他迷迷糊糊地聽著話筒中傳來的聲音。「票開出來了，」那聲音彷彿來自一個遙遠的夢境，「我們完了——聽清楚沒有——我們完了！」

完了、完了、完了……他從背後關上門，茫然地注意著面前這條潮溼、陰黯的街道。

孟先生一定會將失敗歸咎於這個見鬼的天氣。好個見鬼的天氣！他縮緊脖子，把半個臉頰埋入圍巾裡。這條圍巾內正泛出一股溫熱的臭味，就像這個城市一樣，到處溼溼粘粘的，同時發出各種腐敗的氣味，當然還有這陣該死的寒風。他小心地閃入騎樓下背風的地方，一面在心裡盤算著：

孟先生有一次告訴他們，低投票率是他的致命傷。低投票率，孟先生說這句話的時候，用手掌作了個砍脖子的動作。這副怪模怪樣，惹得身邊的人笑了起來，孟先生笑得尤其前仰後合。後來他們一再為這句乾杯，當大家都有幾分酒意時，孟先生搖搖晃晃地站起來，宣佈他要去打個電話問問老天爺。他回座時，自然帶來了好消息。於是他們便再為老天爺連乾三杯。投票日那天，保險是個好天氣，孟先生說，可不是氣象局說的，那是老天爺說的。但是老天爺卻一連給他們下了三天雨，到投票日這天，雨勢更大，一直下到晚上，而且氣溫降到十一度，這種見鬼的天氣，誰有辦法把選民從家裡拉出來，就像用幾顆花生米，把猴子騙出洞。猴子？將孟先生的群眾比作猴子，有點不恰當。不過，這個時候，總部那些人大概也正在破口大罵，大罵那些忘恩負義的猴子。再有三千隻他媽的猴子，孟先生就能順利當選。剛剛那個電話好像是這麼說的，三千隻，但他不是說猴子，他說的是三千個王八蛋，對，就是這三個字，孟先生的三千個王八蛋都躲進洞裡，這些王八蛋都躲進洞裡，於是曾祥林一邊走著，一邊在心裡重複著這幾個字。

在接近劉進德總部的那條街口，曾祥林駐足觀望了一下。此際，幾乎隱沒在花圈裡的劉總部正一片燈火通明，劉的十五部宣傳車，排成一列停靠在街道的右側，每輛車的車頭燈都打開著，加上屋簷下刻意掛上的成串電燈泡，使得整條街彷彿就要燃燒起來。

「放鞭炮囉！」傳自劉總部那裡的一聲大吼，把他嚇了一跳。過了幾秒鐘，鞭炮聲便劈劈啪啪地響了起來。曾靠牆站著，為了對抗這陣噪音，一隻手在口袋裡使勁撥弄著幾個銅板。當所有喧嘩聲靜止下來後，他再度探頭瞧進劉總部裡。在煙霧中，他看到一些人影跑來跑去。從另一個街口，一輛黑色轎車急駛而入，幾個人跳下車，大概是來賀喜的，跟著在掌聲中，一個打著鮮紅領帶的小老頭出現在大門口的臺階上。那是劉進德、劉老鼠，孟先生一高興就會伸出手在桌子上作出動物爬行的姿勢，然後說，「那隻小老鼠！」現在，臺階上這兩個人正在猛烈地握著手，曾祥林等著這批人閃入門後，方才縮回脖子，快步穿過街道。

「喂！老曾。」這個聲音使他抬起頭，小心地往那個方向望去。

「不認得我了？」

「哦、哦、我……。」

「這麼晚了，你上哪兒去？」說話的是個長頭髮的年輕人，滿臉粉刺，刻意裝出一種帶著鼻音的怪腔調，使得站在門口的幾個小伙子一起把視線投向曾站立的地方，背著燈光，他看來像個臃腫的老婦人。

「我去——」他低聲說，「收錢。」

「收什麼錢？買票的錢。」又是一陣大笑。

這時，有人插進嘴來。

「吵什麼！」這個人戴著一頂毛線帽，帽沿遮到了眉毛，屋外突然襲來的寒氣，使他用力搓著雙掌，「阿雄，是不是基柄？也該回來了。」

「張先生，」阿雄說，「這位是老曾，他現在去找孟老頭，孟老頭欠他錢。」

「請他進來喝杯熱茶好了，」張先生的視線掠過垂手立於臺階下的曾祥林，固定在街口的某一方向，「怎麼搞的，去了那麼久？」

「謝謝你，張先生，我有事。」曾祥林說。

「有什麼好急的？」阿雄不願放過他，「老曾還沒告訴我們，孟老頭欠他什麼錢？」

門口又聚集了一些人，有幾個端著茶杯，一個和曾有數面之緣的中年人，走下來拍拍他的肩膀。

「老李，」張先生收回視線，對臺階下那個人呼了一口氣，「讓他走算了。」隨後，走進屋裡。

「沒這麼便宜，」阿雄說，「這小子替孟老頭跑腿，他媽的——居然動我那一區的腦筋。」

「我沒有，」曾有點生氣，「你講不講理？」

「張先生知道的，我那些可都是鐵票，你一張都沒弄到，」他故意提高聲音，同時環目四顧，「乖！告訴我們，你去收什麼錢？」

「我去跟孟先生收——」一陣寒意從腳底上升，曾挪動一下位置，「收——印傳單的錢。」

「我的天！那些傳單原來是你印的，怪不得……。」他在尋找一個字眼，但是寒風和無趣使那些瞧熱鬧的，一個個進入屋裡，「這個時候，你還敢去跟孟老頭收錢。你真蠢——啊，老曾。」

去你媽的！曾祥林低聲咒罵著，走出這條街。

●

黑暗再度降臨，曾祥林把圍巾拉高了些，這樣舒服多了。他的呼吸變得潮溼而沉重，過了一會兒，連額頭都溫暖了起來。便加快步伐，一邊用眼角瞟著身邊急速後退的建築物，除了偶爾從厚厚窗帘裡洩漏出來的光芒外，什麼也沒有。一輛小轎車自他身後無聲無息地衝上來，然後消失在黑沉沉的街口，丟下了一陣該死的強風，他舉起手抓著被飄起的圍巾。那輛車子好像坐滿了人，但這個時候，除了跟選舉有關的，大概沒有什麼人願意到大街上閒盪。

選舉，這兩個字使他突然地感到一陣萎縮，凡是和這兩個字有關的一切事物，都會發生變化，在這陣熱潮過後，許多東西都不一樣了。他不知道自己為什麼要跑這麼一趟，但他有把握，他絕不是去向孟先生要錢的。錢、錢、錢，這真是個卑鄙的字眼，孟先生大概花了不少錢，劉老鼠花得更凶。當那個決定性的夜晚，他看到孟先生腋下夾了個帆布袋，蹣跚地走進總部，那袋子裡就裝滿了那個東西，孟先生把成捆的鈔票，像倒出一把玻璃彈珠，倒在辦公桌上，卻仍沒引起多大注意，那不再是錢，那是種奇怪、曖昧的混合物。孟先生隨手抓了把這東西，丟給坐在牆角的一個小伙子，那個小伙子看都不看，就把鈔票塞進風衣裡，然後朝孟先生點點頭，快步走出門。這時候，他看到孟先生臉上出現了一副僵硬的笑容，在頭上強烈的燈光下，這個笑容把孟先生整個臉撕裂了。

總部附近整整兩條街就貼滿了孟先生僵硬的笑容，安全島和人行道上則插滿了孟先生的黃色旗子和標語牌。曾祥林小心地穿過這些風吹雨淋後的旗子和濺滿泥巴的標語牌，再跨過幾處小水坑，屋簷下那盞小水銀燈，使得這些水坑彷彿泛著螢光。那幾天，雨下個不停的時候，路面積滿了水，總部裡好像什麼都溼了。西裝筆挺的孟先生在爬上宣傳車之前先得捲起褲管，替他撐傘的那個人背部都溼透了，那是他弟弟。到了晚間，屋簷下的幾盞大燈一起打開，孟先生的巨幅畫像和門前的小水坑都看得一清二楚，水坑上還漂浮著一層褐色的泥沙，這些泥沙來自總部旁的一處工地——華林大廈，孟先生在那裡也有股份，競選活動開始後，那些工人就不再敲敲打打了。他們隨工頭過來這邊幹些粗活，搭看臺是他們的專長，偶爾也隨著宣傳車散發傳單，喜歡亂翻東西，滿嘴粗話，把檳榔汁吐得到處都是，總部裡的人，沒有一個喜歡他們。現在曾祥林站在總部門口，他把圍巾拉下來，張開嘴用力吸了幾口新鮮空氣，然後抬起手，敲了門。

「誰？誰呀？」裡面的人說。

「是我，曾祥林。」

過了半晌，那個人才來開門。

「你來幹嘛？」這個人說，他迅速地轉過身，弓起背好像抵擋突然竄入的寒風。屋裡另外坐了三個人，幾張辦公桌併在一起，桌上擺著兩瓶酒，一包空香煙盒子，和煙蒂滿了出來的煙灰缸。

「小裴打電話給我，小裴呢？」

「他走了，」開門的那個人把兩隻腳擱在辦公桌上，瞪著曾，「把煙也帶走了，老曾，你有煙嗎？」

他把一包煙丟在桌上。

「趙先生，你們都在幹嘛？」

「喝酒。」趙先生說，他是個中年人，半瞇起眼睛，靠牆坐著，在他身後隱隱露出半張臺北市區圖。

「坐著等天亮，」另外一個說，「還不到十一點票就開出來。」

「可是小裴直到兩點才給我電話。」曾祥林坐下來，學他們把腳擱桌上。

「你把桌子弄溼了。」第三個人說，他是個年輕人，留著一小撮鬍子，歪打著領帶，「我等一下還要躺在上面睡覺呢。」

「這邊有紙，」趙先生扔過來一把宣傳單，「擦擦鞋子。」

「小裴一直找你，你到哪兒去了？」年輕人問。

「我睡著了，我那區的票箱十點就開出來，我回家在沙發上躺了一下，不想卻睡著了。」

他睡著了，睡得很熟，而且還作了個夢。他夢見自己正在高速公路上發狂地奔跑，後面追著一輛警車。當他醒來時，那陣警笛竟然變成了電話鈴聲。

「這邊沒什麼事，你犯不著跑這麼一趟，」趙先生說，「來，喝杯酒。」

他端起杯子，喝了一口氣，再喝第二口。

「其他人呢，」他偏過頭問年輕人，「阿森，你怎麼還在這裡？」

「幾個回家睡覺，幾個去老張家裡打牌，其他人我不知道，」阿森叼著一根煙，同時玩著打火機，「我要留下來看看。」

「看什麼？看個鳥，」開門的那個人說，但沒有惡意，「你覺得很有趣？」

「我得寫一篇報告，」阿森說，「說好說歹，我都得寫點東西，報社不是花錢雇我來玩的。」

「你找錯人了，」趙先生站起來，伸了個懶腰，「你說待在劉老鼠那裡。」

「我怎麼知道誰會當選，何況我跟孟先生是忘年之交，」阿森答道，「劉老鼠那個傢伙沒有理想，十足的政客。」

「你怎麼不在報紙上寫，放馬後炮有什麼用？」一直不講話的那個人說。

「馬後炮，老秦你懂什麼？」

「事母至孝，八十老娘扶杖助選，什麼東西！」

「那不是我寫的，」阿森嘆了口氣，「說什麼孟先生都不該脫黨競選。」

「現在說這些又有什麼用，」趙先生說，「孟先生有理想，劉老鼠沒有。」

三個人都沉默了，曾祥林又倒了杯酒，發出一些聲音。

「太亮了，」他問，「好刺眼，我關掉這盞燈好不好？」

沒人理他。

「理想，我同意孟先生有許多理想。但這是選舉，選舉有選舉的遊戲規則，孟先生犯了個錯誤，他不該存心教育選民。」

「你為什麼不在報紙上這麼寫，」趙先生譏諷地說，「孟先生看錯你了。」

「說什麼我都不會這樣寫，我只負責將孟先生各區的得票率作個統計，很簡單的分析，」阿森說，「假如孟先生當選的話，我可就麻煩了，我現在大概還在報社裡埋頭苦幹。」

「假如孟先生當選的話，你怎麼說？」老秦問。

「我不知道，那要看情形。」

「看情形、看情形，」趙先生說，「這年頭最流行的話就是看情形。」

「那有什麼不對，」阿森又點起一根煙，回頭對曾祥林說：「你這包煙來得正是時候。」

曾祥林友善地點點頭，他覺得阿森這個人看來不錯，這個糟糕的時候還能待在這裡。然後，他站起來，走向洗手間，當他回座時，阿森正瞧著牆上掛著的圖片，那些東西都有一個特點，就是圖片裡的每一個人都咧開嘴笑著。

「老曾，」阿森突然轉過身，伸出手攔住他，「你今年幾歲了？」

這麼奇怪的問題，使曾祥林發了一下楞，他下意識地望望屋裡的其他人：開門的那個人閉著眼睛好像睡著了，趙先生正在瞧著自己握著酒杯的手，老秦則在無聊地摺著一隻紙飛機。

「我卅五，怎麼了？」

「孟先生呢，他大概有五十四了罷？」

「差不多。」

「那他只能再來這麼一次。候選人越來越年輕，你等著瞧好了，老曾，下次孟先生的對手，極可能是些乳臭未乾的毛頭小夥子。」

「我不知道，孟先生很可能……。」

「我很清楚，」阿森說，「選舉這種東西，碰都碰不得，任何人只要沾上一點邊，立刻就陷身其中。我敢打賭孟先生下次還會再來，但他的對手將會是林敦義那群小鬼。劉老鼠幹完這一任就差不多了，他會巴結個政務官作，劉老鼠這個人精明得很。」

「這些都是廢話，」趙先生舉起酒杯朝這邊揚了揚，「不管怎麼說，我們敗了，敗得很慘。」

這句話使阿森住口不言，他把視線移向秦，秦朝他笑了笑，舉起手射出手上的紙飛機，那飛機以一種奇異的弧度在室內繞了兩圈，最後落在趙先生面前。趙先生伸出手。

「理想不值半毛錢，」掌上的飛機被他搓成一團，扔到辦公桌下，「給劉老鼠跑腿的那些傢伙都是些癟三、混混。」

「混混也比我們神氣，」曾祥林說，「你們知道那個阿雄，那個王八蛋。」

「卑鄙的小人，」阿森說，「一到選舉，這種人就從地底下冒出來。」

「要當選只有靠這些人，」秦說，「孟先生不該把希望寄託在知識分子上。」

「知識分子，」趙先生說，「呸！知識分子。」

「知識分子喜歡刺激的政見，」阿森說：「看看林那個小鬼使他們樂不可支的樣子。」

「他當選了沒有？」曾祥林問。

「那還用講，」阿森說，「他一直攻擊黨。」

「那麼孟先生呢？他攻不攻擊黨？」

「他不攻擊，他批評，他是個溫和改革派，」趙先生放下酒杯，「黨沒有給他提名，他也毫無怨言了。」

「他應該激烈一點，」阿森坐下，再點起一根煙，「我是就事論事，他應該就黨沒有給他提名這件事，表現得激烈一點，他老是逢人就說，他這把年紀再不出來，就沒機會。他不該裝出一副可憐相。」

「孟先生哪有裝出一副可憐相！」曾祥林抗議。

「我是就事論事，如果孟先生態度堅決一點，如果他說：『黨錯了！』黨沒有提他名，根本就是對不起他。那麼單憑這句話，他至少可以多得五千票，比當選所需票數還多兩千票，想想看……。」

「如果這樣，我們就不會像呆鳥一樣坐在這裡等天亮，」老秦舔舔嘴唇，「孟先生要是當選，我一定醉他個人事不省。」

「醉臥美人膝，醒掌天下權，」趙先生說，「老秦啊，你滿腦子就想這個。」

「孟先生不會這樣想，」曾祥林說，「他常常說，他錢也賺夠了，享受也享受夠了，他有責任出來替老百姓作點事，他只是運氣不好罷了。」

「運氣不好？老曾，笨蛋才把什麼都歸之運氣。」

這句話彷彿是今天所有問題的結論，他們不再說話。曾祥林的視線在屋子裡繞了一圈，最後停在阿森夾著煙頭的手指。那根手指沾滿了藍色的墨跡，每抽一口，那些墨跡就似乎擴大一點。曾祥林一直等到阿森把香煙彈掉，才說：

「我想去孟先生家裡。」

他等著他們開口，但屋裡靜寂無聲。

「我想去孟先生家裡。」他又重複了一遍。

仍然沒有人回答。他走出門的時候，阿森卻跟了出來。

「我跟你一道去。」他低聲說。

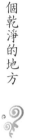

他們走進黑暗裡。

●

孟先生家離總部有一段距離。他們穿過幾處有地下道的十字路口。地下道進出口都張貼著候選人印刷精美的海報，還在閃亮著的紅綠燈，使海報上的這些臉孔變幻不定，像鳳凰歌廳看板上掛的那些人像。「好冷，」阿森說，「這些風颳得跟刀子一樣。」

他穿著一件黑色厚呢夾克，戴一副深度眼鏡，鏡片上浮著白白的霧氣。

「你應該繫條圍巾，」曾祥林說，「結婚了沒有？」

「結婚了，有兩個孩子。」

「實在看不出來，當記者太太一定很辛苦。」

「還用說嘛，你呢？」

「還沒呢，我太忙了，印刷廠每天有忙不完的事。」

他結過一次婚，但沒有必要提起那件事，那個女人帶走了他一些錢，並且在什麼地方替別人養了個孩子。

「你跟孟先生怎麼認識的，是不是替他印東西？」

「兩年前，我開始印他的書，第一本是《生存與競爭》。」

「那是他最好的一本書，後來他就隨便寫了。」

孟先生的家就要到了，阿森停下腳步，面對一堵牆，背著曾祥林點上一支煙。

他們繼續上路時，曾祥林問：

「他為什麼隨便寫？」

「他出了名之後，就不甘心安安穩穩地坐辦公桌，當教授！」阿森說，「那一陣子，他寫了很多文章，參加座談會，還上電視節目，他有野心。」

「你怎麼說他隨便寫？」

「一個人有了野心之後，寫的東西就會不大一樣，而且他跟章之江那批人混在一起。」

「章之江是誰？」

「都是些世家子弟，關係好，滿肚子草包，我討厭這幫人，生活優裕，作官簡單，只會成群結黨到處湊熱鬧。」

「孟先生不該跟他們鬼混，」他不了解，但是他同意阿森的看法，「孟先生有理想，他們沒有。」

●

孟先生家到了，那是一棟夾在五層公寓間的花園洋房，門口的路燈下，停著幾部汽車，電線桿上貼著幾張孟先生的海報，但圍牆上卻乾乾淨淨的。客廳裡的燈還亮著，他們按了電鈴。

應門的是孟家的女傭人，臉無表情。

「孟先生在嗎？」

「都在客廳裡。」客廳裡散散亂亂地坐了五六個人，都在抽著煙。

「你們坐。」孟先生抬起頭看了他們一眼，立刻又陷入沉思之中。

「王律師、總幹事、蔡先生、何先生，你們都在。」曾祥林說。

「這麼晚了，你們來幹嘛？」

說話的是王律師，他是個中年人，戴一副金邊眼鏡，兩頰瘦削，頭上塗著厚厚的髮油，但很

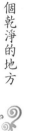

凌亂。他打了個呵欠，嘴巴張得大大的。在他右手邊的茶几擺著幾個卷宗夾。不說話時候，就抽出來隨意翻翻，偶爾從眼鏡後，懷疑地打量著別人。

「我們剛從總部來。」阿森回答。他交叉著腿，兩手捧著熱茶杯。這些人的情緒好像完全跟他無關。他的視線在每個人的臉上移動，最後停在孟先生的臉上。

這位擁有外國學位和幾種頭銜的名人，此刻正緊皺著雙眉，臉色灰敗地蜷縮在那張大沙發裡。那襲名師裁剪的西裝全走了樣，白色絲質襯衫領子上有一塊顯明的汗跡，西裝大口袋則露出半截鮮紅領帶。

「總部怎麼樣？」總幹事問，他是孟先生的弟弟，身材高大，臉型粗糙，說話的聲音和有氣無力的動作像隻洩了氣的玩具熊，深埋在孟先生對面的一張沙發裡。

「那邊還有三個人，老趙、秦先生……。」

「他們在幹嘛？」

「喝酒。」曾祥林答道。這個時候，最應該把自己灌醉的是孟先生，他不該清醒地面對這一生最大的挫敗，曾祥林想，就像我，美梅離開後，我簡直崩潰了，不喝酒就沒辦法面對自己。

「媽的，」總幹事低低地咒罵了一聲，「這個時候還有心情喝酒，怪不得會壞事。」

「可不是嘛！」蔡先生點頭同意，「他們只會想辦法從孟老身上搞錢，躲起來喝酒，誰認真去拉票了。」

「老秦這傢伙對他那一區一點把握都沒有，卻跟孟先生要了廿萬，拍胸脯保證負責一千票，」

何先生接著說，「結果呢？一百廿票，真他媽的，一百廿票！」

這些煽動的話使那隻玩具熊再度充了氣，他試著站起來，但這個動作太費力了，掙扎了一陣後，他把臉向曾祥林。

「告訴我，」他的兩隻小眼睛閃動著懷疑的光芒，「老曾，你來幹嘛？」

「我來看看孟先生，」曾求助地望著那個方向，但孟先生好像也有同樣的疑問。他的沉默使他弟弟的敵意更為明顯。

「不是來要錢？你以為我哥哥會賴掉你那筆小錢？」

「我沒那個意思。」

「阿森，你呢？你來看好戲是吧？也許你還可以寫篇報導給你那個沒幾人讀的小報紙，叫什麼『落選者的一夜』，逗逗你那些白癡讀者。」

這種攻擊毫無必要，曾祥林想，平常時候，阿森一定會找出一大堆話來回敬，譬如這麼一句「我從不打落水狗」，但這樣的話未免惡毒了一點。大家都不喜歡孟先生的弟弟，那個跋扈、勢利的傢伙，任何芝麻小事都要斤斤計較，不過他的報應也很迅速，他比別人更快嘗到失敗的滋味，而且失望不下於他哥哥。

「阿森不是這種人。」曾祥林插嘴。

「誰問你了？」總幹事的怒意繼續增高，他幾乎用吼地說：「我哥哥瞎了眼，用的盡是些笨蛋！」

這句話顯然得罪了在場所有的人，客廳裡隨即靜默下來，總幹事環顧四周，最後不安地把視線投向他哥哥。

終於孟先生說話了。

「大家不要吵，」聲音沙啞，像壞了嗓子，「這次選舉失利，我個人要負所有責任。」

曾祥林和阿森對望一眼，他們都有點替孟先生感到難過。

「不，孟老，」王律師說：「我們都有責任。」

「孟老的聲望和為人沒有話說，」蔡先生說：「問題是除了王先生，大家都缺乏實際的選舉經驗。」

「經驗固然重要，」總幹事接著說，「但最大的問題在於選民，選民的程度不夠，一個下三濫的劉老鼠，就將他們哄得團團轉。」

「劉老鼠這個馬屁精，逢人便鞠個日本式的躬，我沒見他腰幹挺直過，」何先生說，「這種人當選是民主政治的不幸。」

「劉老鼠跟黨的關係比我好，」孟先生嘆了一口氣，「他又擅長見風轉舵，而我不會，黨裡有些人對我不滿，打算落井下石，我已經心灰意冷。」

這話使大家面面相覷，女傭人這當兒走進來，她把手上的熱水瓶放在茶几上，發出一陣撞擊聲。

等女傭人離開後，總幹事終於掙扎著站了起來，走向孟先生，準備替他點煙。總幹事長得實在高大，曾祥林覺得眼前掠過一片陰影。
火光閃了一下後，他鄭重地說，「事情尚有可為。」
這幾個字引起了阿森的興趣，他換了坐姿，手支著頭。
「孟先生這次雖以最高票落選，但孟老的風度、談吐、學術、理想都給老百姓留下深刻的印象，」王律師坐正了姿勢，目不轉睛地注視著孟先生，「四年後，孟老如不當選，我王某人把頭顱奉上，」歇了一口氣，他轉向大家，激動地問，「你們說呢？」
每個人都點頭。
孟先生一一觀察所有人表情後，嘆了一口氣搖搖頭說：「我已經灰心透頂，我把心都掏出來了，但是黨和老百姓都不能了解，他們認為我提出的『團結和諧』根本不是政見，那什麼才是政見呢？王老弟，我什麼地方錯了？」
「孟老一點都沒錯，錯的是整個提名制度，」王律師回答：「剛剛我、總幹事和蔡何兩位先生，我們檢討了一下，大家認為問題出在準備工作沒作好，里、鄰長的基層關係不夠。現在，只等孟老您一句話，大家立刻開始準備四年後的選舉。」
孟先生站起來，背著手，慢慢踱到窗口，每個人的視線都跟著他，過了一會兒，他突然回過頭對靠牆坐著正在挖鼻孔的曾祥林說：
「老曾，你認為呢？」
曾祥林給嚇了一跳。

「我，我……我想……。」他結結巴巴地說。

「慢點講，沒關係。」

「我想——孟先生這次落選，」他大聲說，「是下大雨的緣故。」

這是誰都料想不到的答案，連曾祥林自已都覺得不好意思，他紅著臉，歉然地望著孟先生。

「嗯——」阿森小聲說，像是自言自語，「下雨影響投票率。」

曾祥林投過來感激的一瞥，但孟先生這時候又開了口。

「老曾說的話最有道理，」他頻頻點著頭，「我當初就預料到，低投票率是我的致命傷，更何況一連下了三天三夜的雨。」

蒼白的臉逐漸恢復血色後，孟先生猶疑了一下，坐回沙發上。

「敗給劉老鼠這種選棍，是我生平最大的恥辱，」他喝了一口茶，他的喉嚨很難過，「我孟某人有美國大學碩士學位，劉老鼠呢，他的文憑是花錢從日本買來。我有理想，他沒有，我有從政智識，他只懂人際關係，我怎能敗給這種人？」

這些話真是擲地有聲，客廳裡頓時沉寂下來，曾祥林彷彿又看到了政見發表會上那個意氣風發、侃侃而談、風度折人的孟教授。

「那孟老的意思是——」過了半晌，王律師小心地問，「決定東山再起？」

「不錯，」孟先生一字一頓地說，「我決定東——山——再——起——。」

爆起一陣掌聲，曾祥林把雙掌都拍紅了。客廳裡所有人都起立，信心恢復。總幹事提議大家為此痛飲一杯。

「立群，」孟先生叫總幹事的名字，「去把我那瓶六二年的白蘭地拿出來。」

他們舉杯祝福孟先生後，王律師看看手錶，對孟先生說：「我聯絡的電視記者大概快到了。」

「什麼電視記者，你說什麼？」

「是這樣的，我料到敗給劉老鼠這種人，孟老是絕對不會服氣的，所以我找到在電視臺工作的朋友，正好他們有個『落選人的話』的專輯，明天新聞節目播出，我想這對重建孟老的形象幫助很大，因此就擅自作主！」

「老弟，你想的真周到，」孟先生拍王律師的肩膀，「可是，我要講些什麼呢？」

「蔡先生已經把稿子擬好，他的文筆我們信得過。」

「啊！你們什麼時候預備的？」

「在到孟老公館的途中。」王律師得意地說。

蔡先生雙手奉上演講稿，亂了一陣的客廳又恢復了秩序。在孟先生讀稿的當兒，阿森和曾祥林舉杯互祝。

「這酒不錯，」阿森低聲說，「我們乘機大喝一陣。」

當電鈴響起時，他倆已經喝得滿臉通紅，他們把沙發空下來，移坐到牆角兩張小凳子上。

「那個傢伙來了。」

「誰？」曾祥林問。

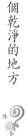

「你忘了，王律師的朋友。」

「他的朋友來幹嘛？」

「他們是電視臺記者，來作個節目。」

王律師帶著兩位記者進入客廳。

「真是抱歉，打擾兩位的睡眠。」握完手後，孟先生說。

「哪裡的話，」高個子記者說，「我們剛從劉委員那邊過來，那裡熱鬧得很，擠滿了人。」

另一位扛著攝影機的記者，開始繞著客廳選角度，訪問就要開始了，每個人都不自禁地整理著儀容。

「進德兄嘛，」孟先生把臉孔對準鏡頭，沉吟著說，「首先，我恭賀他當選，他是個學識淵博、急公好義的候選人……。」

「對不起，教授，」記者打斷他的話，「我們還沒開始呢。」

趁著這多出的幾分鐘，總幹事趕緊趨前作最後佈置，對這一套，他倒是駕輕就熟的。他請孟先生端坐長沙發正中央，再把一盆菊花擺放在右後方，然後拉直孟先生的領帶，同時輕聲說：

「微笑、大哥、微笑，就是這樣……你現在面對的是上百萬的觀眾，你並沒有落選，你只是當選時間延後四年而已，對，就是這樣，微笑一下……。」

把這一番情景全看在眼裡的曾祥林，用手肘輕推了身旁的阿森一下，說：

「你瞧，孟先生真有政治家的風度，他居然還祝賀劉老鼠當選。」

「這不叫風度，這叫……。」阿森想找個適當的形容詞，但訪問已經開始。

打扮得有如勝利者的孟先生，昂著頭，兩眼緊盯著鏡頭，以不卑不亢的聲調說：

「諸位親愛的父老兄弟姐妹們，我是孟子毅，雖然這次競選失利，但我仍然稱自己為『光榮的落選』，為什麼這樣說呢？因為能參加這次競選，對我個人而言，是畢生最難忘、最光榮的經驗。更重要的是，這次選舉中，我們的大有為政府，可以說是完全做到了公平、公開、公正的大原則，人人踴躍投票，候選人盡力而為，選舉期間更是一團和氣、謙恭禮讓，在在都顯示出臺灣民主政治的大進步，國民民主認識的大提高。」

說到這裡，孟先生停頓了一下，他感到胃裡有些不舒服，大概是那杯酒的緣故。等這陣噁心過後，他繼續說：

「不過，在這次競選中，我犯了極為嚴重的錯誤，我應該自責的是：我不該不聽黨的勸告，脫黨競選。黨的提名縱有缺失，但作為一名忠貞黨員，作為一名三民主義的信徒，除了服從之外，絕不能再有其他的想法，我錯了！我錯了！這次競選失敗，對我是個無比寶貴的教訓，而為了瞻望未來，為了對國家民族有更大的貢獻，我一定要記取這次教訓，勇於認錯，繼續不停地要求自己、鞭策自己、充實自己，以報答各位父老兄弟姐妹們的厚愛。謝謝，非常謝謝。」

再度爆地一陣更熱烈的掌聲。訪問錄影結束了，大家都很滿意。滿頭大汗的孟先生替兩位記者倒了酒，但被拒絕了。他們告訴他還要到另一個地方去。孟先生了解地點點頭，約好過幾天請吃飯後，便親自送他們出門。

「再見！」

「再見！」目送電視臺採訪車離去，孟先生轉過身，往房子裡走。遠遠從城裡某處傳來斷斷續續的鞭炮聲，使他迷惘了幾秒鐘，當他恢復意識時，他感到喉頭傳來一陣可怕的乾渴。

「大家進屋子裡，」孟先生快步走進門，「把那瓶酒喝完。」

●

曙光出現時，兩個人搖搖晃晃地離開孟公館。

曾祥林搭著阿森的肩膀，一邊打著酒嗝。

「天亮得好快，」他說，「我們現在去哪裡？」

「我不知道，你說呢？」

「吃早點去，那邊有一家豆漿店。」

他們經過那家店時，阿森站在門口瞧了一會，然後搖搖頭，拉著他的同伴走開。

「怎麼回事？」

「我們找一個門口沒有貼競選海報看板、宣傳車的地方。」

「有這種地方嗎？」

「我想……」阿森沉思著，「找找看，應該有這種乾淨的地方罷。」

——《都市生活》

作者簡介

黃凡（西元一九五〇年～），本名黃孝忠，臺北市人。中原理工學院工業工程系畢業。民國六十八年以小說〈賴索〉在時報文學獎脫穎而出。作品題材可大別為政治、都市、科幻三大類，能挖掘人性的多重層面，並敢於道人所未道，觸及社會敏感問題。在八〇年代新興文學潮流中，獨樹一幟。出版小說《賴索》、《慈悲的滋味》、《躁鬱的國家》、《寵物》等。

選文評析

臺灣每逢選舉期間，各種選舉的技倆無所不用其極，買票賄選、黑道介入、惡意栽贓、抹黑攻訐，時有傳聞。臺灣選舉文化低落的現象，真是令人不勝寒心。本篇小說乃透過孟子毅、劉進德的競選過程，批判臺灣選舉文化的惡質生態，並反映群眾的非理性。

孟子毅原本是位大學教授，富從政知識與抱負。參加競選後的形象，走溫和改革路線，雖未獲提名也不攻擊黨，並揭示「團結和諧」的政治理想。誰知政治理想不值半毛錢，不諳選舉遊戲規則的孟子毅，敗給選棍劉進德三千票，成捆成袋的鈔票付諸流水。至於劉進德是個沒有理想的政客，黨政關係良好；不只擅長見風轉舵，也是善於巴結政務官的馬屁精。他以「事母至孝，八十老娘扶杖助選」的競選策略，不只搏取認同也騙取同情票，可見選舉格調之低落。

文中有一段發人省思的話語：「選舉，……凡是和這兩個字有關的一切事物，都會發生變化，在這陣熱潮過後，許多東西都不一樣了。」在瘋狂的選情報導中，候選人和選民如何保持清醒，理性的勿被捲入激戰的漩渦中，並能真正回歸民主選舉重視的主軸，才是全民再教育的重點。全篇小說刻意描繪選情風貌，如大街小巷貼滿候選人相片、插滿競選旗子和標語牌，既髒亂又熱鬧的景象。也寫到選情怪現象：如「成捆的鈔票……那不再是錢，那是種奇怪、曖昧的混合物。」「一到選舉，這種人（卑鄙的小人）就從地底下冒出來。」作者以「一個乾淨的地方」作為篇名，相當具有反諷的作用。

（林秀蓉）

筍農林金樹

林雙不

在暗夜裡醒來的林金樹，不必偏頭看窗外的天色，也不必開燈看壁上的老鐘，就知道這是他應該起床的時刻。這兩、三年來，他都習慣在這個固定的時刻起床。因為坐落於小村東側公墓旁的蘆筍田，也固定地在等著他。

然而這天，當林金樹睜開眼睛時，一陣熟悉的厭倦又湧上心頭，迅速擴散到四肢，幾乎使得林金樹閉眼再睡。林金樹摸黑起床，是為了趕在筍頭變綠之前挖起蘆筍；筍頭暴露在強烈的陽光下，很快就會由白轉綠，不合農會收購的標準。前兩年，林金樹非常喜歡和太陽比早，那時，蘆筍直接賣給小販，價錢很好，村子裡的人都說挖筍如同挖黃金。大約半年前，政府規定蘆筍開始由農會統一收購，林金樹就慢慢厭倦了。想到這些，林金樹果然再度閉上眼睛，翻身面牆，準備繼續再睡。

不過，一面對牆壁，林金樹立刻想起長子明發，想起自己強烈的心願。退伍以後的明發在三百公里外的北臺灣大城當油漆工，建築商大量建造販厝，明發就受雇油漆販厝的牆壁。明發應該結婚了，林金樹早就體認到這個需要，同時極為渴望未來的媳婦早點生個男孩，接續林家的香煙，可是結婚要花一大筆錢，這筆錢林金樹卻拿不出來。林金樹和太太耕種六分地，養四個兒子，老大、老二國民學校畢業就出外學手藝，老大是能賺點錢了，但也不多；老二還在當兵，兩個小的繼續唸中學。有出的，沒有進的，一家生活很勉強，哪有多餘的錢？後來臺灣島食品罐頭的外銷市場擴大，蘆筍價格突漲，林金樹在公墓旁的兩分地上種了蘆筍，開始生產後，存了點錢，林金樹漸漸才有信心讓明發娶親，便拜託小村的媒婆阿狗嫂幫忙留意，看看有沒有願意共同吃苦打拼的農家女；也把自己的想法告訴明發，明發沒有答話，看樣子是同意了。如果一切順利的話，說不定頂多再過兩年就可以抱孫子了。但是，蘆筍忽然改由農會收購，收入大減，林金樹的存款就凍結住了。不過，林金樹總是提醒自己，無論如何，在比較上蘆筍是目前收益最好的作物，還是應該挖，不挖就沒有希望，繼續挖，說不定哪一天，情況又改善了。

「不能厭倦，要忍耐！」

林金樹一面想著，一面下了床。太太一動不動，似乎還睡著。這一陣子太太身體經常不舒服，熬不住，去西藥房打了好幾針，恐怕是種田太勞累了。林金樹怕吵醒她，走出房門時，輕輕帶上老舊的門扇。

林金樹走到屋後的水井旁，舀了一桶水洗去眼角的目屎膏，然後從廚房裡牽出腳踏車，在後架綁上一個大米籃，在左右把手各掛上一個小筐子，最後把挖筍用的小鐵鏟放進右邊的筐子裡，便跨上腳踏車，往小村東側踩踏而去。踩動腳踏車的踏板時，肚子有點餓。如果太太好好的，可以起床煮蕃藷——林金樹想著，猛吞了幾口口水。

抵達蘆筍田時，天色仍未濛亮，但已可勉勉強強看清筍田的壠頭和溝底。溝底乾乾淨淨，不生一根雜草，因為林金樹幾乎一有空就在筍田摸捏；壠頭是一棵棵墨綠的蘆筍叢。即使在灰冥的天色下，林金樹依舊能感覺出筍田旺盛的生機。村子裡的人都稱讚林金樹勤快會整理，公認林金樹這兩分地是全村最好的蘆筍田。林金樹想到村人的讚美，不禁微微笑了。憑著這麼好的筍田，不相信不能存夠錢娶媳婦！一時之間，林金樹把晨起的厭倦一掃而空，肚子似乎也不餓了。

林金樹把腳踏車停在田邊，解下大米籃，擺在腳踏車旁，然後左右手各提一個小筐子，走進筍田。把小筐子放在溝底，雙腳半蹲半屈，雙眼圓睜，開始尋覓夜裡冒出土面的白色筍頭。雖然天色不夠明亮，但林金樹的工作很順利。太熟了，林金樹對筍田的一切太熟了，正如林金樹對自己的家人、或對自己的強烈心願一樣。

一次兩行壠頭。來回一趟四行壠頭的蘆筍正好裝滿兩個小筐子。林金樹便把滿滿的小筐子拎到大米籃旁，小心地從筐子裡取出蘆筍，整齊地擺進大米籃，再提著空筐子下田，重覆相同的動作。林金樹一面挖著，一面想到太太和孩子。有時，另外四分地農閒，太太會分擔挖筍的工作；碰到星期天或暑假，兩個唸中學的孩子也會下田幫忙。有人幫著挖，快多了，而且不必耽心筍頭變綠，絕對符合收購標準。但是通常林金樹不讓太太挖筍，因為村子裡有幾個女人挖筍挖出一身病；林金樹也不讓孩子幫太多忙，他希望孩子認真讀書，將來出頭天。林金樹認為自己辛苦一點沒關係，只要有代價——比如說農會的收購人員不要太刁難，多收購一些，讓自己的心願早日實現就好了。

漸漸的，太陽出來了；漸漸的，陽光炙熱了；漸漸的，林金樹口渴了；漸漸的，林金樹更餓了；漸漸的，長久半蹲半屈的雙腳發抖了，變軟了，幾乎站不住了；漸漸的，林金樹頭昏了；漸漸的……可是林金樹咬牙苦撐著，為了儘快完成讓明發娶親的心願，林金樹慢慢地挪動著、挖掘著。

上午九點半左右，林金樹終於把兩分地的蘆筍挖完了。照例是滿滿的一米籃，外加滿滿的兩筐子，經驗告訴林金樹，至少三十公斤。雖然由於疲勞和飢餓而手腳酸軟，看到這麼豐盛的收穫，林金樹仍然感到高興。林金樹把米籃綁上腳踏車的後架，把筐子掛上把手，跨上腳踏車，踩回家。五月的風從木麻黃的頂梢吹來，林金樹微微覺得涼，但他絲毫也不驚異，他知道全身又已汗溼。

回家之後，林金樹匆匆走進廚房裡吞了三碗蕃藷湯，然後把蘆筍從籃筐中取出來，堆在屋簷下，拿出菜刀和農會分發的標準切板，把蘆筍切成規定的六寸長。切完蘆筍，林金樹進房看他太太，太太蒼白著臉，縮在床上冒冷汗，林金樹決定交過蘆筍後，再用腳踏車載太太去西藥房打針。

林金樹用一個紙箱把處理的蘆筍裝妥，把紙箱綁在腳踏車後架，載往小村西端的農會。農會前面的大埕上，和往常一樣聚集了不少人，大部分是筍農，一部分是零購蘆筍的小販，還有幾個農會的辦事人員。農會的辦事人員負責檢驗蘆筍是否符合收購標準。筍頭發綠的當然不合標準，長度超過六寸的也不合標準，其他太粗的，太細的，不夠直的，都不合標準，有時太白的、不夠白的，或辦事人員主觀認定有缺點的，一律不合標準。不合標準的農會不收購。農會不收購的，只有賣給等在一旁的小販。這些小販經常和筍農發生爭執，為的是蘆筍的價格；小販的價格通常只達農會價格的一半，或更低。筍農都罵這些小販是吸血的，不過林金樹總是認為，既然蘆筍不合農會標準，價格當然要低些；而且小販也是為了生活，不得已的；何況小販從前也給過林金樹好處。從前小販自由採購，價錢好，標準也不苛刻，大概採挖多少，就賣出多少。存著要替明發娶親的錢，就是從小販手上得來的。不能怪小販，要怪，就怪那個決定由農會統一收購蘆筍的人，可是，林金樹又不知道決定的是誰，所以，只有忍耐了。

這天，在農會的大埕上，林金樹聽到筍農這樣的對談：

「每公斤賣給販仔十三塊，販仔轉賣給農會的人十九塊，農會的人向上面報，還是公訂的收購價格二十七塊。伊娘！」

「你是說，每公斤販仔賺六塊，農會的人賺八塊嗎？太沒天良了。我們種蘆筍的，拚生拚死，還賺沒有他們多！社會有公道嗎？幹死伊娘！」說話的是村北的狗屎吉仔。

「心肝太黑了，怪不得我們怎麼交都不合標準，怪不得販仔那麼喜歡向我們買。」林金樹恍然大悟，才明白為什麼每天都有一半以上的蘆筍交不進農會。想起自己還替小販多方設想，不禁暗罵自己蠢笨。

「說什麼農會是農民的，騙肖！我就不相信那些穿皮鞋的肥豬哥會替我們這些打赤腳的爭取福利，只會吸我們的血而已。」

「以前不是好好的，現在反而淒慘落魄。為什麼政府要規定由農會收購？幹破伊娘，欺負我們青瞑牛。」

「不然我們不要種蘆筍嘛！」

「種別的更慘！種一季水稻，自己的人工不算，還要賠五百塊，幸好只種四分地。」

一個蒼老的聲音這樣結論，筍農漸漸靜了下來。但是這種結論卻叫林金樹心痛，叫林金樹忘記自己也曾經一再要求自己忍耐，林金樹反覆想著：難道種田人就只有忍耐嗎？想了一陣子，頭有點痛，便喃喃地罵了聲：

「幹伊娘！」

這聲咒罵似乎讓林金樹氣消了。其實林金樹並不真正反對忍耐，只要忍耐有希望——再忍耐一年吧，只要挖筍的收入存夠長子明發結婚，其他的事，慢慢再說吧。

「駛伊娘！管他誰賺多少，管他誰黑心肝，」林金樹吐出一口濁黃的濃痰，自言自語道：「我還是快點把蘆筍交了，好載玉葉仔去打針。」

林金樹心中懷著熟悉的陰影，戰戰兢兢地把一箱整整齊齊的白嫩蘆筍送上檢驗臺。辦事人員左翻右挑，又只挑出三公斤：

「其他的不合格，你載回去。」

「為什麼不合格？」林金樹想起剛剛狗屎吉仔講的話，勉強堆出笑容問道：「我的蘆筍田是全莊的人公認整理最好的筍田，為什麼每天都有這麼多不合格？」

「不合格就不合格，」農會的辦事人員沒有回答，蹲在一旁的小販群中，一個老鼠臉的搶著答道：「告訴你，太小了，不合標準，你的東西連你太太都會嫌小，當然不合格，還好意思那麼大聲問。賣給我，一公斤十塊，公道價格，怎樣？」
小販同時大笑，林金樹被笑聲激怒了，忘了剛剛還要自己忍耐，心頭一把火，熊熊狂燒，連罵五句三字經後，繼續臭罵道：
「公道？我的卵鳥最公道！誰會比我的卵鳥頭更公道？」
「你罵誰？你欠揍嗎？」幾個小販一起喝問著站了起來。
「誰不公道我罵誰！」林金樹不甘示弱：「誰是吸血的我罵誰！誰是無血無目屎的花枝我罵誰！誰和農會的人勾結我罵誰！誰專門欺負種田人——」
小販同時往林金樹撲，林金樹勉力出了幾拳，便被小販按倒在燠熱的大埕上拳打腳踢。太陽在林金樹眼裡，漸漸變黑。
林金樹在床上養了十七天傷。這期間，他的太太玉葉抱病去挖筍，太太實在無法下田時，兩個唸中學的孩子輪流請假去挖。挖回來的筍，都通不過農會的收購標準，小販也不買。一大堆筍就丟在屋簷下，慢慢乾枯，慢慢腐爛。
林金樹勉強能夠下床的第一天，正午時分，套了牛犁，頂著臺灣島西部沿海的大太陽，把兩分地的墨綠蘆筍田一口氣犁平。至於要改種什麼，林金樹還沒去想。

——一九八三年五月十二日完稿

——《筍農林金樹》

作者簡介

林雙不（西元一九五〇年～），本名黃燕德，後改名黃林雙不，雲林東勢人。輔仁大學哲學研究所畢業，曾任職員林高中教師、屏東縣教育局局長、滿州國中校長。中學時代以「碧竹」為筆名，發表小說、散文與新詩，筆尖帶著感性的抒情風格。八〇年代後改筆名為「林雙不」，深受「美麗島事件」震撼，文風丕變，轉而專注於關懷社會及文學評論工作。九〇年代前後，積極參與政治、社會運動。作品尤以小說最有成就，著有《大學女生莊南安》、《小喇叭手》、《決戰星期五》、《大佛無戀》、《班會之死》等。

選文評析

臺灣的土地和農民曾經發生過許多可歌可泣的故事，〈筍農林金樹〉是林雙不臺灣農村人物誌中，最具代表性的作品。內容取材於臺灣西部的農村，以蘆筍的種植和交易控訴農會的剝削。這篇小說的情節有些類似賴和的〈豐作〉，同具強烈的抗議色彩，不同的是賴和控訴的對象是日治時期的製糖會社。

故事主角林金樹，是位安分守己、吃苦耐勞的筍農。本來對於種筍充滿希望，因為小販收購價錢令人滿意，村人都說挖筍如同挖黃金；然而自從政府規定由農會統一收購後，價錢就大為滑落。加上農會負責檢驗人員的標準既主觀又嚴苛，凡不合標準的產品農會一律不收購，只好賣給等在一旁的小販。小說重點在揭發背後驚人的內幕：「每公斤賣給販仔十三塊錢，販仔轉賣給農會的人十九塊，農會的人向上面報，還是公訂的收購價格二十七塊。」暴露了小販趁機介入剝削及農會居中牟利的事實。林金樹原本謙虛的心願變成奢侈的渴望，終年辛勞血汗換取的是無以為生。結尾林金樹終於在盛怒之下和小販大打出手，並將兩分地的蘆筍犁為平地，以示抗議及憤恨。

這篇小說是林雙不在八〇年代初期關懷鄉土的代表作之一，在《臺灣種田人》這本小說集的〈自序〉中，他曾說：「……我的生命與泥土息息相關。生於農村長於農村，從小便感到那是一個貧苦而匱乏的環境。但是，當時我以為只有少數比較偏僻落後的農村，甚至只有我的故鄉那樣，而且，我試著為這種狀況尋找理由，也許是由於故鄉的人特別慵懶，也或許是由於故鄉的土壤特別的貧瘠吧？因為我從教科書裡、報章雜誌中看到的農村報導是完全不同的，是安康而富庶的，……後來，有機會東西南北走走；北上唸書後，又碰到不少來自農家的同學，仔細而超然的觀察，懇切而深入的交談，我才訝異於竟然不幸的有麼多的地方酷似我的家鄉。」林雙不基於文學反映社會的使命，毅然揭發蘆筍產銷制度不良的運作，不只呈現了農民的境遇，也希望使政府部門能夠重視農民疾苦。

（林秀蓉）

問題與討論

一、請分析〈東門行〉詩中主人翁出而又入、入而又出的複雜心境？

二、請分析〈新婚別〉中新婚少婦面臨丈夫出征的心情轉折？
三、請說明〈寄鞋〉詩的時代背景，並分析「鞋」在詩中的意象？
四、請說明林雙不〈筍農林金樹〉的主題意識？並敘述你對現今臺灣社會關懷的議題有哪些？
五、請說明〈一個乾淨的地方〉的立題意涵？並敘述你對現今臺灣選舉文化的看法？

延伸閱讀

◆林雙不編《二二八臺灣小說選》，臺北：自立晚報出版社，一九九二年。
◆李正治《神州血淚行》，臺北：月房子出版社，一九九四年。
◆何寄澎《落日照大旗》，臺北：月房子出版社，一九九四年。
◆蔡英俊《興亡千古事》，臺北：月房子出版社，一九九四年。
◆李敏勇編《綻放語言的玫瑰——二十位臺灣詩人的政治處境》，臺北：玉山社，一九九七年一月。
◆《九月悲歌——九二一大地震詩歌集》，南投縣政府文化局，二〇〇〇年九月。
◆許俊雅編《無語的春天——二二八小說選》，臺北：玉山社，二〇〇三年。
◆橫地剛、藍博洲、曾健民合編《文學二二八》，臺北：臺灣社會科學出版社，二〇〇四年。
◆呂正惠《「政治小說」三論》，文星，第一〇三期，一九八七年一月。
◆鄭明娳主編《當代臺灣政治文學論》，臺北：時報文化出版社，一九九四年。
◆龔鵬程編《臺灣的社會與文學》，臺北：東大出版社，一九九五年十一月。

◆楊照《文學、社會與歷史想像》，臺北：聯合文學出版社，一九九五年。
◆李漢偉《臺灣新詩的三種關懷》，臺北：駱駝出版社，一九九七年十月。
◆李漢偉《臺灣小說的三種悲情》，臺北：駱駝出版社，一九九七年十月。
◆周慶瑭《八〇年代臺灣政治小說研究》，臺灣大學中國文學研究所博士論文，二〇〇三年六月。

隨堂心得

文學中的生死

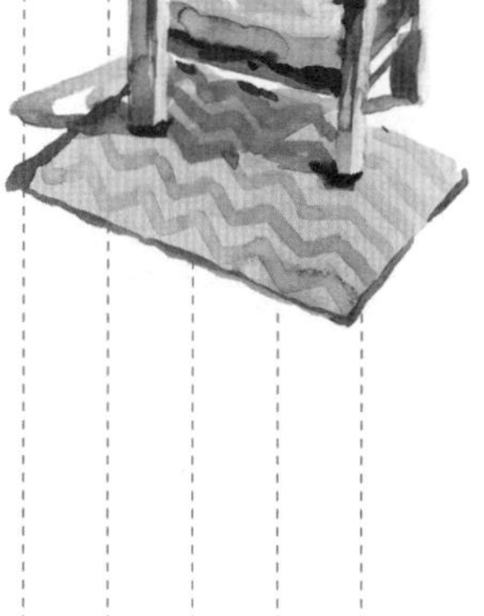

導言

張百蓉

我們所生活的世界當中，存在著各種的個人親身經驗，和種種的超越思想、心靈感受。這些經驗、思想和感受，往往能幫助我們走出迷障，開拓視野，安定身心。但是，身在其中的多數人，多半習焉而不察，不是沒有知覺，就是不曾完整地領會它們。文學家的任務便是往來貫串這些親身經驗與超越思想、心靈感受。於是，文學作品中那些各種的個人親身經驗的敘述，也往往具有詮釋超越思想和心靈感受的作用，而存在讀者心中那些隱隱約約的超越思想和心靈感受也通過文學家筆下種種個人親身經驗的呈現而獲得充分的舒展。

生與死，是個人生難免的課題，也是生活世界中真實存在的一部分。只不過，不同於其他的是，一般人對於生與死的態度，常常是趨生避死，極言生之可喜，而視死為禁忌、不祥。但在文學世界裡，死亡卻往往是作家反映人生，也就是反映生活世界的真實的最佳題材。出現的種類也很多，舉凡因為衰老、生病而死的「自然死亡」，由於車禍、天災、他殺而引起的「意外死亡」，或者出於個人選擇的自殺、陣亡，來自外在、他人企圖的槍決、刑求、屠殺等等形式的死亡事件，都曾在文學作品裡出現。

這些死亡事件，在文學家的書寫之下，有時伴隨著宿命意識，在其與命運糾纏的過程，展現了人類的意志；有時則利用那死亡陰霾的如影隨形，探討某一悲劇的形成和原因；甚至，在一樁樁的死亡裡，暴露時代變動與混亂的殘酷；死亡，更是影射舊秩序崩敗，興起對世事無常的感歎，並觸探、關懷受創心靈的文學手法；在近代，由於基督教文化的影響，死亡在文學作品中，有時也成為一種救贖；當然，細數親身經歷死亡事件的悠忽歷程，還是一種具有自我洗滌作用的心靈療法。而閱讀者隨著這些死亡事件的各種展現，也從各自的思想、心靈引發出種種或者深入，或者豁然的成長。

在現實的人生裡，死亡帶給生者的震撼其實並不小於即將死亡的當事人。面對終將來臨的死亡，不能逃避此命運的生者，一旦誠實面對，在思索生死、觀察生死的衝撞之後，仍將回轉到如何在生活的脈動之中安然自處。所以，探索死亡，就是在探索生與活。而文學作品所呈現的這些思辯過程，反映的當然有屬於每個時代的現實處境，和當時的共同心理需求。譬如漢代的《古詩十九首》、樂府詩、陶淵明的詩文、曹操的四言詩、王羲之的〈蘭亭集序〉、蘇東坡的〈赤壁賦〉、文天祥的〈正氣歌〉、沈從文的《沈從文自傳》、顧城的〈墓床〉、朱西寧的〈鐵漿〉、楊絳的《我們仨》、陳克華的〈眼底鏡〉等等，都是這類的作品。

不過，處在與延續過去和銜接未來的時間長河裡，在每一個今天裡，生與死仍然都在。因此，有感於時間的催逼，而興起的生命價值何在之歎。甚至以毀壞、殘敗、荒誕的招搖，反諷陳陳相因的麻木，達到指出虛假、追求真誠的種種階段訴求。這時，以溫馨柔軟的筆觸，娓娓道來的作品有之；以離經叛道的人物作為訴求象徵的作品有之；採用大量描述違反倫常、陰暗晦澀的行徑，讓世人直視暗藏各人己心的種種不堪，生起戒慎恐懼之心的作品有之；甚至，還有以違反文法，破壞結構的布局，以為打破僵固迷思之手法的作品。但是這樣的作品，乍看之下往往與一般以消遣為目的，一味迎合讀者辛辣、血腥或窺視心理的讀物極為相似。如何分辨其中的差異？這便是掌握和理解文學表現手法的範疇了。也是涉獵文學時應該用心的地方。這裡還包括了目下一般年輕學子最不以為意的一環：持續認識新字、新字義，以及字詞背後的傳統或當代的文化涵義。

當然，再高明的文學表現手法，都隸屬於作者對該議題的探索和思考。因此，涉及探索生死、生命的文學作品必然是建立在作者敏銳、誠懇而又深摯的內在思想與感知能力，才能有別於一般人云亦云的不知所云或者不負責任的譁眾取寵之作。而閱讀者也唯有在體會到心靈感受與思想被喚起時，才能真正看見這樣的一部文學作品。

隨堂心得

驅車上東門

古詩十九首之十三

驅車上東門❶，遙望郭北墓❷。
白楊何蕭蕭，松柏夾廣路❸。
下有陳死人❹，杳杳即長暮❺。
潛寐黃泉下，千載永不寤❻。
浩浩陰陽移，年命如朝露❼。
人生忽如寄❽，壽無金石固。
萬歲更相送❾，賢聖莫能度❿。
服食⓫求神仙，多為藥所誤。
不如飲美酒，被服紈與素⓬。

注釋

❶上東門　洛陽東城三門中最靠北的城門。

❷郭北墓　指洛陽城北的北邙山，是著名的墓地。

❸白楊何蕭蕭二句　「白楊」、「松柏」都是種在墓地的樹木。古代墓地，多種樹木，用以堅固墳塋的土壤，並作為標誌，便於子孫祭掃。而墳邊栽種「白楊」的，生前須是大臣，「松柏」則是諸侯的專屬。「蕭蕭」，木葉鳴風的悲聲。「廣路」，指墓道。北邙山上多王侯卿相的墓地，因此墓門前的墓道廣闊。

❹陳死人　死了很久的人。

❺杳杳即長暮　指人死一入墳墓，就看不到光明，如同在暗黑的長夜之中。「杳杳」，幽暗。「即」，就。「長暮」，長夜。

❻潛寐黃泉下二句　這兩句承上文「即長暮」而言，把「陳死人」比作睡覺；可是他卻睡在人所看不見的黃泉之下，千年也不會醒，以喻人死之不可復生。「寐」，睡也。「寤」，醒也。「黃泉」，指深到有泉水的地下。

❼浩浩陰陽移二句　這兩句是說：歲月無窮，生命短促。浩浩，水流無邊無際的樣子。陰陽，指時間。古人把一切自然界的現象，都看作陰陽之理。例如天為陽，則地為陰；春夏為陽，則秋冬為陰。陰陽移，就是指時間、季節的運行。年命，壽命。朝露，早晨的露水，太陽一曬就乾。

❽寄　寓居。就是說不久就回去了。

❾萬歲更相送　「萬歲」，猶言自古。「更相送」是說生死更迭，一代送一代，永無了時。

❿度　通「渡」，超越。「莫能度」，指不能超越這自然的規律。

⓫服食　指食用長生不老的藥物。服，食。

⑫被服紈與素　被，同「披」。被服，穿著。「紈」、「素」，都是白色的絲織品，就是絹。

作者簡介

〈古詩十九首〉，漢無名氏作，不是一時一人的作品，一般認為大都是東漢末年的作品。南朝梁時，昭明太子蕭統的《文選》將其合為一組，題為〈古詩十九首〉。這組詩的內容多具有：感歎人生易逝、歲月如流，而生起一股苦悶徬徨、如恐不及的憂慮。具體而完整的以文學表現對於「時間」與「死亡」的哲學思考。有些作品還提出「及時行樂，把握當下」的生命態度。其語言樸素自然，描寫生動真切，劉勰譽之為「五言之冠冕」（《文心雕龍・明詩》）。在五言詩的發展上有重要地位。

選文評析

生命無常，及時行樂，是「十九首」裡最常見的思想，但以本詩表現得最為深透。全詩以一名流蕩於洛陽的遊子眼中，遙望北邙山上的墳場而觸發人生的慨歎。

作者不只看到北邙山的墳墓，還從墳場上的「白楊」、「松柏」、「廣路」的一一點染，延展成一幅榮華顯赫渺然遠去的畫面。進而生出「顧一世之雄也，而今安在哉？」的無常之感。

不僅如此，作者更從地表轉入地下，聯想到葬身地底的「死人」、「黃泉」，並且在「死人」之上冠上一個標示著長久之意的「陳」字，既回應地表的蕭瑟，又呼應下一句「千載永不寤」的「永」

字。如此一波緊接一波，形成綿綿不斷，不可遏抑的文學效應。

經過如此徹底的逼視，緊接著轉回人世，與現實人生直接聯繫起來，此時興起的人生感慨，自然是無比沉重。感歎人世間的有生有死，都是「浩浩陰陽」換移的結果，因而只見「年命」危如「朝露」，「人生」忽忽，不過是暫時寄寓，不能像金石般的堅固。在「萬歲千秋」長流之中，不變的進行著生者送死，生者又為後生所送，就算是聖賢也逃不出這規律。也就是說不論何時何地何人，都走不出這樣的命運。

那麼，以神仙之術超脫，如何？但又「多為藥所誤」，不成！這一提一落的起伏，更落實了逃不出生死規律的感慨。只有回到現實人生，選擇「飲美酒」、「服紈素」吧！這樣的無可奈何，既一針見血地寫出詩人的親身感受，又人人都能理解。

（張百蓉）

形影神詩三首 并序

陶淵明

貴賤賢愚，莫不營營❶以惜生❷，斯甚惑焉。故極陳形影之苦，言神辨自然❸以釋之。好事君子，共取其心❹焉。

形贈影

天地長不沒，山川無改時。
草木得常理❺，霜露榮悴之。
謂人最靈智，獨復不如茲。
適❻見在世中，奄去❼靡歸期。
奚覺無一人，親識豈相思。
但餘平生物，舉目情悽洏❽。
我無騰化術❾，必爾❿不復疑。
願君取吾言，得酒莫苟辭。

影答形

存生[11]不可言，衛生[12]每苦拙。
誠願游崑華，邈然茲道絕[13]。
與子[14]相遇來，未嘗異悲悅。
憩蔭若暫乖，止[15]日終不別。
此同既難常，黯爾俱時滅。
身沒名亦盡，念之五情[16]熱。
立善[17]有遺愛[18]，胡為不自竭[19]？
酒云能消憂，方[20]此詎[21]不劣。

神釋

大鈞[22]無私力，萬物自森著[23]。
人為三才[24]中，豈不以我[25]故。
與君[26]雖異物，生而相依附。
結託[27]善惡同，安得不相語？
三皇大聖人，今復在何處？
彭祖[28]壽永年，欲留不得住。

老少同一死，賢愚無復數。
日醉或能忘，將非促齡具㉙。
立善常所欣，誰當為汝譽？
甚念傷吾生，正宜委運㉚去。
縱浪大化中，不喜亦不懼。
應盡便須盡，無復獨多慮。

——《陶淵明集》

注釋

❶營營　指汲汲於營求。
❷惜生　貪愛生命。
❸自然　當時老莊玄學的自然觀。
❹心　精要。指順應自然的精神實質。
❺常理　自然的法則。
❻適　剛剛。
❼奄去　忽然過世。
❽洏　流淚的樣子。音「而」。

❾騰化術　成仙之術。
❿爾　如此。指死亡。
⓫存生　指保養形體。
⓬衛生　指保養生命。
⓭茲道絕　此路不通。
⓮子　你，指形體。
⓯止　居；在。
⓰五情　喜、怒、哀、樂、怨。
⓱立善　古時稱立德、立言、立功為立善。
⓲遺愛　美名遺留後世。
⓳自竭　自作努力。
⓴方　比較。
㉑詎　豈也。
㉒大鈞　指造化。
㉓森著　指眾類林立。森，眾盛貌。著，顯著。
㉔三才　天、地、人為三才。
㉕我　神自稱，即靈魂。

26 君　你們，指形體和影子。

27 結託　互相結合，互相寄託。

28 彭祖　傳說中享有高壽的一位古人。

29 將非促齡具　豈不是在催逼生命快點結束？

30 委運　任憑天命；任憑造化。

作者簡介

陶淵明（西元三六五～四二七年），又名潛，字元亮，潯陽柴桑（今江西九江西南）人。時逢晉、宋之際，政治黑暗、腐朽。少時即家貧，好讀書，儒家經典，《老子》、《莊子》，先秦至漢魏的文史著作無不涉獵。晉孝武帝太元十八年（西元三九三年）至安帝義熙元年（西元四〇五年）之間，曾先後擔任祭酒、參軍、縣令等職位，但都因為性格正直耿介，與官場不合，而辭去官職。最後辭去彭澤令，從此以耕種維生，不再作官。逝世後，親友謚其為「靖節徵士」。最早為陶淵明編集詩文的是梁昭明太子蕭統。清人陶澍為其作注，名為《靖節先生集注》，今人有王瑤注《陶淵明集》，逯欽立校注《陶淵明集》。

選文評析

此詩作於晉義熙九年（西元四一三年）。當時陶淵明四十九歲。

在漢樂府和〈古詩十九首〉等作品中，哀歎人生短促，已成為相當強烈的呼喚。到了陶淵明，其詩歌中的生死主題既有繼承前人的成分，又有不同於前人的地方。此處所選的〈形影神〉詩三首，便是透過形與影一贈一答的對話，以及神的分解、結論，主張不要再自限於哀歎人生的短促，而以「縱浪大化中」的智慧，化解人生短促所帶來的憂愁。

就寫作的技巧而言，此詩承襲了楚辭、漢賦以來利用虛擬的雙方或三方的答問內容，呈現對同一主題的不同見解的文學形式。不過，這些見解的展現，採取的是循序漸進的手法，不但產生了層次分明的立體效應，也充分地呈現出作者的主張。

在第一首〈形贈影〉寫形對影說：天地、山川、草木的形體可以永存，而人的形體卻必然會死亡消失，所以應該及時飲酒行樂。第二首〈影答形〉寫影對形的回答是：冀望生命永存是不可能的，而祈求神仙之道也不可行，人一旦死亡，我和你都將同時消滅；但如果能在生前行善，那功德還可以萬古流傳，只圖一時快意的飲酒行樂比起足以萬古流傳的善行，又何足道哉！第三首〈神釋〉寫神針對形、影的不同觀點，以不帶感歎、不圖逃避也不抱期待的真實角度加以分解：飲酒會使人短壽，行善其實並沒人稱譽，而人生卻總是難免一死；因此，人生在天地之間，能從「生」的眷戀之中解脫，對人生抱著曠達的態度，做到順應自然，委運任化，才是應盡的責任。就這樣自自然然地盡倫盡職，而不計較可以得到多少回報！那麼，所謂的矛盾痛苦也就自然地銷化於無形了。

（張百蓉）

紫葡萄的死

蓉子

將一串紫葡萄　拆散
洗淨　盛放在白色深瓷盅中

飯後　從瓷盅中
一顆顆拈來送入口中
——那飽滿多汁的顆粒
經常在消逝前流出紫色的汁液
它們如此消失　正像
紅臉膛有血性
人類之逐一消逝——
於未知之時　突然間
被一隻無形的手指攫住

結束了或長或短的一生。

當手指沿著瓷盅邊緣
一顆顆拈取命運中的葡萄時
那遠處的正不必矜喜　水流琤琮
不久你也要同樣感受到
先入我口的那些
葡萄的況味　雖說

輓幛中最正常是
「老成凋謝」　常規中
卻也有逸出的例外　於
偶然我心血來潮時　從
底面任取一顆放入口中
宛如那夭折的年少！

唉！它們全然不悉　這一串葡萄

當離別樹身時　便已預約了死亡。

——七十二年十月「宇宙光」

——《這一站不到神話》

作者簡介

蓉子（西元一九二八年～），本名王蓉芷，江蘇吳縣人。南京金陵女子大學畢業。創作的文類主要是新詩，兼及散文和兒童文學。白萩稱她是「自由中國詩壇祖母輩的明星詩人」。詩風則是：「充滿著一種寧靜的寂寞和淺淡的悒鬱。」（鍾鼎文）

其詩作題材豐富，鍾玲為之歸納：「包括哲思、親情、大自然的讚頌、女性的形象、旅遊、詠物、以詩論詩 (ars poetica)、社會現實素材、都市文明批判、環境保護主義、名人事跡有感等」。著有《青鳥集》、《七月的南方》、《維納麗沙組曲》、《這一站不到神話》、《傘》等。

選文評析

桌上瓷盅與大塊人間，在這一小一大的空間裡，生命的消長趨向其實是一般無二的。藉著這種對照的形式，葡萄在人類的手指拈動之間，一一落入其口腹之中，而人類則在造物者的攫取之下，一一走向死亡。在隨興中決定葡萄命運的人類，自己也是造物者隨興下的犧牲。

不過，作者不讓讀者在「可憐身是眼中人」的感傷處打住，而更進一步地點出「在離別樹身時／便已預約了死亡」。死亡的必然是無從迴避的。

（張百蓉）

眼底鏡

陳克華

眼底鏡的拿法是這樣的。

先把焦距的指數調至十左右，頂端小孔置於右眼前一公分（如果你要看的是病人的左眼）再開始命令他：眼睛直直的，看我背後，一下子就好，不要亂動。然後把臉順著眼底鏡所投射出來的光柱向病人湊近，直到兩張臉鼻尖相碰，嘴唇險些接吻為止。如果我不是正好在做眼底鏡檢查的話，我要說兩個人這樣臉貼臉近距離的對望，樣子簡直是滑稽。

據說眼睛是靈魂之窗，人往往由眸子流露出心思。而且據我所知，再沒有比眼底鏡更能精密而深入地觀察一個人的眸子了。

然而當手裡拿著眼底鏡的時候，從來是與靈魂毫不相干的。

首先是一種味道奇特的鼻息，抱歉地由他鼻孔裡冒出頭來，氣流掃過之處，我的半邊臉頰汗毛直豎。

他的鬍鬚渣刮著人頂痛。

他的臉皮有一種軟滑的質感❶。

然後，才是他的眼底。視神經盤的四對動靜脈畸形地曲張著，零散地分布著血塊。

然後似乎可以感覺到透過眼底鏡的凸透鏡❷，一種強烈注視的目光，像是由病人身上發出的強勁電流，一種使人加速呼吸與心跳的熱力。我整個人被吸引住了。一瞬間兩人可以心意相通。

而放大了千百倍的眼底只是一片柔和明淨的澄黃。

當視焦指數❸由大調小，視點也就隨之向前推進，穿過透薄的淚幕和角膜❹之後，叢叢粗糙的虹彩肌纖維❺所編織而成的圓扇，中央開著一個邊緣不甚整齊的小孔，這便是詩歌與夢幻發源的瞳孔了——正有源源不斷的房水❻由此湧出，脈脈洗過容易受驚嚇的虹膜❼。

再向裡推進，橫著一片弧形完美的水晶體❽，正隨著目光的折射而擴縮著側影。再向裡，便是眼眸的最最深處了。中央偏鼻側的視神經盤，一如神明背後的圓光，吐著四對相互對稱的血管，飄帶似地盤繞著。動脈色澤飽滿鮮潤，靜脈平靜沉穩，是並生平行的兩道紅河，溫柔地蜿蜒過、灌溉過每一束感光的桿椎細胞。

突然，眼前這幅熟稔的景色晃動了一下，邊緣模糊起來，接著被波浪般扭曲了，多了一層流動介質❾的影響，我猜。果然淺淺地起伏了一會兒以後，便如瀑布般傾瀉而下——眼球表面淚膜的均勻被破壞了。是病人流淚了，還是我疲勞的眼睛瞌睡出眼淚來？

僅那一剎那，我收起了眼底鏡。微笑擡起頭，方才種種氣味、觸覺、質感和畫面，一如幻象般迅速消失無蹤。

他只是一位消瘦的年輕的摩托車修理工人，一個沒有勞保的血癌患者。簡單說，就是一個「病」，一個負擔不起醫療費用的病人。

「明天就出院？」

「嗯，」他簡單回答：「明天。」

我只是在例行為出院前的病人做全身檢查。

他眼底的血塊正具體而微⑩地反映出他肉身因為癌而嚴重崩壞。眼底出血和血癌之間，這個病例是頗符合教科書上的描述的。這是可貴的收穫。

我滿意地走出七〇六病室，離開了那些充滿了各種眼睛的房間。

眼睛是一個人的靈魂之窗。但當手拿著眼底鏡的時候，是從來與靈魂毫不相干的。

——原載民國七十五年七月出版《愛人》

——《在城市中迷失的地圖》

注釋

❶質感　對物品質地的感覺，如粗糙、細滑、柔軟、堅硬等。

❷凸透鏡　中央厚、周圍薄，能將平行光折射成實焦點，焦距為正值的透鏡。

❸指數　表示多種現象平均數相對變動的比值。

❹角膜　眼球表面的薄膜。亦稱為眼角膜。

❺肌纖維　肌細胞。呈細長纖維狀，為肌肉運動和功能單位。肌肉便是許多肌纖維組成一個肌束，再由許多

肌束組成的。

❻房水　在眼球前部脈絡膜形成的環狀體內有大量的平滑肌，房水即由此產生。

❼虹膜　眼球內部含有色素的環狀薄膜，可調節瞳孔大小。又稱「虹彩」。

❽水晶體　眼球中位於玻璃體和虹膜之間的雙凸透明體。前接瞳孔緣，後接玻璃體，受睫狀肌的調節而改變凸度，使物象恰好落在視網膜上。

❾介質　物理量或某些物理現象發生時，作為媒介的物質或空間。如聲波、光波可以藉由空氣傳播，空氣便是聲波、光波的介質。

❿具體而微　事物的總體內容大多具備了，只是規模較小。

作者簡介

陳克華（西元一九六一年～），山東汶上人，出生於臺灣花蓮。臺北醫學院醫學系畢業，哈佛大學博士後研究員。曾任《現代詩》執行編輯，現為臺北榮總眼科部主治醫師，並於陽明大學任教。作品曾獲第一屆陽光詩獎、三屆時報文學獎敘事詩獎、三屆全國文學獎詩獎、新聞局歌詞類金鼎獎。民國八十四年十月，「以醫生背景而長期投身文學事業，對分工日細，功利日重之社會，有矯俗示範作用」，獲選中國時報舉辦之「跨越二十一世紀青年百傑」。

陳克華的作品包括新詩、散文、極短篇、小說、劇本、報導文學、歌詞與電影評論等各種文類，已出版的著作有二十多本。他自認為較滿意的是一本詩集：《我撿到一顆頭顱》，另著有散文作品《在城市中迷失的地圖》、《老靈魂筆記》、《我的雲端情人》等。

選文評析

就寫作的技巧而言，本文是意在言外、以詳說反襯不說、以實寫虛的典型之作。以微觀、細膩、甚至滿溢的熱情刻劃出眼底鏡下的種種細節，占據了全文大半的篇幅，而歸結之處卻只落在：「眼底出血和血癌之間，這個病例是頗符合教科書上的描述的。這是可貴的收穫。」

「病」和「病人」是被切割開的，當然，醫師的職責在此只見症狀不見人，只在乎知識的攫取而不在乎人的病痛的陳述裡，被以不置一詞的沉默方式強烈地批判、質疑。

身為眼科醫師的作者，以其熟悉的專業經驗為讀者提供一次探訪人體之美的歷程。只是，這麼貼近生命消長的當下，卻是冷硬而功利的。那具體鮮明的人身，遂因為缺乏那不具形體的親愛之心，而成了了無意義的物件。而這也就是作者透過本文所要傳達的省思。在醫病之間，醫者能對生命如此麻木，對人命如是漠然嗎？

（張百蓉）

問題與討論

一、〈驅車上東門〉中以「白楊」、「松柏」、「廣路」來展示人世間的富貴榮華及其渺然遠去，你會用什麼來呈現這同樣的情境呢？

二、陶淵明以「形影神」的三方對話，來發抒個人對生死的看法。依你看，哪三種人是探討生死議題最理想的對話三方？為什麼？

三、你以為人會在什麼樣的情境下對死亡有所感悟？為什麼？

四、對於「在離別樹身時／便已預約了死亡」，你會如何面對？

五、你希望自己的墓誌銘寫些什麼？

六、你以為〈眼底鏡〉中那位醫生執業多久了？原因何在？

延伸閱讀

◆吳宏一《從詩歌史的觀點選讀古詩》，臺北：臺灣書店，二〇〇〇年八月。

◆馬茂元《古詩十九首探索》，臺北：純真出版公司，一九八三年十一月。

◆蓉子《蓉子自選集》，臺北：黎明文化事業有限公司，一九七八年。